ERNAS
Geheimnisse

Mord im „heiligen Land" Tirol

Reinhold Dullnig

Dieses Buch ist auch als
e-book
erhältlich.

www.novumverlag.com

Bibliografische Information
der Deutschen Nationalbibliothek:

Die Deutsche Nationalbibliothek
verzeichnet diese Publikation in
der Deutschen Nationalbibliografie.
Detaillierte bibliografische Daten
sind im Internet über
http://www.d-nb.de abrufbar.

© 2016 novum Verlag

ISBN 978-3-99048-683-2
Lektorat: Lucy Hase
Umschlagfoto:
Higure | Dreamstime.com
Umschlaggestaltung, Layout & Satz:
novum Verlag

Gedruckt in der Europäischen Union
auf umweltfreundlichem, chlor- und
säurefrei gebleichtem Papier.

www.novumverlag.com

Alle handelnden Personen, also Ermittler, Opfer, Verdächtige, Täter und sonstige sind frei erfunden. Sollten dennoch Ähnlichkeiten mit real existierenden Personen gesehen oder vermutet werden, so sind diese von mir unbeabsichtigt und zufällig. Auch die genannten Hotels, Lokale, Betriebe und sonstigen Objekte sind frei erfunden, mit Ausnahme der Strandbar in Thailand, die vor dem Tsunami tatsächlich existiert hat.

Real sind die Städte und Gemeinden in Tirol und im benachbarten Bayern.

Einen vergleichbaren Kriminalfall hat es in den letzten fünfzig Jahren in Tirol nicht gegeben.

Reinhold Dullnig

Prolog

5. Dezember 2003

Der Tag begann so, wie er sich das wünschte. Strahlender Sonnenschein schon beim Frühstück, kaum Wind und ein fast leerer Pool, in dem er ungehindert seine Runden schwimmen konnte. Ein schöner Urlaubstag kündigte sich an, leider schon der letzte in diesem Jahr. Für morgen war der Rückflug gebucht.

Mit einem großzügigen Trinkgeld sorgte er dafür, dass ihm die freundlichen Kellner jeden Tag seinen bevorzugten Liegeplatz am Pool reservierten. Auch zwei Sonnenschirme stellten sie für ihn bereit, die ihm ausreichend Schatten spendeten, wenn er lange genug in der prallen Sonne von Thailand gelegen war. Eine möglichst intensive Bräunung war ihm sehr wichtig und er freute sich schon auf seinen ersten Saunabesuch nach dem Urlaub, wenn er Freunde und Bekannte mit seiner dunklen Hautfarbe und seinen Urlaubserinnerungen beeindrucken konnte. Er hatte diesen Platz auch deshalb ausgesucht, weil im Umkreis von mehreren Metern keine anderen Liegen aufgestellt waren. Das war ihm sehr wichtig. Er selbst suchte kaum Kontakt zu anderen Urlaubern und war recht einsilbig, wenn er doch einmal angesprochen wurde. Wenn einer von ihnen auf der Flucht vor der Sonne mit seiner Liege zu nahe an seinen bestens beschatteten Liegeplatz kam, konnte er sehr energisch werden. Erst vor wenigen Tagen hatte er eine ältere Frau deswegen lauthals beschimpft, was von anderen Urlaubern mit Kopfschütteln quittiert worden war.

Obwohl er den Kontakt zu den anderen Urlaubern mied, verfolgte er das Geschehen in seiner Umgebung doch genau. Auch dafür war sein Platz gut ausgesucht, weil er ihm einen Überblick über den größten Teil der Poollandschaft ermöglichte. Neuankömmlinge erkannte er an ihrer hellen Hautfarbe oder einfach daran, dass er sie zuvor noch nicht gesehen hatte. Auch die bevorstehende Abreise von Gästen entging ihm nicht, weil sie am letzten Tag meist kräftig ins Glas schauten und den Kellnern bei jeder Gelegenheit mit eindeutigen Handzeichen zu verstehen gaben, dass sie am nächsten Tag zurückfliegen wollten.

Die Pool-Bar war weit genug entfernt, dass die Musik trotz der zwei riesigen Lautsprecher erträglich blieb. Die Kellner kamen immer wieder bei ihm vorbei und fragten ihn nach seinen Wünschen. So konnte er seinen Durst auch dann stillen, wenn er keine Lust hatte, sein schattiges Plätzchen zu verlassen, und musste sich nicht, wie die weniger bevorzugten Gäste, an der Bar um ein Getränk anstellen.

Fast drei Wochen genoss er nun schon die Annehmlichkeiten eines Hotels der Fünf-Sterne-Kategorie in diesem beliebten und für seine Gastfreundschaft auf der ganzen Welt geschätzten Urlaubsland. Ein Bekannter hatte ihm vor vier Jahren von seinem Urlaub in diesem Hotel erzählt. Seither verbrachte er jedes Jahr zwei oder drei Wochen hier, immer von Mitte November bis Anfang Dezember. Das Hotel war unweit vom bekannten Patong-Strand in einer großen Parklandschaft gelegen und stand unter deutscher Führung.

Nach mehreren Jahrzehnten mit blühendem Massentourismus hatte die Wasserqualität stark nachgelassen. Trotzdem war der weit im Süden von Thailand auf der Halbinsel Phuket gelegene lange Strandabschnitt noch immer ein sehr beliebtes Urlaubsziel für sonnenhungrige Touristen aus allen Teilen der Welt.

Gegen sechzehn Uhr verließ er das Hotelgelände und erreichte in wenigen Minuten die belebte Uferstraße und dann den Strand. Die Sonne schien immer noch von einem beinahe wolkenlosen Himmel und hatte den Sand so aufgeheizt, dass er seine Badesandalen anbehalten musste, während er den Strand entlang in

Richtung Osten wanderte. Anders als an den Tagen zuvor war es fast windstill und das Meer so ruhig wie selten. In einiger Entfernung war ein Kriegsschiff zu sehen, von dem gerade ein Boot ablegte. Er wusste, dass vor Phuket immer wieder amerikanische Kriegsschiffe vor Anker gingen, wenn der Besatzung Urlaub gewährt wurde. Bald würden wieder einige von diesen stiernackigen Typen mit ihren Kurzhaarschnitten am Strand zu sehen sein. Die Urlauber gingen ihnen aus dem Weg und die Einheimischen waren bemüht, ihnen möglichst viele von ihren Dollars abzunehmen und sich ihre Abneigung nicht anmerken zu lassen.

Nach einer halben Stunde sah er vor sich das Ziel seiner Wanderung: eine Strandbar, hinter zwei weithin sichtbaren, auffallend schräg stehenden Palmen gelegen, mit einem Gastgarten davor. Zwischen kleinen Palmen, Bananenstauden und anderen tropischen Gewächsen standen einige Bänke und Tische, auf einfachste Weise aus rohem Holz gezimmert und von Wind und Wetter schon ziemlich mitgenommen. Auch die Sonnenschirme mit den ehemals bunten Werbeaufschriften hatten schon einige Saisonen hinter sich.

Außer einem jungen Pärchen im hinteren Teil der Bar waren keine Gäste zu sehen. Einige Hunde, die sich im Schatten unter den Bänken in den Sand gelegt hatten, hoben kurz die Köpfe, als der neue Gast an ihnen vorbeiging, schenkten ihm dann aber keine weitere Aufmerksamkeit mehr und kehrten zu ihren Träumen zurück.

Der Wirt, ein ausgedörrter Aussteiger aus dem französischen Teil von Kanada, der sich mit einer Thailänderin zusammengetan hatte, wartete schon auf seinen Gast. Er kannte ihn seit mehreren Jahren, weil er täglich um die gleiche Zeit vorbeikam. Nach der freundlichen Begrüßung holte der Wirt unaufgefordert eine Flasche Bier, die er in eine Styroporhülle steckte, bevor er sie vor seinen Gast hinstellte. Dieser hatte sich in der Zwischenzeit auf seinem Stammplatz am Rand des Gastgartens niedergelassen. Von dort aus konnte er die beiden einheimischen Frauen beobachten, die einige Meter entfernt eine Art Zelt aufgebaut hatten. Unter diesem Sonnenschutz hatte jede ein großes Badetuch auf dem Boden aufgelegt. An einer Zeltstange war eine einfache Tafel mit der Aufschrift „Massage" angebracht, die aber zumindest in der letzten Stunde keinen Kunden angelockt hatte, weil die beiden Frauen allein in ihrem Zelt saßen und plauderten. Als sie in seine Richtung blickten, winkte er ihnen kurz zu. Eine der beiden stand auf und kam zu ihm an den Tisch.

Die Frau war höchstens vierzig Jahre alt, hatte ein hübsches, rundes Gesicht und schwarze, halblange Haare und sie brachte mindestens achtzig Kilo auf die Waage, obwohl sie kaum mehr als 160 Zentimeter groß war. Eine stramm sitzende, kurze Hose umspannte ihr stattliches Hinterteil. Unter einem weiten, nicht mehr ganz sauberen T-Shirt wogten zwei mächtige Brüste, von keiner Haltevorrichtung gebändigt, mit zwei nicht minder mächtigen Brustwarzen, die sich unter dem dünnen Stoff mehr als deutlich abzeichneten. Sie begrüßte ihn mit einem Kuss auf den Mund und setzte sich dann neben ihn. Während er den Arm um ihre Schultern legte und sie zu sich hinzog, kam der Wirt mit einem Becher Cola für sie.

Obwohl er sie schon seit vier Jahren kannte, war die Unterhaltung zwischen ihnen immer noch sehr mühsam. Sie sprach ein wenig Englisch, allerdings mit vielen Fehlern und einer sehr eigenwilligen Aussprache. Dazu hatte sie sich in den Jahren, seit sie sich kannten, auch einige Sätze und Wörter in Deutsch angeeignet, die sie aber immer wieder verwechselte oder falsch verwendete. Deshalb saßen sie oft stundenlang nebeneinander, ohne viel zu reden.

An diesem Tag waren beide sehr schweigsam. Sein letzter Urlaubstag sollte auch ihr letzter gemeinsamer Tag für immer sein, wenn sie es sich nicht doch noch anders überlegte. Während er mit einer Hand ihre Brust streichelte, wanderten seine Gedanken zurück zu dem Tag vor vier Jahren, als er sie an seinem allerersten Urlaubstag kennengelernt hatte.

Nach einem Abendessen und einigen Drinks war sie ohne viele Worte mit ihm in sein Hotel gegangen und hatte die Nacht mit ihm verbracht. Obwohl sie kein Geld von ihm verlangt hatte, hatte er ihr am nächsten Morgen einige Baht-Scheine in die Hand gedrückt, die sie dann auch ohne Zögern angenommen hatte. Sie hatten dann bis zu seiner Abreise alle Nächte gemeinsam verbracht und er hatte ihr immer wieder einige größere Geldscheine zugesteckt. Schon damals hatten sie und ihre Freundin in ihrem Zelt Urlauber massiert und damit ihren Lebensunterhalt verdient und es hatte für ihn auch keinen Zweifel daran gegeben, dass sie ihre Arbeit auch in so manchem Hotelbett fortsetzte, wenn das gewünscht und entsprechend bezahlt wurde.

Trotzdem hatte er eine starke Zuneigung zu ihr entwickelt, die vor allem auf die besondere sexuelle Erfüllung zurückzuführen war, die er in den Nächten mit ihr erfuhr und die er in dieser Intensität vorher nicht erlebt hatte.

Als sie ihm zu verstehen gab, dass sie nicht in Phuket bleiben würde, weil sie auf Dauer die Kosten für ihr bescheidenes Appartement nicht aufbringen konnte, hatte er sich bereiterklärt, die Miete für sie zu bezahlen, weil er schon damals das starke Bedürfnis hatte, sie im nächsten Urlaub wieder in seiner Nähe zu haben.

Er hatte dann Jahr für Jahr am Ende seines Urlaubs die Miete für ein Jahr im Voraus für sie bezahlt. Diesen Aufwand nahm er gerne auf sich. Die Miete für ein Jahr kostete ihn weniger als das, was er für seinen dreiwöchigen Aufenthalt im Hotel bezahlte.

Dafür hatte er im Urlaub eine Partnerin, die sich für ihn Zeit nahm, wenn er sie in seiner Nähe haben wollte, die aufregende Nächte mit bisher nicht gekannter sexueller Erfüllung mit ihm verbrachte und die ihn allein ließ, wenn er seine Ruhe haben wollte. Ihre gemeinsamen Nächte verbrachten sie aber nicht in ihrer Wohnung, sondern in seinem Hotelzimmer, was vom Hotelpersonal anstandslos geduldet wurde, weil er schon im ersten Urlaub durch eine Vereinbarung mit dem Hotel dafür gesorgt hatte, dass sie jederzeit zu ihm kommen und auch mit ihm frühstücken konnte, wenn sie bis zum Morgen blieb.

Eines Tages, im zweiten Jahr ihrer Urlaubsbeziehung, hatte sie ihm zu verstehen gegeben, dass sie gerne mit ihm nach Europa kommen würde. Sie beteuerte dabei immer wieder, dass er nur die Kosten für ihren Reisepass und den Flug übernehmen müsste und sie dann selbst für ihren Unterhalt sorgen würde. Obwohl er nicht gerade begeistert war, lehnte er ihren Vorschlag nicht einfach ab und vertröstete sie immer wieder auf das nächste Jahr.

Auch in diesem Jahr hatte sie an einem der ersten gemeinsamen Abende wieder damit angefangen und er hatte ihr gesagt, dass es wegen der strengen Gesetze in seinem Land nicht möglich sein werde, sie mitzunehmen. Einige Tage später erzählte sie ihm dann, dass sie vor einigen Monaten einen Mann kennengelernt hatte, der im Norden Thailands ein Stück Land besaß und zu dem sie nach Neujahr ziehen wollte. Zunächst hatte er das nicht ernstgenommen und geglaubt, dass sie ihn mit dieser erfundenen Geschichte umstimmen wollte.

Sie verbrachten seine Urlaubstage dann wie in den Jahren zuvor. Mit der Zeit erkannte er aber doch, dass sie ihm keine erfundene Geschichte aufgetischt hatte. Wenn er sie nicht mitnahm, würde er sie als Partnerin für seine Urlaubsaufenthalte verlieren. Einige Tage lang dachte er ernsthaft daran, ihren Wunsch zu erfüllen, weil er nicht auf die aufregenden Nächte mit ihr verzichten wollte.

Er wusste aber auch, welche Schwierigkeiten damit verbunden sein konnten und wie wenig er sich für eine dauerhafte Beziehung eignete. Am Ende fand er sich damit ab, dass die Zeit mit ihr zu Ende ging.

All das ging ihm durch den Kopf, während er neben ihr auf der schmalen Holzbank saß, ihre Brustwarzen streichelte und auf das Meer hinausblickte.

Als dann der kanadische Wirt an ihrem Tisch auftauchte und fragte, ob er noch ein Bier bringen sollte, wurden beide aus ihren Gedanken gerissen. Er bestellte noch ein Bier und eine Cola und versuchte dann, mit ihr den letzten gemeinsamen Abend zu planen. Sie blieb aber wortkarg und gab ihm zu verstehen, dass sie ihn im Hotel abholen wollte.

Auf dem Rückweg machte er noch seinen Abschiedsbesuch bei einer jungen Thailänderin, die an der Uferstraße, nicht weit von seinem Hotel entfernt, einen Stand hatte und mit einfachsten

Mitteln köstliche Hühnerteile grillte. Jahr für Jahr hatte er fast täglich bei ihr Halt gemacht und sich trotz seiner sonst spröden Art mit ihr angefreundet.

Heute bestellte er nur ein Bier und setzte sich auf einen ihrer kleinen Campingsessel.

Wenige Meter entfernt boten zwei einheimische Frauen in ihrer Bude die üblichen Kleidungsstücke an. Sie hatten gerade ein älteres Ehepaar in ihren Fängen. Die Frau probierte ein kurzes Höschen mit der übergroßen Aufschrift einer europäischen Nobelmarke. Obwohl es ihr offensichtlich zu klein war und von ihren ausladenden Pobacken geradezu „gefressen" wurde, wollte sie es anscheinend kaufen und versuchte, den Preis herunterzuhandeln. Mehrmals nannte sie einen Betrag, auf den die Verkäuferin jedes Mal mit schriller Stimme und den Worten: „Giff mi moooor" reagierte. Sie einigten sich dann aber doch und die Frau ging mit ihrem kessen Höschen und dem gelangweilten Ehemann zum nächsten Stand weiter.

Inzwischen hatte er sein Bier ausgetrunken und verabschiedete sich von der Grillerin mit einem großzügigen Trinkgeld und der Ankündigung, dass er im nächsten Jahr wiederkommen werde. Sie hatte Tränen in den Augen, als sie ihm zum Abschied eine Kette aus weißen Blüten um den Hals legte und ihn auf beide Wangen küsste.

Nach dem Abendessen in einem kleinen Restaurant, das für seinen ausgezeichneten Phuket-Lobster bekannt war, flanierte er dann mit seiner Gefährtin, die ihn wie vereinbart im Hotel abgeholt hatte, an den zahlreichen kleinen Geschäften neben der Uferstraße entlang.

Danach kehrten sie zu seinem Hotel zurück. Bei ihrem letzten Getränk an der Hotelbar wurde ihm bewusst, wie sehr er sie an diesem Abend begehrte, und er überlegte kurz, ob er sie nicht doch mitnehmen sollte.

Schon im Lift zog er sie an sich und ließ seine Hände zwischen ihre kräftigen Schenkel wandern. Im Zimmer zogen sie sich dann hastig aus.

Als er aus dem Bad kam, lag sie mit weit geöffneten Beinen nackt auf dem breiten Doppelbett und schenkte ihm ihr eigenartiges Lächeln, das vieles bedeuten konnte.

Er setzte sich seitlich neben sie, legte seinen Kopf auf ihren Bauch und kraulte ihr dichtes, schwarzes Schamhaar. Schon bald spürte er ihre zunehmende Erregung, als sie versuchte, ihn mit ihren kräftigen Armen über sich zu ziehen. Er entzog sich ihr, ehe sie ihn mit Armen und Beinen umschlingen konnte, stand auf und schaltete den kleinen CD-Player ein, den er auf seinen Reisen stets mitführte.

Als er in sie eindrang, ertönte die kraftvolle Stimme einer bekannten deutschsprachigen Sängerin. Sie sang von einer Frau, die sein wollte wie eine andere, es letzten Endes aber doch nicht schaffte.

Es dauerte dann nur wenige Minuten, bis sie zunächst leise und dann immer lauter zu stöhnen begann. Sie warf ihm mehrere Male ihren Unterleib kraftvoll entgegen, drückte ihn mit ihren starken Armen so fest an sich, dass er nicht mehr weiter in sie stoßen konnte, und kam zu einem Orgasmus, wie er ihn bei keiner Frau zuvor erlebt hatte. Dann gab sie ihn frei, blieb regungslos auf dem Rücken liegen und sah lächelnd gegen die Decke, während seine Stöße immer schneller und heftiger wurden. Sie lächelte auch noch, als er sich aufrichtete und, auf die Ellbogen gestützt, seine Hände seitlich um ihren Hals legte.

Als er das vor vier Jahren, am Beginn ihrer Beziehung, erstmals getan hatte, war sie erschrocken und hatte seine Hände von ihrem Hals gerissen. Er hatte ihr dann aber zu verstehen gegeben, dass dies nur ein Spiel sei und sie nichts zu befürchten habe.

Tatsächlich drückte er nie fest zu und sie ließ es als Teil seines Liebesspieles zu, wohl auch deshalb, weil sie erkannte, wie sehr es ihn erregte, wie schnell er so zu seinem Höhepunkt kam und wie großzügig er nach solchen Nächten immer war.

Diesmal war aber alles anders.

Als sie spürte, dass er mit ganzer Kraft zudrückte, umfasste sie ihn an den Handgelenken und versuchte, seine Hände von ihrem Hals zu bekommen. Er umklammerte sie aber wie ein Schraubstock, sie bekam keine Luft mehr und vor ihren Augen begannen rote Ringe zu tanzen. Mit letzter Kraft gelang es ihr, ihn mit einer ruckartigen Bewegung ihres Unterleibes von sich zu stoßen. Als sie ihm dann noch ihr Knie zwischen die Beine rammte, ließ er endlich ihren Hals los und rollte mit einem Aufschrei seitlich aus dem Bett.

Sie zitterte am ganzen Körper und rang nach Luft, während sie hastig ihre Kleidungsstücke zusammensuchte und sich ankleidete. Er schien immer noch starke Schmerzen zu haben, als er langsam aufstand, zu ihr hinging und sie umarmen wollte. Sie stieß ihn aber so heftig von sich, dass er beinahe wieder hingefallen wäre, und kleidete sich fertig an. Immer noch wütend stieß sie dabei einige Sätze in ihrer Muttersprache hervor, die er nicht verstand. Daraufhin nahm er aus seiner Hose ein Bündel mit Dollarscheinen und warf es auf das Bett, ehe er sich in das Bad zurückzog und die Tür hinter sich schloss.

Wenige Augenblicke später hörte er die Tür ins Schloss fallen und kehrte in das Zimmer zurück.

Das Geld hatte sie mitgenommen.

Die Stimme aus dem CD-Player war immer noch zu hören. Jetzt ging es um einsame Wölfe, die durch die Nacht schlichen.

Nach und nach wurde ihm bewusst, was geschehen war.

Wie hatte es dazu kommen können?

Was war in ihn gefahren?

Was wäre geschehen, wenn sie ihn nicht von sich gestoßen hätte?

Er überlegte, ob er am Vorabend zu viel getrunken hatte. Daran konnte es nicht liegen. Es war weniger gewesen als an manchen Tagen davor. Betrunken war er jedenfalls nicht.

Schweißgebadet lag er auf seinem Bett und dachte darüber nach, was er jetzt tun sollte. Wenn sie zur Polizei ging, würde er große Probleme bekommen und über die Zustände in thailändischen Gefängnissen war er nach einigen Medienberichten auch informiert. Aber würde sie das tun? Er wusste, dass thailändische Frauen in den Urlaubsgebieten meist einen großen Bogen um die Polizei machten, und beruhigte sich. Immerhin war inzwischen schon eine Stunde vergangen und niemand hatte an seine Tür geklopft. Am nächsten Tag sollte er um neun Uhr vom Hotel abgeholt werden. Drei Stunden später würde er im Flugzeug sitzen und in Richtung Heimat unterwegs sein.

Nach dem vierten und letzten Bier aus seiner Minibar ging er endlich zu Bett und fiel trotz der Schmerzen in seinen Hoden, die er immer noch spürte, in einen bleiernen Schlaf, aus dem er so spät erwachte, dass er in aller Eile seinen Koffer packen musste, damit er noch rechtzeitig zum Flughafen kam.

Noch einmal packte ihn die Angst, als einer der Polizisten bei der Passkontrolle vor der Ausreise seinen Reisepass genau studierte und ihn dabei einige Sekunden lang musterte. Auch als ihm der Beamte den Pass schließlich mit einem freundlichen Lächeln zurückgab, war ihm noch immer nicht ganz wohl in seiner Haut.

Auf dem Weg zum Flugzeug und beim Einsteigen drehte er sich immer wieder um und hielt Ausschau nach Polizisten, die ihn abholen und in ein thailändisches Gefängnis bringen könnten. Er sah aber nur Urlauber mit Handgepäck und Kameras und fühlte trotzdem den kalten Schweiß am ganzen Körper.

Erst als das Flugzeug eine halbe Stunde später abhob, wusste er, dass er nichts mehr zu befürchten hatte, und lehnte sich entspannt in seinem engen Sitz zurück.

Die zahlreichen kleinen Inseln der Andaman-See unter ihm wurden kleiner und kleiner, die Wellen auf dem Meer waren kaum noch zu erkennen und die Flugbegleiterin brachte ihm den ersten Drink.

Als das Flugzeug dann in die Wolkendecke eintauchte, schloss er die Augen und dachte an die Frau, mit der er die letzte Nacht verbracht hatte, und an das Lied von den „einsamen Wölfen".

16

1

Man hatte sich Mühe gegeben, den großen Raum in einem Restaurant nahe der Innsbrucker Altstadt zu schmücken. Die Tische waren festlich gedeckt und mit Gestecken aus bunten Frühlingsblumen geschmückt worden. Auch die Wände hatte man dekoriert, allerdings mit Kunstblumen und ähnlichen Gebilden, die nicht unbedingt frühlingshaft aussahen und wohl auch schon so manchen Besucher einer Weihnachtsfeier erfreut haben mochten. Bei allem Bemühen war nicht zu übersehen, dass der Raum an anderen Tagen als Speisesaal diente.

An diesem 30. April 2004 fand hier aber das jährliche Frühlingsfest der Tiroler Gendarmerie-Kriminalabteilung statt.

Schon vor etwa zehn Jahren hatte man sich nach vielen Diskussionen dazu entschlossen, dieses Fest anstelle der früher üblichen Weihnachtsfeier zu begehen. Dafür hatte es mehrere Gründe gegeben. Hunderte Veranstaltungen in der Zeit zwischen Ende November und dem Weihnachtstag sorgten nicht nur für entsprechenden Stress in der Gastronomie. Wer sich ein passendes Lokal für seine Weihnachtsfeier sichern wollte, musste schon im August oder September reservieren. Unter den jüngeren, reiselustigen Mitarbeitern der Kriminalabteilung war der Dezember zudem ein beliebter Urlaubsmonat, den viele dazu nutzten, Überstunden abzubauen oder Urlaubsreste zu verbrauchen. Von ihnen war auch die Anregung zu dieser Veranstaltung im April gekommen. Am letzten Arbeitstag vor Weihnachten fand nur noch eine interne Feier in den Diensträumen statt.

Neben den aktiven Beamten lud man zu der Feier im Frühling auch die Pensionisten der Kriminalabteilung und Vertreter der Justiz, der Verwaltungsbehörden und des Landesgendarmeriekommandos ein. An diesem Tag wurden auch Beamte in den Ruhestand verabschiedet, neu zur Abteilung versetzte Mitarbeiter begrüßt und Beförderungen, Bestellungen und ähnliche Ereignisse verlautbart und gewürdigt.

An der Stirnseite der Tafel saß der Leiter der Kriminalabteilung, Oberst Konrad Baumann. Er war seit mehr als zwanzig Jahren Chef der Abteilung und sprach seit seinem sechzigsten Geburtstag ständig über seinen baldigen Abgang in den Ruhestand. Inzwischen war er schon dreiundsechzig und seine Mitarbeiter waren davon überzeugt, dass er wohl erst zum letztmöglichen Zeitpunkt, also nach seinem fünfundsechzigsten Geburtstag, in Pension gehen würde. Baumann schien trotz seines Gewichtes von weit über einhundert Kilogramm bei bester Gesundheit zu sein.

Schon vor seiner Bestellung zum Chef hatte er als Stellvertreter bei der Kriminalabteilung gearbeitet und sich dabei den Ruf eines fähigen und erfahrenen Kriminalisten erworben.

Als Leiter der Abteilung hatte er sich dann mit zunehmendem Alter und Gewicht aber auf seine Rolle als „Manager", wie er immer wieder gerne betonte, zurückgezogen. Auch bei Mordfällen und anderen schweren Delikten mischte er sich kaum noch in die Maßnahmen vor Ort ein. Er ließ sich aber laufend über den Stand der Ermittlungen berichten und konnte sehr ungehalten sein, wenn das einmal nicht geschah.

Mit großem Einsatz kümmerte er sich stets um die Behörden- und Medienkontakte, ganz besonders um die Pressekonferenzen, die er häufig anordnete und bei denen er immer dann den Vorsitz führte, wenn ihm diese Aufgabe nicht ein Höherer streitig machte.

Wie immer bei feierlichen Anlässen hatte neben ihm der Obmann des Dienststellenausschusses der Personalvertretung Platz genommen.

Erich Baumann war höchstens zehn Kilo leichter als sein Chef, mit diesem aber trotz des gleichen Schreibnamens nicht verwandt und auch deutlich jünger. Die Namensgleichheit war allerdings nicht der einzige Grund dafür, dass er von seinen Kollegen den

Spitznamen „Zwilling" erhalten hatte. Es war vor allem die „ausgezeichnete und immer sehr vertrauensvolle Zusammenarbeit", von der er und sein Chef bei jeder Gelegenheit schwärmten, die ihm diesen Namen eingetragen hatte.

Links und rechts von den beiden saßen die Vertreter der Behörden, die der Einladung auch diesmal gerne gefolgt waren.

Pünktlich um zwanzig Uhr wuchtete sich der Abteilungsleiter aus seinem Sessel und hielt seine traditionelle Rede, die mit der Begrüßung der Gäste begann und mit dem Dank an seine Mitarbeiter endete. Dazwischen lobte er alle Anwesenden in den höchsten Tönen.

Besonders innig dankte er seinem Zwilling für die ausgezeichnete Zusammenarbeit und das „immer wieder hohe Maß an Verständnis für die Erfordernisse des Dienstes".

Dieser lauschte andächtig den Worten seines Chefs und wartete auf das traditionelle Finale des Lobgesanges auf die Personalvertretung. Der Chef ließ sich dann auch nicht lange bitten, klopfte ihm auf die bereitwillig dargebotene Schulter und sprach wie jedes Jahr die von seinem Zwilling sehnsüchtig erwarteten Worte: „Wir Dicken müssen zusammenhalten."

Alle Anwesenden kannten diesen Spruch seit Jahren und manche sprachen ihn leise an ihren Tischen mit, was zu allgemeiner Heiterkeit führte, die beiden Hauptakteure aber nicht weiter störte.

Dann war der Personalvertreter am Wort.

Er ließ zwar in seiner Rede überaus vorsichtig einige Wünsche für die Zukunft an den Chef anklingen, stellte ihn aber dann mit seinen Lobhudeleien über alles und jeden glatt in den Schatten. Als er endlich zum Ende seiner Rede kam, hörte man von einem der hinteren Tische halblaut, aber für alle gut zu verstehen, die Worte: „Wir Dicken müssen zusammenhalten."

Nach dem Landesgendarmeriekommandanten, der diesmal persönlich der Einladung gefolgt war, richtete zuletzt einer der Behördenvertreter das Wort an die Anwesenden.

Auch er war voll des Lobes über die Kriminalabteilung und ihre Mitarbeiter und schwenkte gehörig das Weihrauchfass, obwohl er so manchen von ihnen oft mit seinen Anregungen, dem Wunsch nach umfassender Information und endlosen Erörterungen über seine Kompetenzen genervt hatte.

Nach den Reden kam für den Leiter der Kriminalabteilung der Zeitpunkt, auf den er sich seit dem Ende seiner Festrede besonders gefreut hatte.

In Anlehnung an die traditionelle Zeremonie beim Wiener Opernball erhob er sich von seinem Sessel, ging in die Mitte des Raumes und sprach die Worte: „Alles Buffet."

Diese Inszenierung war wohlüberlegt.

Weil er schon in der Mitte des Raumes stand, hatte er einen Startvorteil, wenn er das Buffet eröffnete, und war als Erster mit seinem Teller an Ort und Stelle. Dieser war dann auch nach wenigen Minuten ordentlich gefüllt. Natürlich bediente er sich vorwiegend an jenen Platten, auf denen die teuersten und nach seinem Geschmack besten Speisen, allerdings in geringen Mengen, aufgelegt waren. Auf seinem Teller fanden sich neben Garnelenschwänzen, Flusskrebsfleisch und Räucherlachs auch Entenbrust und Roastbeef.

Weil er nicht nochmals aufstehen wollte, bediente er sich auch gleich bei den Nachspeisen. Mehr als zwei Teller konnte er aber nicht halten, und so lagen dann Eierlikörtorte und Gorgonzola nebeneinander. In der Hitze des Gefechtes rutschte ihm eine Mandelschnitte, die er sich als krönenden Abschluss sichern wollte, von seinem Teller auf eine Platte und kam mit Knoblauchsoße in Berührung. Mit einem schnellen Blick zur Seite vergewisserte er sich, dass ihm niemand zusah, wischte sie schnell mit der Serviette ab und legte sie zu den anderen Mehlspeisen zurück. Als würdigen Ersatz gönnte er sich ein stattliches Stück Heidelbeerkuchen.

Auch sein Zwilling war als einer der Ersten an das Buffet gestürmt und mit einem übervollen Teller an den Tisch zurückgekehrt.

In der nächsten halben Stunde saßen die beiden Dicken einträchtig nebeneinander, stopften alles in sich hinein, was sie am Buffet erbeutet hatten, und waren schon bei den Nachspeisen, als sich einige Nachzügler die letzten, schon ziemlich erkalteten Schnitzel und Hühnerschenkel holten und missmutig die abgeernteten Platten und Schüsseln begutachteten.

An einem der hinteren Tische, möglichst weit von der „Prominenz" entfernt, saßen Roman Steinlechner und seine engsten Mitarbeiter beisammen. Steinlechner war der Chef jener Truppe, die man jahrzehntelang als die „Blutgruppe" bezeichnet hatte. Die offizielle Bezeichnung für seine Funktion hatte sich nach jeder der mehrfachen Organisationsreformen geändert. Die letzte dieser Reformen hatte es im Jahr 2002 gegeben. Damals hatten viele ältere Beamte ihre Funktionen verloren und waren durch andere, meist jüngere Kollegen ersetzt worden. Durch diese Veränderungen hatte es viele Enttäuschte und Verärgerte gegeben. Mit ein Grund dafür, dass längst nicht alle Beamten der Kriminalabteilung zu diesem Fest gekommen waren. Von denen, die seit dieser Reform – oft nicht ganz freiwillig – in Pension gegangen waren, war kein Einziger anwesend.

Auch die schon sehr konkreten Pläne für die Zusammenlegung von Polizei und Gendarmerie waren nicht dazu angetan, diesen Abend zu einem rauschenden Fest werden zu lassen.

Roman Steinlechner hatte seine Funktion auch nach der letzten Reform behalten. Er war bei den Vorgesetzten nicht ausgesprochen beliebt, wurde aber als fachlich unbestritten geschätzt. Zudem war er zum Zeitpunkt der Reform noch keine fünfzig Jahre alt gewesen und keiner politischen Partei zuzuordnen, was immer noch besser war, als mit jener Partei in Verbindung gebracht zu werden, die gerade nicht den Innenminister stellte.

Seit 2002 war Chefinspektor Roman Steinlechner also Leiter des „Ermittlungsbereiches Leib, Leben, Gesundheit". An seinen Aufgaben hatte sich nicht viel geändert, auch seine Mitarbeiter waren ihm erhalten geblieben. Zwei davon saßen heute mit ihm am Tisch. Der ältere, Werner Brauer, arbeitete schon lange mit Steinlechner zusammen. Die beiden waren nach vielen gemeinsamen Fällen, die sie sehr oft erfolgreich abgeschlossen hatten, ein eingespieltes Team. Jeder schätzte und respektierte den anderen, Freunde waren sie aber in all den Jahren nicht geworden.

Brauer war auch Personalvertreter, allerdings im Fachausschuss, der für die gesamte Tiroler Gendarmerie zuständig war. Er war von der „roten Fraktion" und aus diesem, aber auch noch aus einigen anderen Gründen kein besonderer Freund jenes anderen Personalvertreters, der immer noch einträchtig neben seinem Abteilungsleiter saß und ihm andächtig zuhörte.

Brauer war trotz seiner Tätigkeit im Fachausschuss in erster Linie Kriminalbeamter und als solcher auch in der Abteilung anerkannt. Auch das unterschied ihn von Erich Baumann, der zwar auf einer der bestbewerteten Planstellen saß, die damit verbundene Arbeit aber meistens seinem Stellvertreter überließ, weil er angeblich mit seiner Tätigkeit als Obmann des Dienststellenausschusses voll ausgelastet war. Das betonte er auch bei jeder Gelegenheit, wohl auch deshalb, weil es ihm niemand glaubte.

Etwas hatten die beiden Personalvertreter aber doch gemeinsam. Auch Brauer kämpfte seit Jahren mit Übergewicht, das er aber immer wieder mit Diäten in Schach hielt.

Gerhard Gapp, der etwas gelangweilt neben Brauer saß, war der Jüngste in Steinlechners Team. Trotz seiner Jugend hatte er sich als einfallsreicher und fleißiger Ermittler und als angenehmer, meist gut gelaunter Kollege in der Kriminalabteilung nach kurzer Zeit gut integriert.

Franz Kofler war als Einziger am Tisch nicht in Steinlechners Gruppe. Er war seit der letzten Reform „Leiter des Assistenzbereiches Tatort, Erkennungsdienst" und hatte auch in den fast zwei Jahrzehnten vorher unter einigen anderen Funktionsbezeichnungen in diesem Bereich gearbeitet. Obwohl Kofler eine Reihe von tüchtigen Mitarbeitern hatte, war er immer noch selbst das „beste Pferd in seinem Stall". Bei Tötungsdelikten war er meist am Tatort anwesend. Wenn Steinlechner ermittelte, war also Kofler oft an seiner Seite, häufig auch dann, wenn die Tatortarbeit nicht im Vordergrund stand. Kofler legte den Begriff „Tatort" großzügig aus und Steinlechner hatte dagegen nichts einzuwenden.

Zwischen den beiden hatte sich eine Art von Freundschaft entwickelt, die sie aber nicht daran hinderte, bei schwierigen Ermittlungen ihre oft unterschiedlichen Ansichten in heftigen und lautstarken Diskussionen auszutragen.

Steinlechner mochte Veranstaltungen wie die heutige nicht besonders. Schon während der Reden hatte er mehrmals einen seiner spöttischen Kommentare abgegeben. Auch Brauer hatte zur Unterhaltung am Tisch beigetragen. Seine Bosheiten galten hauptsächlich dem Obmann der Personalvertretung und seiner Rede. Gegen zweiundzwanzig Uhr verabschiedeten sich die Behördenvertreter. Die „Zwillinge" beendeten ihre Unterredung und mischten sich unter das Volk.

„Ich habe den Dicken heute schon lange genug zugehört. Jetzt muss ich sie nicht auch noch am Tisch haben", sagte Steinlechner und stand auf.

„Du wirst sicher noch ein wenig mit deinem Personalvertreterkollegen plaudern wollen", fügte er dann noch grinsend an Brauer gewandt hinzu. Der reagierte auf Steinlechners Sticheleien wegen seiner Tätigkeit als Personalvertreter meist auf recht deftige Weise. Diesmal erfüllte er die Erwartungen Steinlechners und der anderen am Tisch aber nicht und begnügte sich mit einer abfälligen Geste.

Alle vier trafen sich dann noch in einem Lokal in der Nähe, wo sie bei einem Bier weiter über die Hauptdarsteller des Abends lästerten.

Als Steinlechner und Kofler dann auf dienstliche Angelegenheiten zu sprechen kamen, machte Brauer seinem Ruf als Frauenheld wieder einmal alle Ehre und lotste eine Kellnerin, die schon Dienstschluss hatte, und ihre Freundin, die gekommen war, um sie abzuholen, an den Tisch.

In dieser angenehmen Gesellschaft kehrten dann auch Kofler und Steinlechner wieder zu „zivilen" Gesprächsthemen zurück und es war nach Mitternacht, als sich die Runde auflöste und zumindest drei von ihnen den Heimweg antraten.

Brauer wollte mit den beiden Damen noch eine Bar im Westen von Innsbruck aufsuchen.

2

Der Mann am Steuer des dunklen BMW kannte die Stelle gut, an der er die Geschwindigkeit verringern und nach rechts in den schmalen Waldweg einbiegen musste. Nach wenigen Metern drehte er das Licht aus, der Schein des Mondes reichte ihm für die letzten Meter seiner Fahrt. Als er in einiger Entfernung die Konturen der hölzernen Schranke sah, die er schon von früheren Besuchen her kannte, hielt er an, stellte den Motor ab und verriegelte die Türen. Er wandte sich seiner Beifahrerin zu, legte die Arme um ihre Schultern und zog sie an sich. Während sie seinen Kuss erwiderte, wanderte ihre Hand nach unten und mit geübtem Griff öffnete sie zuerst seinen Gürtel und dann die Hose. Beide wussten, dass ihre Beziehung keine Zukunft haben würde, umso gieriger kosteten sie ihre sporadischen Treffen aus, die immer schwerer zu organisieren waren, seit seine Frau Verdacht geschöpft hatte.

Hastig streifte sie ihre Schuhe ab, zog Jeans, Strumpfhose und Höschen gleichzeitig aus und ließ sich in die weiche Polsterung zurücksinken.

Sie dachte nicht mehr an den neuen Mann, den sie vor einigen Tagen kennengelernt hatte, und sie dachte auch nicht an ihren Ehemann, der immer wieder versuchte, sie zu kontrollieren, und sich selbst so viele Freiheiten nahm.

Sie dachte an gar nichts mehr, als sie seine Lippen auf ihren Brüsten spürte und seine Hände zwischen ihre nackten Schenkel wanderten. Während er sie mit beiden Händen anhob, rutschte er unter ihr auf den Beifahrersitz, drehte sie zu sich herum und drang sofort in sie ein.

Die Erschöpfung nach dem kurzen, aber doch sehr stürmischen Liebesakt und die späte Stunde, zu der sie sich diesmal getroffen hatten, ließ beide trotz ihrer nicht gerade bequemen Stellung bald einschlafen.

Eineinhalb Stunden später erwachten sie gleichzeitig vom Geräusch eines Lastkraftwagens auf der nahe gelegenen Straße. Er hielt sich die Armbanduhr vor das Gesicht und sah, dass es kurz vor drei Uhr morgens war. Wortlos lösten sie sich voneinander, suchten im Dunkeln ihre Kleidungsstücke zusammen und zogen sich hastig an. Nach einer flüchtigen Umarmung startete er den Motor und drehte das Licht an.

Fast gleichzeitig sahen sie im Kegel der Scheinwerfer die reglose Gestalt vor dem Auto auf dem Boden liegen. Nach einigem Zögern stieg er aus und blieb nach wenigen Schritten wie angewurzelt stehen.

Vor ihm lag eine halb nackte Frau auf dem Rücken. Zwei dicke, weiße Schenkel quollen aus halterlosen, dunklen Strümpfen hervor und mündeten in ein großes, dunkles Dreieck, auf das er für einige Sekunden wie gebannt starrte. Dann wanderte sein Blick weiter über den Bauch mit dem tiefen, trichterförmigen Nabel zu den massigen Brüsten, die zum Teil vom hochgeschobenen BH verdeckt waren. Der Kopf mit den kurzen, dunklen Haaren war unnatürlich zur Seite gedreht, was er als sicheres Zeichen dafür deutete, dass eine Tote vor ihm lag.

So schnell er konnte, setzte er sich hinter das Lenkrad seines Autos und fuhr im Rückwärtsgang auf die Straße hinaus.

Die Frau neben ihm hatte die ganze Zeit regungslos auf dem Beifahrersitz gesessen und auf die Gestalt am Boden gestarrt. „Wir müssen ihr doch helfen", sagte sie schließlich mit brüchiger Stimme. „Der kann keiner mehr helfen, sie ist tot", antwortete er mit einiger Verzögerung, als sie gerade an der Ortstafel von Absam vorbeifuhren. Er lenkte das Auto in eine Seitenstraße, stellte den Motor ab und drehte sich zu seiner Beifahrerin hin.

„Sie ist sicher tot, wir können ihr nicht mehr helfen, aber wir müssen die Gendarmerie verständigen. Je früher man sie findet, umso besser sind die Chancen, dass man auch den findet, der ihr das angetan hat."

„Wir können nicht einfach zur Gendarmerie gehen, oder möchtest du, dass deine Frau und mein Mann erfahren, wo wir heute Nacht gewesen sind?"

„Natürlich nicht, wir melden es anonym. Ich fahre zur nächsten Telefonzelle, du wählst die Nummer 133, sagst, wo die Tote liegt, und legst auf, bevor man dich nach deinem Namen fragen kann."

Nach mehreren Runden durch die menschenleeren Straßen von Hall in Tirol fanden sie endlich doch eine Telefonzelle. Ein Beamter mit verschlafener Stimme erfuhr, dass zwischen Absam und Gnadenwald eine tote Frau im Wald lag. Ohne sich unterbrechen zu lassen, beschrieb ihm die Frau am anderen Ende der Leitung dann noch die Stelle näher und legte auf, ehe er ihr weitere Fragen stellen konnte. Bevor sie wieder in das Auto einstieg, ging sie nochmals zur Telefonzelle zurück, weil sie sich vergewissern wollte, dass sie nichts vergessen hatte, und stellte dabei fest, dass immer noch kein Mensch in der Nähe war. Beruhigt setzte sie sich in das Auto und wiederholte für ihren Begleiter das kurze Gespräch, mit dem sie die Gendarmerie informiert hatte.

Auf der Fahrt nach Innsbruck blieben dann beide schweigsam. Bevor sie sich trennten, bemühte er sich nochmals, sie davon zu überzeugen, dass sie sich richtig verhalten hatten.

Man würde die Tote finden und die Dinge würden ihren Lauf nehmen.

Niemand konnte ihnen einen Vorwurf machen und niemand sollte von ihrem furchtbaren nächtlichen Erlebnis jemals etwas erfahren.

3

Es war kurz nach fünf Uhr morgens, als das Klingeln seines Handys Chefinspektor Roman Steinlechner aus dem Schlaf riss. Ein Kollege von der Kriminalabteilung des Landesgendarmeriekommandos, der in dieser Nacht Journaldienst hatte, informierte Steinlechner davon, dass in einem Waldstück zwischen Absam und Gnadenwald, unweit der Gnadenwalder Landesstraße, eine weibliche Leiche lag. Zwei Beamte vom Gendarmerieposten Hall hatten nach einem anonymen telefonischen Hinweis die Tote im Wald gefunden.

Der zuständige Sprengelarzt hatte festgestellt, dass die Frau schon seit Stunden tot war und Würgespuren am Hals aufwies.

Man musste also von einem Mord ausgehen und Steinlechners Nachtruhe hatte wieder einmal ein vorzeitiges Ende gefunden. Auch die Hoffnung auf ein freies Wochenende war nach diesem Anruf in weite Ferne gerückt.

Roman Steinlechner war einundfünfzig Jahre alt und lebte seit der Trennung von seiner langjährigen Lebensgefährtin vor einigen Jahren allein in einer Altbauwohnung im Westen von Innsbruck.

Er war relativ groß, schlank und bekannt dafür, dass er Unmengen essen konnte, ohne jemals zuzunehmen. Von seinem früher dichten, brünetten Haar waren nur ein schon stark ergrauter Haarkranz und ein kleiner, dünn behaarter Bereich oberhalb der Stirn übrig, der trotz emsiger Pflege mit teuren Haarwuchsmitteln von Jahr zu Jahr kleiner wurde. Diese Frisur trug er erst seit der Trennung von seiner Freundin. Vorher hatte er versucht, seine schwindende Haarpracht dadurch zu verbergen, dass er seinen Scheitel immer tiefer gelegt und lange Haarsträhnen über die kahlen Stellen auf seinem Schädel drapiert hatte. Das hatte ihm oft den Spott seiner Kollegen eingebracht, besonders dann, wenn ihm bei Einsätzen im Freien der Wind die langen Haare von der Glatze geweht hatte. Auf modische Kleidung legte er keinen besonderen Wert. Am liebsten trug er Jeans, von denen er eine ganze Menge besaß, und dazu die bei Kriminalbeamten allgemein sehr beliebten Lederjacken.

Bei Vorgesetzten und Kollegen galt Steinlechner als intelligenter, ausdauernder und erfahrener Ermittler, der sich in seine Kriminalfälle regelrecht verbeißen konnte und nur sehr ungern einen Fall ungelöst zu den Akten legte. Er konnte allerdings im Umgang mit seinen Mitarbeitern auch sehr ungeduldig und manchmal ungerecht werden, wenn er mit seinen Ermittlungen nicht weiterkam.

Seinem Chef gegenüber verhielt er sich distanziert, obwohl sich die beiden schon lange kannten. Oberst Baumann, der selbst gerne um den Brei herumredete, hatte sich im Laufe der Jahre damit abgefunden, dass Steinlechner meist schnell zur Sache kam, die Dinge beim Namen nannte, seine Meinung konsequent vertrat und geradezu allergisch reagierte, wenn er sich bevormundet fühlte. Sein Verhalten hatte ihn nicht zu jedermanns Freund in der Kriminalabteilung gemacht, seine Erfolge sprachen aber für sich und man nahm ihn so, wie er war.

Als Steinlechner in seinem alten VW Golf in den Hof des Landesgendarmeriekommandos fuhr, waren zwei Beamte der Tatortgruppe eben dabei, die Dienststelle zu verlassen. Er ersuchte sie, noch etwas zu warten, und ließ sich vom Journaldienst berichten, was bisher bekannt war. So erfuhr er auch, dass die Gerichtsmedizin verständigt worden war und Dozent Dr. Burger sich schon auf den Weg nach Absam gemacht hatte. Auch um alle anderen bei Mord und anderen schwerwiegenden Kriminalfällen notwendigen Meldungen und Informationen hatten sich die Journaldienstbeamten schon gekümmert. Zwei Mitarbeiter von Steinlechner, die außerhalb von Innsbruck wohnten, würden innerhalb der nächsten halben Stunde eintreffen und nachkommen. Steinlechner holte seinen Aktenkoffer aus dem Büro und fuhr gemeinsam mit den Beamten der Tatortgruppe nach Absam.

Es war für die Jahreszeit recht kühl an diesem 8. Mai 2004, einem Samstag, als Chefinspektor Steinlechner kurz vor halb sieben Uhr aus dem Auto stieg und sich an die Arbeit machte. Ein strahlender Frühlingstag kündigte sich an. Steinlechner begrüßte den Bezirksgendarmeriekommandanten und die zwei Beamten des Gendarmeriepostens Hall und stellte zufrieden fest, dass der Gerichtsmediziner noch nicht eingetroffen war. So war es möglich, Übersichtsaufnahmen von der Leiche zu machen, bevor sie untersucht und dabei in ihrer Lage verändert wurde. Von den beiden Beamten, die die Tote aufgefunden hatten, erfuhr Steinlechner, dass der Sprengelarzt ihre Lage nicht verändert hatte. Die beiden Männer der Tatortgruppe begannen unaufgefordert mit ihrer Arbeit. Während der eine die halb nackte, tote Frau von allen Seiten fotografierte, suchte der andere zunächst den Bereich rund um die Tote ab. Sie lag in der Mitte eines grob geschotterten Waldweges, der in mehreren Kurven von der Gnadenwalder Landesstraße aus ein rund sechzig Meter breites Waldstück durchquerte. Etwa drei Meter hinter der Leiche war der Weg durch eine hölzerne Schranke abgesperrt. Dahinter befand sich eine Wiese mit einigen vereinzelten Erlen und in einer Entfernung von fünfzig oder sechzig Metern eine baufällige Scheune, zu der der Weg hinführte.

Auf dem groben Schotterweg waren nur Fragmente von Reifenspuren zu sehen, allerdings von mehreren Autos, weil auch der Sprengelarzt und die beiden Gendarmen mit ihren Fahrzeugen bis knapp vor die Tote gefahren waren, damit sie die Scheinwerfer ihrer Fahrzeuge als Lichtquelle nutzen konnten. Mit verwertbaren Reifenspuren war also nicht mehr zu rechnen, was Steinlechner mit einer deftigen Bemerkung kommentierte.

Inzwischen war auch Dozent Burger eingetroffen. Von ihm wusste man, dass er sich nicht gerne mit langwierigen Untersuchungen im Gelände abgab und die Leichen so schnell wie möglich auf seinem Seziertisch im gerichtsmedizinischen Institut in Innsbruck liegen haben wollte. Auch heute begnügte er sich mit einer kurzen Untersuchung der Toten und stellte fest, dass man die

Frau wahrscheinlich erwürgt hatte. Dabei war mit großer Kraft und Brutalität vorgegangen worden. Man konnte also eher von einem Mann als Täter ausgehen. Der Tod war nach Meinung von Dr. Burger noch vor Mitternacht eingetreten. Er beteuerte aber, dass man sich auf diese Aussage nicht verlassen dürfe, weil er erst nach der Obduktion genauere Angaben zum Todeszeitpunkt machen werde.

Nachdem sich der Gerichtsmediziner verabschiedet hatte, trat einer der Spurensicherer auf Steinlechner zu und reichte ihm eine schwarze Lederhandtasche, die neben der Leiche gelegen war. Steinlechner zog sich Gummihandschuhe über, ehe er die Tasche entgegennahm. Er warf einen kurzen Blick auf den Inhalt und nahm dann ein Lederetui heraus. Die Tasche gab er dem Beamten zurück, der sie in einem Plastikbeutel verstaute.

Steinlechner fand als Erstes einen Führerschein. Ein Blick auf das Foto sagte ihm, dass er den Führerschein der Toten in Händen hielt. Sie hieß Erna Klingenschmied, als Wohnort war Seefeld eingetragen.

4

Seefeld war einer der führenden Fremdenverkehrsorte in Tirol, ja in ganz Österreich. Der Ort lag auf einem Hochplateau, in knapp 1.200 Metern Seehöhe, und hatte seinen Namen von den zahlreichen Seen, die es in früheren Zeiten in der näheren Umgebung gegeben haben sollte. Davon war nur noch der Wildsee am östlichen Ortsrand übrig geblieben. Die rund 3.000 Einwohner lebten vorwiegend vom Fremdenverkehr. Hotels und Pensionen, ein Spielcasino, Strand- und Hallenbäder, die für den Winterfremdenverkehr unumgänglichen Aufstiegshilfen und vieles andere mehr sorgten dafür, dass der Ort bei in- und ausländischen Urlaubern sehr beliebt war und die für den Fremdenverkehr Verantwortlichen sich um die Auslastung keine großen Sorgen machen mussten.

Zum ausgezeichneten Ruf Seefelds als Fremdenverkehrszentrum hatten auch die zweimaligen Olympischen Winterspiele in Innsbruck beigetragen, wobei in der Umgebung von Seefeld die nordischen Skiwettbewerbe ausgetragen worden waren.

Es war sehr ruhig an diesem 8. Mai, kurz nach acht Uhr am Morgen, als ein Dienstwagen der Kriminalabteilung durch Seefeld fuhr. Am Steuer saß Werner Brauer, ein Kriminalbeamter aus Steinlechners Ermittlungsbereich.

Brauer war Anfang vierzig, mittelgroß und untersetzt. Wegen seiner dichten, dunklen Haare, die er stets sorgfältig frisierte, und wegen seines auch sonst sehr gepflegten Erscheinungsbildes nannten ihn seine boshaften Kollegen den „Schönen". Er hatte gegen diesen Spitznamen, von dem er natürlich längst wusste, nichts einzuwenden, weil er auch selbst von seinem guten Aussehen und seiner Wirkung auf das weibliche Geschlecht überzeugt war.

Brauer war verheiratet und Vater zweier Kinder im Teenageralter.

Mit der Unterstützung von Steinlechner, der mit einem Ortsplan in der Hand neben ihm im Auto saß, fand Brauer ohne Schwierigkeiten den Weg zum Hotel Frankfurt, einem älteren Hotel im Norden von Seefeld.

Nach dem Abtransport der Leiche in die Gerichtsmedizin hatte Steinlechner den Tatort den dafür zuständigen Beamten überlassen und war mit seinen beiden Mitarbeitern, die in der Zwischenzeit nachgekommen waren, in sein Büro zurückgekehrt. Nach einem Telefonat mit einem Beamten des Gendarmeriepostens Seefeld wusste er inzwischen, dass Erna Klingenschmied die Seniorchefin des Hotels Frankfurt gewesen war. Sie hatte das Hotel vor etwa vier Jahren, nach dem Tod ihres Mannes, an ihre Tochter übergeben und war in ihr ehemaliges Elternhaus nach Reith bei Seefeld gezogen. Dort hatte sie in den letzten Jahren allein gelebt.

Steinlechner ersuchte seinen Kollegen in Seefeld, niemandem etwas vom Tod der Erna Klingenschmied zu sagen, weil die Angehörigen noch nicht verständigt waren.

Vor der Abfahrt gab er seinem anderen Mitarbeiter, Bezirksinspektor Gerhard Gapp, den Auftrag, sich vorerst um die Meldungen und Informationen zu kümmern und nachher im gerichtsmedizinischen Institut bei der Obduktion anwesend zu sein.

Brauer fuhr auf den Parkplatz vor dem Hotel Frankfurt und stellte den Motor ab. Er gehörte schon seit mehr als zehn Jahren zum Team von Roman Steinlechner und war nach ihm der Ermittler mit der größten Erfahrung in ihrem Aufgabenbereich. Wenn keiner von ihnen Urlaub hatte oder krank war, ermittelten sie in Mordfällen immer gemeinsam.

Dabei gab Steinlechner zwar die Richtung vor, er verstand es aber, seinen Partner in die Entscheidungen einzubinden. Wenn beide an verschiedenen, leichteren Fällen arbeiteten, hatte Brauer freie Hand und Steinlechner begnügte sich mit der notwendigen Information. Natürlich hatten sie manchmal auch unterschiedliche Vorstellungen, was dann gelegentlich zu hitzigen Diskussionen führte, aber nie zu einem ernsthaften Konflikt wurde.

Die Diskussion, die sie jetzt auf dem leeren Hotelparkplatz führten, war im Laufe der Jahre schon fast zu einem Ritual geworden und endete immer mit demselben Ergebnis. Steinlechner wollte die nach so vielen Jahren immer noch sehr unangenehme Aufgabe, der Tochter den Tod ihrer Mutter mitzuteilen, seinem jüngeren Kollegen übertragen. Dieser weigerte sich, wie in allen früheren Fällen auch, mit der Begründung, dass dies eindeutig Chefsache und Steinlechner dafür eindeutig besser geeignet sei. Steinlechner gab sich damit zufrieden und stieg aus dem Auto.

Das Hotel Frankfurt war ein Vier-Sterne-Hotel mit achtzig Betten. Das Haus wirkte zwar nicht ungepflegt oder vernachlässigt, erweckte aber den Eindruck, als sei es seit mehr als zwei Jahrzehnten nicht mehr verändert worden.

Einem auf die Eingangstür geklebten Zettel war zu entnehmen, dass das Hotel bis 31. Mai geschlossen war. Weil sie im Bereich des Hoteleingangs keine Klingel fanden, gingen Steinlechner und Brauer am Haus entlang und fanden einen Seiteneingang. Hier gab es auch eine Klingel mit der Aufschrift „Karin Klingenschmied". Hinter einer Glastür konnte man eine Stiege sehen, die in das obere Stockwerk führte. Über diese Stiege kam nach mehrmaligem Klingeln eine jüngere Frau herunter. Steinlechner war sich sofort sicher, dass er die Tochter der Toten vor sich hatte.

Sie hatte, wie ihre Mutter, kurze, dunkle Haare und sah ihr im Gesicht sehr ähnlich. Auch sie war etwas korpulent, aber auf ihre Art durchaus attraktiv, obwohl sie eben erst aufgestanden zu sein schien und nicht geschminkt war.

Nachdem sie die Tür aufgesperrt hatte, zeigte ihr Steinlechner seine Dienstmarke und stellte sich als Beamter der Kriminalabteilung vor. Sie erschrak sichtlich und fragte, noch ehe Steinlechner weiterreden konnte: „Ist etwas mit meiner Mutter?"

„Ja, wir haben leider eine sehr schlimme Nachricht für Sie, Frau Klingenschmied", sagte Steinlechner, „Ihre Mutter ist heute Nacht tot aufgefunden worden."

Karin Klingenschmied machte einige Schritte nach hinten und setzte sich auf die Stufen. Sie hielt sich die Hände vor das Gesicht und blieb reglos auf der Stiege sitzen. So saß sie etwa zwei Minuten, während die beiden Männer wortlos vor ihr standen. Dann stand sie auf und bat die beiden, in die Wohnung zu kommen. Sie schien jetzt sehr gefasst und ging mit ihnen über die Stiege nach oben in ein kleines Wohnzimmer.

Steinlechner erzählte ihr, was er wusste, erwähnte aber nicht, dass ihre Mutter fast nackt gewesen war, als man sie gefunden hatte. Genau danach fragte sie ihn aber, als er mit seinem Bericht fertig war, und sie wirkte nicht überrascht, als sie die ganze Wahrheit erfuhr.

Nach einer kurzen Pause sagte Brauer, der sich bisher nicht an dem Gespräch beteiligt hatte, dass sie für die weiteren Ermittlungen möglichst viele Informationen über die Ermordete benötigten, und er fragte die junge Frau, ob sie sich imstande fühle, ihnen diese jetzt gleich zu geben, oder ob sie später wiederkommen sollten. Karin Klingenschmied wirkte immer noch sehr gefasst und war bereit, die Fragen der Ermittler zu beantworten.

Nach einem etwa einstündigen Gespräch, bei dem wieder vorwiegend Steinlechner die Fragen stellte und Brauer Notizen machte, ergab sich ein erstes, schon recht deutliches Bild von der Frau, deren Tod sie zu untersuchen hatten.

Erna Klingenschmied war in Innsbruck geboren und aufgewachsen und im Alter von siebzehn Jahren mit ihren Eltern in das neu erbaute Eigenheim nach Reith bei Seefeld übersiedelt.

Im Jahr 1966 hatte sie als Zwanzigjährige im Hotel Frankfurt an der Rezeption zu arbeiten begonnen. Nach einigen Monaten war es zu einer Beziehung mit dem um fünfzehn Jahre älteren Besitzer des Hotels, Ernst Klingenschmied, gekommen.

Ein Jahr später wurde geheiratet.

Die damals noch lebenden Eltern von Ernst Klingenschmied waren mit diesem Schritt zunächst nicht einverstanden gewesen.

Sie hatten sich eine Schwiegertochter gewünscht, die auch etwas in die Ehe mitbrachte, fanden sich aber letztendlich doch mit der Wahl ihres Sohnes ab, weil sie glaubten, dass es schon höchste Zeit war, dass er endlich unter die Haube kam.

Im Jahr 1970 wurden Ernst und Erna Klingenschmied Eltern einer Tochter, die auf den Namen Karin getauft wurde. Weitere Kinder bekamen sie nicht mehr.

Sie führten in all den Jahren, bis zum Tod von Ernst Klingenschmied im Jahr 1999, gemeinsam das Hotel. Ihr Leben verlief nach Meinung der Tochter in geordneten Bahnen und ohne besondere Höhe- oder Tiefpunkte.

Ernst Klingenschmied war ein leidenschaftlicher Jäger. Seine Frau hatte für diese Leidenschaft wenig übrig, wenn sie Geld ausgab, dann hauptsächlich für teure Kleidung, Schmuck und Badeurlaube in den Zwischensaisonen. Alles in allem lebten sie aber nie über ihre Verhältnisse und so konnte Erna Klingenschmied das Hotel im Jahr 2000 schuldenfrei an ihre Tochter Karin übergeben.

Die Ehe ihrer Eltern war nach Meinung der Tochter von gegenseitigem Respekt geprägt gewesen. Grobe Streitereien hatte es ebenso wenig gegeben wie besondere Zärtlichkeiten.

Karin Klingenschmied war nach ihrem fünfzehnten Lebensjahr nur noch sporadisch zu Hause gewesen. Nach einer umfangreichen Ausbildung im Tourismusbereich hatte sie in verschiedenen Hotels in Österreich und im Ausland Praxiserfahrung gesammelt, genau nach den Vorstellungen und Wünschen ihres Vaters.

Sie war nicht verheiratet und lebte auch in keiner festen Beziehung.

Auf ihre Frage nach den Lebensumständen der Ermordeten in den letzten Jahren erfuhren die Ermittler nicht allzu viel.

In den fünfzehn Jahren bis kurz vor dem Tod des Vaters war Karin jeweils nur für einige Tage oder Wochen in ihrem Elternhaus gewesen. Während ihr Verhältnis zum Vater in den letzten Monaten vor seinem Tod enger geworden war, hatte sich die Entfremdung zwischen Mutter und Tochter in dieser Zeit verstärkt.

Bei den Gesprächen über die Übergabe war es dann zu einem groben Zerwürfnis gekommen, weil die Mutter von ihrer Tochter eine monatliche Zuwendung von 30.000 Schilling verlangt hatte, was dieser übertrieben erschienen war, weil die Mutter auch einen Pensionsanspruch erworben hatte und damit auf ein monatliches Gesamteinkommen von mehr als 40.000 Schilling gekommen wäre. Man hatte sich schließlich auf 15.000 Schilling, später dann auf die runde Summe von 1.000 Euro monatlich geeinigt.

Die Mutter war dann in ihr Haus nach Reith bei Seefeld gezogen und Karin war alleine in der Wohnung der Eltern im Hotel geblieben. In den ersten Monaten nach der Trennung hatten sie kaum Kontakt miteinander gehabt. Später kam es dann zu einer leichten Annäherung. Man traf sich zwei- bis dreimal im Monat, wenn Karin ihre Mutter in Reith aufsuchte oder diese im Hotel vorbeischaute. Ihre Gespräche drehten sich aber immer mehr um die Geschehnisse im Hotel und die Geschäfte als um Persönliches.

So konnte Karin Klingenschmied auch nicht viel über mögliche Beziehungen ihrer Mutter zu Männern sagen.

Sie hatte sie in den letzten Jahren nie in Begleitung eines Mannes gesehen, wusste aber, dass sie oft mit ihrem Auto nach Innsbruck gefahren war und fallweise auch einige Tage in Wien und in Südtirol verbracht hatte.

Auf die Frage, ob sie glaube, dass ihre Mutter in den letzten Jahren Beziehungen zu Männern gehabt habe, antwortete die Tochter nach einigem Zögern mit einem „Ja", das sie aber nicht begründen wollte. Es fiel ihr dann noch ein, dass die Mutter einmal im Gespräch einen Bekannten in Wien erwähnt hatte, von dem die Tochter allerdings weder den Namen noch Sonstiges wusste.

Auf die Frage nach Freundinnen der Toten erfuhren Steinlechner und Brauer, dass Erna Klingenschmied in Seefeld nie eine enge Freundin gehabt hatte. In den letzten Jahren schien sie sich aber mit einigen Frauen angefreundet zu haben, von denen die Tochter nur eine namentlich kannte.

Sie hieß Elvira Rudig und wohnte in Zirl.

Was Steinlechner über das Mordopfer erfahren hatte, reichte ihm vorerst.

Karin Klingenschmied, die immer noch erstaunlich ruhig war und keine besonderen Anzeichen von Trauer oder Erschütterung zeigte, wollte nun wissen, was weiter geschehen würde und ob sie Vorkehrungen für die Beerdigung treffen könne. Steinlechner wollte ihr zu diesem Zeitpunkt dazu noch keine Zusagen machen. Weil sie am Nachmittag aber ohnehin in Innsbruck zu tun hatte, einigten sie sich darauf, dass sie gegen fünfzehn Uhr auf die Dienststelle der Kriminalabteilung in Innsbruck kommen sollte und man dann alles Weitere besprechen würde.

Es war mittlerweile kurz nach zehn Uhr und Steinlechner wollte sich noch vor der Mittagspause im Haus der Ermordeten umsehen und so einen ersten Eindruck gewinnen. Zu seinem Erstaunen sagte ihm Karin Klingenschmied, dass sie keinen Schlüssel zum Haus der Mutter habe.

Sie war damit einverstanden, dass die Ermittler mit dem Schlüssel aus der Handtasche der Toten im Haus Nachschau halten und die erforderlichen kriminaltechnischen Untersuchungen durchführen würden und schien erleichtert darüber, dass ihre Anwesenheit dabei nicht verlangt wurde.

Als Steinlechner mit seiner Dienststelle telefonierte, erfuhr er, dass die Spurensicherer ihre Arbeit vorerst abgeschlossen hatten. Der Bereich rund um die Stelle, an der die Tote gelegen hatte, war genau abgesucht worden. Für die weiteren Ermittlungen verwertbare Funde oder Spuren gab es nicht.

Steinlechner kannte den Chef der Truppe, Franz Kofler, der wie immer selbst die Arbeit am Tatort geleitet hatte, von vielen gemeinsamen Einsätzen sehr gut und wusste, dass er überaus gewissenhaft arbeitete.

Wenn er mit seinen Mitarbeitern keine verwertbaren Spuren fand, dann konnte man davon ausgehen, dass es keine zu finden gab, zumindest nicht mit den Methoden, die ihnen zur Verfügung standen.

Steinlechner ersuchte Kofler, mit der Handtasche der Toten, in der sich ein Schlüsselbund befand, zu deren Haus in Reith bei Seefeld zu kommen.

Von der Karin Klingenschmied hatte er sich eine genaue Beschreibung des Anfahrtsweges geben lassen und es war daher nicht schwer, das Haus auf Anhieb zu finden.

Während Steinlechner und Brauer vor dem unscheinbaren, älteren Einfamilienhaus mit dem gepflegten Vorgarten standen, fuhr auch Karin Klingenschmied im Auto vor und stieg aus. Sie hatte es sich offenbar anders überlegt und wollte bei der Nachschau im Haus ihrer Mutter nun doch anwesend sein.

Wenig später kamen auch Kofler und einer seiner Mitarbeiter an. Während Kofler den Schlüsselbund aus der Handtasche der Toten an Steinlechner übergab, machte Karin diesen darauf aufmerksam, dass das Auto ihrer Mutter nicht in der Garage stand.

Im Parterre des Hauses gab es eine Küche, ein großes Wohnzimmer sowie Bad und WC. Die Möbel stammten offensichtlich noch von den Eltern der Ermordeten, waren aber solide und gepflegt. Küche und Wohnzimmer waren auffallend aufgeräumt.

Damit sich seine Begleiter möglichst ungestört im Haus umsehen konnten, bat Steinlechner Karin Klingenschmied in das Wohnzimmer im Parterre und wollte mit ihr gemeinsam den Inhalt der Handtasche der Ermordeten durchsehen. Sie war damit einverstanden und die anderen wussten, was von ihnen erwartet wurde. Als Karin die auf dem Wohnzimmertisch ausgebreiteten Gegenstände aus der Handtasche ihrer Mutter sah, schien sie sehr betroffen und hatte erstmals in Anwesenheit von Steinlechner mit den Tränen zu kämpfen.

Neben dem üblichen Kleinkram fanden sich in der Handtasche ein kleines Notizbuch mit verschiedenen Telefonnummern und Adressen, der Schlüsselbund und das Etui mit Führerschein, Zulassungsschein und Personalausweis der Toten.

Karin konnte nicht sagen, ob der Inhalt der Handtasche vollständig war. Es fiel ihr aber auf, dass das Mobiltelefon fehlte, welches ihre Mutter seit einiger Zeit besessen und stets in ihrer

Handtasche bei sich gehabt hatte. Auch die Geldtasche, die Karin ihrer Mutter im Vorjahr zum Geburtstag geschenkt hatte, fehlte. Karin ging zum Wohnzimmerschrank und öffnete eine Schublade. Dort lag die Geldtasche der Mutter mit einem Inhalt von etwas mehr als zweihundert Euro. Karin war davon überzeugt, dass es keine zweite Geldtasche gab.

Ihre Mutter hatte also das Haus ohne Geld verlassen, was nicht nur Karin ungewöhnlich erschien.

Weil sie nun doch ziemlich mitgenommen wirkte und Steinlechner sich einen ersten Überblick verschafft hatte, beendete er die Befragung.

Karin Klingenschmied war damit einverstanden, dass die Kriminalisten den Schlüssel zum Haus der Toten vorerst behielten und diverse Unterlagen aus dem Haus auf ihre Dienststelle mitnehmen wollten, wenn dies notwendig war. Sie verabschiedete sich hastig mit dem Hinweis auf das Treffen am Nachmittag.

Nach einer kurzen Unterredung mit Kofler verließen Steinlechner und Brauer das Haus der Toten und fuhren nach Innsbruck zurück. Nach der Mittagspause wollte Steinlechner um vierzehn Uhr eine Lagebesprechung mit den bisher an den Ermittlungen beteiligten Mitarbeitern durchführen und dabei auch die Vorgesetzten informieren.

5

S chon vor 14.00 Uhr waren alle Teilnehmer an der Besprechung im Büro ihres Chefs versammelt. Bezirksinspektor Gapp, der gemeinsam mit einem Fotografen an der Obduktion teilgenommen hatte, hatte als Erster das Wort. Die Frau war, wie schon nach der ersten Untersuchung vermutet, erwürgt worden. Mehrere sehr stark ausgeprägte Würgemale mit Weichteilblutungen und ein Ringknorpelbruch waren Hinweis darauf, dass mit großer Kraft vorgegangen worden war, der Täter war also ein Mann oder eine sehr kräftige Frau. Dozent Burger konnte mit hoher Wahrscheinlichkeit ausschließen, dass die Frau kurz vor ihrem Tod Geschlechtsverkehr gehabt hatte.

An der Leiche wurden außer einigen Haaren, die vermutlich vom Opfer stammten und noch untersucht werden mussten, keine Spuren gefunden. Es war demnach zu befürchten, dass der Täter keine DNA-Spuren hinterlassen hatte.

Neben den Würgeverletzungen hatte die Tote noch einige kleinere Verletzungen am linken Oberschenkel, Oberarm und am Gesäß. Diese Verletzungen ließen vermuten, dass sie aus geringer Höhe zu Boden gefallen oder geworfen worden war, dass sie dabei mit der linken Körperseite aufgekommen und dann auf den Rücken gerollt war. Der Tod war vermutlich zwischen dreiundzwanzig und null Uhr dreißig eingetreten. Die letzte Mahlzeit hatte aus Fisch, Kartoffel und grünem Salat bestanden und war maximal vier Stunden vor Eintritt des Todes eingenommen worden.

Diese Information deckte sich mit den Erkenntnissen Koflers, der als Nächster mit seinem Bericht an der Reihe war.

Im Müllkübel in der Küche des Opfers hatte er die Überreste einer Fischmahlzeit gesehen. Die Umstände sprachen also dafür, dass das Mordopfer allein zu Abend gegessen und danach das Haus mit dem eigenen Auto verlassen hatte.

Was Kofler sonst noch zu berichten hatte, reizte einige der Anwesenden zu anzüglichen Bemerkungen. Im Schlafzimmer der Toten hatten die Ermittler etwa ein Dutzend Pornohefte gefunden, wobei auffiel, dass die darin abgebildeten Frauen meist korpulent und nicht mehr ganz jung waren und sich mit jüngeren Männern vergnügten. Dazu kamen noch acht Videokassetten, deren Filmtitel einen ähnlichen Inhalt vermuten ließen. Kofler war aber noch nicht dazu gekommen, sie anzusehen.

Gapp sagte: „Du hast dafür sowieso keine Zeit und außerdem ist das keine Arbeit für ältere Männer, ich mache das gerne für dich."

„Das würde dir so passen, und falls du sie in meinem Büro suchen solltest, wirst du Pech haben, ich habe sie sicher im Tresor verwahrt", antwortete ihm Kofler lachend.

Im Bad hatte Kofler neben den üblichen Dingen auch mehrere Massagestäbe, Kunststoffpenisse und ähnliche Geräte, teils in sehr imposanten Größen, gesehen.

Sie waren offensichtlich auch benutzt worden, weil die dazugehörigen Reinigungs- und Gleitmittel zum Teil verbraucht waren. Auch die Unterwäsche, die er im Schlafzimmer der Ermordeten gesehen hatte, hätte Kofler eher bei einem jungen Mädchen erwartet. Einige Stücke hatte sie vermutlich nicht in einem Wäschegeschäft, sondern in einem Erotikshop erworben.

Auf Anregung von Kofler versuchten alle, sich vorzustellen, wie die doch recht korpulente Frau in ihren durchsichtigen und extrem knappen Stringtangas wohl ausgesehen haben mochte.

Diese Erkenntnisse regten die Phantasie der Anwesenden zu allen möglichen Mutmaßungen über sexuelle Vorlieben und Praktiken der Verstorbenen an und Steinlechner, der sich zunächst selbst an diesen Blödeleien beteiligt hatte, hatte dann Mühe, die Gespräche wieder in ernstere Bahnen zu lenken. Jedenfalls war allen bewusst, dass das Mordopfer keine verhärmte, trauernde Witwe gewesen war, die in Ruhe ihren Lebensabend verbringen hatte wollen. Man musste vielmehr von einer sexuell sehr interessierten und aktiven Frau mit einer Vorliebe für jüngere Männer ausgehen.

Bei der Besichtigung der Räumlichkeiten hatte Kofler den Eindruck gewonnen, dass es sich um einen typischen Einpersonen-Haushalt handelte. Hinweise auf einen längeren Aufenthalt weiterer Personen fanden sich nicht. Es gab im Haus kein Festnetztelefon, auch das fehlende Mobiltelefon war in der Wohnung nicht zu finden. Eine Schublade mit verschiedenen Schriftstücken hatte Kofler mit auf die Dienststelle genommen und bisher nur oberflächlich durchsucht. Besonders auffällige, für die Ermittlungen bedeutsame Schriftstücke waren nicht darunter.

Die Bankunterlagen der Verstorbenen, ein Sparbuch mit einem Kontostand von circa 46.000 Euro und eine Mappe mit Kontoauszügen, hatte Kofler ebenfalls in seinem Büro liegen. Aus den Kontoauszügen ging hervor, dass Erna Klingenschmied eine monatliche Pension von circa 1.100 Euro und den Betrag von 1.000 Euro von ihrer Tochter überwiesen bekommen hatte. Zudem hatte sie selbst jeweils am Beginn des Monats einen Betrag von 1.500 Euro auf ihr Konto eingezahlt.

Sie hatte also neben ihrer Pension und der vereinbarten Zuwendung von ihrer Tochter noch weitere Einkünfte gehabt.

Steinlechner machte sich dazu Notizen, weil er hoffte, von der Tochter Näheres zu erfahren.

Es war schon fast fünfzehn Uhr und die Besprechung noch längst nicht abgeschlossen, als Steinlechner zum Telefon gerufen wurde. Karin Klingenschmied teilte ihm mit, dass sie sich an diesem Tag nicht mehr in der Lage fühlte, nach Innsbruck zu fahren. Steinlechner war dies sehr gelegen, weil er die Besprechung in Ruhe zu Ende führen wollte und über eine Freigabe der Leiche ohnehin noch nicht entschieden war. Er wollte sich am nächsten Tag bei Karin melden und erhielt ihre Handynummer, damit er sie auch erreichen konnte, wenn sie außer Haus sein sollte.

Es kam dann noch zur Sprache, dass Kofler eine Fahndung nach dem Auto der Toten eingeleitet hatte, die aber bisher negativ verlaufen war.

Mit dem zuständigen Bezirksgendarmeriekommandanten hatte er eine großflächige Durchsuchung des Geländes rund um die

Stelle, an der die Tote gefunden worden war, mit uniformierten Beamten und Diensthunden vereinbart, an der auch zwei seiner Mitarbeiter teilnahmen. Diese Aktion war noch nicht abgeschlossen, bisher hatte sie keine verwertbaren Erkenntnisse oder Spuren erbracht.

Schon seit dem Vormittag meldeten sich immer wieder Mitarbeiter des ORF und verschiedener Zeitungen, die von der Sache Wind bekommen hatten, und wollten Näheres erfahren. Wie immer waren sie schon erstaunlich gut informiert, obwohl bisher noch keine offiziellen Informationen an die Presse gegangen waren. Dies war allerdings nichts Neues, es war ja längst bekannt, dass manche von ihnen den Polizeifunk abhörten oder über andere Quellen ihre Informationen erhielten.

Natürlich wussten sie längst, dass in einer Mordsache ermittelt wurde, und Steinlechner war klar, dass man die Presse in diesem Fall nicht mit einem dürftigen, schriftlichen Pressebericht abspeisen konnte. Außerdem ergaben sich aus den bisherigen Erkenntnissen wenige Ansatzpunkte für weitere Ermittlungen. Es war also sinnvoll, über eine ausführliche Pressekonferenz die Medien zu informieren und dabei die Bevölkerung um Hinweise zu ersuchen. Sie wurde für achtzehn Uhr dreißig angesetzt, Gapp erhielt den Auftrag, einen schriftlichen Text vorzubereiten und den Abteilungsleiter und die Medienvertreter zu verständigen.

Gegen sechzehn Uhr löste sich die Runde auf. Kofler und sein Mitarbeiter sollten sich für den Rest des Tages mit den Unterlagen aus dem Haus der Toten beschäftigen. Steinlechner wollte die Zeit bis zur Pressekonferenz dazu nützen, ein Gespräch mit der angeblich engsten Freundin der Toten zu führen. Davon erhoffte er sich weitere Erkenntnisse über das Mordopfer, die er noch vor dem Pressetermin haben wollte, weil sich daraus mögliche Fragen an die Bevölkerung ergeben konnten.

Bevor jeder an seine Arbeit ging, fragte Steinlechner dann noch, ob er am nächsten Tag mit der Mitarbeit aller Anwesenden ab acht Uhr rechnen könne. Immerhin war der folgende Tag ein

Sonntag und zudem Muttertag. Wie nicht anders erwartet, waren alle bereit, wenngleich der eine oder andere bei sich überlegte, wie er Frau und Kindern beibringen sollte, dass der Muttertagsausflug ausfallen oder ohne ihn stattfinden würde. Natürlich war auch allen klar, dass Steinlechner ausgesprochen sauer reagieren konnte, wenn einer nicht bereit war, in so einer Situation seine privaten Interessen hintanzustellen.

Auf der Fahrt nach Zirl erzählte Brauer, was er bei der örtlichen Gendarmerie über Elvira Rudig erfahren hatte. Sie lebte seit ihrer Kindheit in Zirl und hatte in dem von ihren Eltern geerbten Haus vor etwa fünfzehn Jahren ein Café eröffnet und zunächst gemeinsam mit ihrem Mann betrieben. Nach einigen Jahren wurde ihre Ehe dann geschieden, seither führte sie das Lokal allein. Es war samstags bis vierundzwanzig Uhr geöffnet. Sie würden Elvira Rudig also mit Sicherheit dort antreffen.

Als Steinlechner und Brauer in das Lokal kamen, stand sie hinter der Theke und blätterte in einer Zeitung. Es war kein Gast anwesend. Elvira Rudig war siebenundvierzig Jahre alt und eine attraktive Frau, mittelgroß, schlank, mit blond gefärbten, sehr kurz geschnittenen Haaren.

Sie hatte zu Mittag von einer Bekannten erfahren, dass ihre beste Freundin Erna Klingenschmied tot aufgefunden worden war und daraufhin sofort deren Tochter Karin angerufen. Nach dem Gespräch war sie sehr erschüttert gewesen, war immer wieder in Tränen ausgebrochen und hatte zunächst das Café zusperren wollen.

Das hatte sie dann aber nicht getan, weil sie gehofft hatte, von den Gästen abgelenkt zu werden und weil sie nicht allein in ihrer Wohnung hatte sitzen wollen. Diese Hoffnung hatte sich dann aber nicht erfüllt, weil ausgerechnet an diesem Tag kaum Gäste gekommen waren und die wenigen sie auch noch auf ihre geröteten Augen angesprochen hatten.

Als langjährige Wirtin wusste Elvira Rudig sofort, dass die beiden Herren, die kurz nach sechzehn Uhr zur Tür hereinkamen, nicht nur Kaffee und Kuchen bestellen wollten. Sie war daher nicht überrascht, als Steinlechner und Brauer sich als Kriminalbeamte vorstellten, und setzte sich mit ihnen an einen Tisch im hinteren Teil des Raumes. Steinlechner erzählte ihr mit wenigen Sätzen, was vorgefallen war. Er erwähnte dabei auch, dass die Tochter der Toten nicht allzu viel über die Lebensumstände ihrer Mutter in den letzten Jahren hatte sagen können und dass sie daher besondere Hoffnungen in sie als beste Freundin setzten.

Während des folgenden, mehr als einstündigen Gespräches gewannen die beiden Ermittler den Eindruck, dass Elvira Rudig offen mit ihnen war. Nur wenn die Sprache auf die Männerbekanntschaften kam, schien sie etwas zurückhaltend. Darauf angesprochen erklärte sie, dass Erna Klingenschmied trotz der engen Vertrautheit, die sich zwischen den beiden Freundinnen entwickelt hatte, über diesen Bereich ihres Lebens nicht viel preisgegeben hatte.

Erna Klingenschmied und Elvira Rudig hatten sich vor etwa drei Jahren zufällig in einem Lokal in Innsbruck kennengelernt. Im Laufe der Zeit wurden sie enge Freundinnen und sahen sich fast täglich im Café in Zirl. Weitere Freundinnen hatte Erna Klingenschmied nach Meinung von Elvira Rudig nicht gehabt. Sie hatte sich aber regelmäßig in einem Einkaufszentrum westlich von Innsbruck mit einer Gruppe von etwa gleichaltrigen Frauen, unter denen einige aus ihrer ehemaligen Saunarunde waren, getroffen.

Obwohl Elvira Rudig nicht genau über die Einkünfte und das Vermögen ihrer verstorbenen Freundin Bescheid wusste, hielt sie sie für wohlhabend. Trotz ihrer Freundschaft hatte die Verstorbene immer darauf bestanden, für ihre Konsumation im Lokal der Freundin zu bezahlen, und sie hatte diese auch oft auf ein Getränk eingeladen. Sie hatte sich elegant und teuer, allerdings manchmal auch etwas zu jugendlich gekleidet. Die beiden Freundinnen hatten sich auch fallweise zu einem gemeinsamen Einkaufsbummel in Innsbruck getroffen und sich gegenseitig in ihren Wohnungen besucht und gemeinsam gekocht.

Nach Meinung von Elvira Rudig hatte Erna Klingenschmied den Tod ihres Mannes nicht sehr lange betrauert. Ihre Ehe war nicht so unauffällig gewesen, wie dies ihre Tochter Karin zu glauben schien. Schon vor oder kurz nach der Geburt von Karin hatte der Mann von Erna Klingenschmied bei jeder Gelegenheit die Nähe seiner weiblichen Angestellten gesucht und hatte sich von seiner Frau mehr als einmal mit Kellnerinnen und Stubenmädchen in eindeutigen Situationen erwischen lassen. Von da an hatte die Ehe nur noch auf dem Papier bestanden und beide waren ihre eigenen Wege gegangen. Auch Erna Klingenschmied hatte später nach Meinung ihrer Freundin Beziehungen zu anderen Männern gehabt.

Eine Scheidung war allerdings für beide nicht infrage gekommen.

Elvira Rudig hatte jedenfalls schon zu Beginn ihrer Freundschaft mit der Verstorbenen mitbekommen, dass sie Männerbekanntschaften gesucht hatte und auch sexuellen Abenteuern keineswegs abgeneigt gewesen war. Mehrmals hatte sie im Lokal ihrer Freundin Männer kennengelernt und sich mit ihnen verabredet oder mit ihnen gemeinsam das Lokal verlassen.

Auf die Frage nach dem Ausgang solcher Abenteuer hatte sie meist nur gelächelt und ausweichende Antworten gegeben.

Im Herbst 2003 hatten die beiden Freundinnen gemeinsam eine Urlaubswoche auf Gran Canaria verbracht. Damals hatte Erna Klingenschmied einen deutschen Urlauber kennengelernt und mit ihm dann die restlichen Nächte bis zu ihrer Abreise verbracht.

Sie war auch mehrmals in den letzten Jahren für einige Tage weggefahren, angeblich nach Wien. In leicht angeheitertem Zustand hatte sie einmal nach einer Wienreise von aufregenden Nächten erzählt, sich dann aber nichts mehr entlocken lassen. Der einzige konkrete Hinweis, den Elvira Rudig auf einen der Bekannten der Verstorbenen geben konnte, war eine Telefonnummer, die im Notizbuch vermerkt sein musste. Erna Klingenschmied hatte einmal einen ihrer Wiener Bekannten mit ihrem Handy angerufen und die Telefonnummer ihrem Notizbuch entnommen.

Steinlechner machte sich diesmal selbst laufend Notizen während des Gespräches mit der Zeugin. Er war nicht ganz zufrieden, weil er sich von ihr konkrete Informationen über den Bekanntenkreis der Ermordeten erhofft hatte. Immerhin wusste er aber jetzt einiges über das Leben, das sie in den letzten Jahren geführt hatte. Er gab Elvira Rudig seine Karte und ersuchte sie, ihn anzurufen, wenn ihr noch etwas einfallen sollte.

Auf dem Weg zum Auto sagte Brauer zu Steinlechner: „Ich denke, du würdest dich über ihren Anruf auch dann freuen, wenn ihr nichts Neues einfallen würde. Ich habe genau beobachtet, wie du sie angesehen hast."

„Blödsinn", brummte Steinlechner.

Auf der Rückfahrt nach Innsbruck diskutierten er und Brauer darüber, ob die Zeugin ihnen alles gesagt hatte. Beide waren der Meinung, dass sie glaubwürdig war. Natürlich konnte es gemeinsame Erlebnisse der Frauen gegeben haben, über die Elvira Rudig nicht gerne gesprochen hätte und die sie ihnen daher freiwillig nicht erzählen würde.

Als die beiden auf ihrer Dienststelle eintrafen, hatte Steinlechner gerade noch Zeit, die von Gapp verfasste schriftliche Information, die jeder Medienvertreter erhalten sollte, durchzulesen. Das war ihm wichtig, weil er vermeiden wollte, dass Details und Erkenntnisse veröffentlicht wurden, die bei späteren Befragungen von Tatverdächtigen ausschlaggebend sein konnten. Als ihm Gapp noch mitteilte, dass der Abteilungsleiter nicht zur Pressekonferenz kommen werde, weil er erkältet war, meinte Steinlechner grinsend, dass er mindestens eine Lungenentzündung haben musste, wenn er sich diese Pressekonferenz entgehen ließ.

Alle in der Kriminalabteilung wussten, dass es zwei Ereignisse gab, bei denen ihr Abteilungsleiter niemals freiwillig fehlte, nämlich Pressekonferenzen und Einladungen zu einer Feier, möglichst mit einer „Schlacht am Buffet".

Die Veranstaltung verlief wie üblich. Gapp hatte das bisher Bekannte ausführlich dargestellt und es gab nur noch wenige Fragen an Steinlechner, die er geduldig beantwortete. Zum Schluss ersuchte er die Bevölkerung um sachdienliche Hinweise und stellte dazu konkrete Fragen. Einen besonderen Appell richtete er an die Person, die die Tote gefunden und anonym die Gendarmerie verständigt hatte. Sie sollte sich unbedingt melden. Ihre Angaben würden auf Wunsch vertraulich behandelt werden.

Anschließend an die Pressekonferenz gab er noch einer jungen Journalistin, die aufgeregt an ihrem Aufnahmegerät hantierte, ein Interview für die Hörfunksendungen des ORF und ersuchte dabei nochmals die Bevölkerung um Mitarbeit.

Bevor Steinlechner nach diesem langen und anstrengenden Tag in seine Wohnung fahren konnte, wurde er nochmals zum Telefon gerufen und musste seinem doch sehr verkühlt klingenden Chef über den Ermittlungsstand und den Verlauf der Pressekonferenz berichten.

Nach einem ausgiebigen Abendessen in seinem Stammlokal nahe seiner Wohnung kam er nach einundzwanzig Uhr endlich heim und setzte sich mit einem Bier vor den Fernseher. Er schaltete einige Zeit zwischen den verschiedenen Sendern herum und schaltete das Gerät dann ab, weil nichts zu finden war, was ihn interessiert hätte.

Dann fiel ihm ein, dass er einen Umschlag mit den Fotos der Toten, die im Wald und später bei der Obduktion gemacht worden waren, in seiner Jackentasche vergessen hatte. Er sah sie der Reihe nach durch und ertappte sich dabei, wie er eine Nahaufnahme des Opfers, auf der der imposante und stark behaarte Schamhügel und alles, was die gespreizten Beine sonst noch freigaben, besonders deutlich zu sehen war, lange und eingehend betrachtete. Dabei wurde ihm bewusst, wie viel Zeit schon vergangen war, seit er zum letzten Mal mit einer Frau geschlafen hatte.

„Traurig genug", dachte er bei sich, „wenn mir das beim Betrachten der Fotos einer nackten Toten einfällt." Missmutig steckte er den Umschlag mit den Fotos in seine Jacke zurück und holte sich noch ein Bier aus dem Kühlschrank.

Roman Steinlechner war im Alter von dreiunddreißig Jahren zur Kriminalabteilung gekommen und nach kurzer Einschulung der damaligen Gruppe „Gewaltdelikte" zugeteilt worden.

Bald darauf hatte er bei einem seiner seltenen Ballbesuche eine Frau kennengelernt und war mit ihr eine Beziehung eingegangen. Schon nach zwei Monaten war Christine zu ihm in seine Wohnung gezogen, nachdem sie in Innsbruck als Sekretärin bei einem Rechtsanwalt Arbeit gefunden hatte. Sie war vier Jahre älter und hatte eine gescheiterte, kinderlose Ehe hinter sich.

Heiraten oder Kinder waren für sie kein Thema mehr, was auch Steinlechners eigener Lebensplanung entsprach und ein Grund dafür war, dass er ihr schon nach so kurzer Zeit den Vorschlag gemacht hatte, zu ihm zu ziehen.

Er verbrachte mit ihr dann fast fünfzehn gemeinsame Jahre, in denen sie ihm eine verlässliche, unkomplizierte und allem Anschein nach auch treue Partnerin war. Abgesehen von zwei unbedeutenden, jeweils nur kurzen Affären, von denen Christine nie erfuhr, war auch er ihr treu.

Vor drei Jahren war die Beziehung von einem Tag auf den anderen zu Ende. Christine hatte ein Wochenende bei ihren Eltern in Wien verbracht. Sie war spät in der Nacht nach Hause gekommen, einen Tag früher als geplant, und hatte Steinlechner mit einer jungen Frau im Wohnzimmer in einer eindeutigen Situation überrascht.

Er hatte nach Dienst in seinem Stammlokal gegessen und noch einige Biere getrunken. Dort hatte seit einiger Zeit eine junge Kellnerin gearbeitet, die in ihrer Freizeit gerne Kriminalromane las und sich im Fernsehen jeden Krimi ansah. Sie wusste über seine Tätigkeit bei der Kriminalabteilung Bescheid und bewunderte den mehr als doppelt so alten Kriminalisten so unübersehbar, dass er von anderen Stammgästen immer wieder damit aufgezogen wurde.

An diesem Abend hatte er bis zur Sperrstunde allein am Tisch gesessen und beim Bezahlen der Rechnung halb im Spaß gefragt, ob sie Lust hätte, mit ihm noch etwas zu trinken. Sie war sofort einverstanden gewesen, und weil ein in der Nähe gelegenes

Lokal auch schon geschlossen hatte, waren sie in seine Wohnung gegangen, wo das Schicksal dann seinen Lauf genommen hatte.

Während Steinlechner und seine jugendliche Besucherin nackt und verschwitzt vom Sofa aufsprangen und nach ihren Kleidern suchten, verließ seine Lebensgefährtin fluchtartig die Wohnung. Am nächsten Tag holte sie während seiner Abwesenheit ihre Sachen ab und warf den Wohnungsschlüssel durch den Briefschlitz.

Alle seine Entschuldigungen, Erklärungsversuche und Bitten hatten sie nicht mehr umstimmen können und nach einigen Wochen musste er sich damit abfinden, dass dieser Abschnitt seines Lebens zu Ende war.

In dieser Zeit hatte er sich noch mehr als sonst in seine Arbeit vertieft. Auch sein abendlicher Bierkonsum war deutlich höher geworden.

In den Monaten nach der Trennung schlief er dann einige Male mit der jungen Kellnerin. Das Ende seiner langjährigen Beziehung hatte ihn aber doch sehr getroffen und er machte das Mädchen indirekt dafür verantwortlich. So wurden ihre Begegnungen, die er für sich als „Kummernummern" bezeichnete, immer seltener und er gebrauchte alle möglichen Ausreden, wenn sie sich mit ihm treffen wollte.

Als sie dann in ein anderes Lokal wechselte, traf er sich mit ihr noch ein letztes Mal und beendete die Beziehung mit einer langen, freundschaftlichen Aussprache.

Eine Urlaubsbekanntschaft im Dezember des vergangenen Jahres mit einer Münchnerin in seinem Alter war nach einem gemeinsamen Wochenende in Innsbruck schnell wieder zu Ende gewesen. Dabei hatte ihn weniger gestört, dass sie mit einem großen BMW angereist war und über ihre sehr guten wirtschaftlichen Verhältnisse keinen Zweifel gelassen hatte. Aber sie hatte schon bald sehr konkrete Pläne für ihre gemeinsame Zukunft geschmiedet und wollte mit ihm alt werden. Damit hatte sie bei Steinlechner einen Fluchtinstinkt ausgelöst und er war jeder weiteren Begegnung aus dem Weg gegangen. Einige Male hatte er dienstliche Gründe vorgeschoben, wenn er sich nicht mit ihr treffen wollte, und als sie ihm deshalb Vorwürfe gemacht hatte, hatte er die Beziehung für beendet erklärt und sie gebeten, ihn nicht mehr zu besuchen oder anzurufen.

Es war also fast vier Monate her, seit er zum letzten Mal mit einer Frau eine Nacht verbracht hatte.

An all das dachte Roman Steinlechner, während er in seinem kargen Wohnzimmer saß und Bier trank.

„Warum komme ich gerade heute, nach einem langen Arbeitstag und mitten in einem neuen Mordfall, auf solche Gedanken?", dachte er. Die Frage war nicht schwer zu beantworten. Der Grund für seine Gedankengänge hatte doch einiges mit seinem neuen Fall zu tun.

Allerdings nicht mit der ermordeten Erna Klingenschmied, sondern mit ihrer Freundin, einer Wirtin aus Zirl.

6

Als Steinlechner am nächsten Tag mit langen Schritten auf sein Büro zusteuerte, warteten Brauer, Gapp und Kofler schon auf ihn. Während alle in seinem Büro Platz nahmen, sagte er ihnen, dass sich kurz zuvor ein Lehrer aus Gnadenwald telefonisch beim Journaldienst gemeldet hatte. Dieser war am 7. Mai gegen zweiundzwanzig Uhr von Hall nach Gnadenwald gefahren und hatte einen hellen Geländewagen in den Waldweg einbiegen gesehen, an dessen Ende die Tote aufgefunden worden war. Er hatte sich bereiterklärt, gegen neun Uhr zur Einvernahme auf die Dienststelle zu kommen.

Dieser Zeuge konnte wertvolle Hinweise geben und Steinlechner wollte ihn daher selbst befragen. Deshalb begann er ohne lange Einleitung mit der Besprechung der Erkenntnisse vom Vortag.

Kofler hatte am Abend noch einige Stunden damit verbracht, die Unterlagen aus dem Haus des Opfers durchzusehen. Dabei hatte er nichts Interessantes gefunden. Das Notizbuch aus der Handtasche der Toten war vermutlich erst vor Kurzem angelegt worden. Bis auf drei Telefonnummern war allem ein Name, teilweise auch eine Adresse zugeordnet. Steinlechner wollte die Telefonnummern mit Karin Klingenschmied durchgehen und so jene Nummern herausfinden, die für die weiteren Ermittlungen von Bedeutung sein konnten. So, wie es aussah, war das vorerst die einzige Möglichkeit, weitere Personen ausfindig zu machen, mit denen das spätere Mordopfer Kontakt gehabt hatte.

Kofler wollte sich noch einmal in aller Ruhe im Haus der Toten umsehen. Bevor er an die Arbeit ging, sagte er noch, dass der anonyme Anruf, der zum Auffinden der Leiche geführt hatte, von einer Telefonzelle im Ortsgebiet von Hall in Tirol ausgegangen war.

Gapp erhielt den Auftrag, die Bewohner der Häuser in der näheren Umgebung von Erna Klingenschmids Wohnhaus gemeinsam mit einem Beamten des Gendarmeriepostens Seefeld nach möglichen Wahrnehmungen zu befragen und machte sich auf den Weg.

Steinlechner und Brauer wollten vor der Befragung des Zeugen aus Gnadenwald noch schnell einen Kaffee trinken. Als Brauer mit den Kaffeebechern zurückkam, war Steinlechner gerade dabei, seinen Besucher zu begrüßen.

Hubert Holzhammer war ein kleiner, ziemlich dicker Mann mit sehr dichtem, bis in die Stirn reichendem Haar, siebenunddreißig Jahre alt und Lehrer.

Am Abend des 7. Mai war er nach einer Chorprobe in Hall mit seinem Auto auf der Heimfahrt nach Gnadenwald gewesen, wo er wohnte. Aus einer Entfernung von circa fünfzig Metern hatte er gesehen, dass ein vor ihm fahrendes Auto in den Waldweg, an dessen Ende man später die Tote fand, einbog. Dies musste wenige Minuten nach zweiundzwanzig Uhr gewesen sein. Den Zeitpunkt konnte er deshalb so genau angeben, weil er wegen der Zweiundzwanzig-Uhr-Nachrichten sein Autoradio eingeschaltet hatte und diese gerade gesendet wurden, als er seine Beobachtung machte.

Auf eine bestimmte Fahrzeugmarke wollte sich Holzhammer nicht festlegen. Er war aber überzeugt, dass er einen hellen Geländewagen, vermutlich silberfarben oder weiß, gesehen hatte. Und es war jedenfalls ein relativ großes Auto gewesen.

Keine Angaben konnte er darüber machen, ob am Steuer ein Mann oder eine Frau gesessen war und ob eine oder mehrere Personen im Auto gewesen waren. Auch an das Kennzeichen hatte er keine Erinnerung.

Er konnte nicht einmal sagen, ob das Fahrzeug ein einheimisches oder ein ausländisches Kennzeichen getragen hatte. Auch auf die übliche Frage, ob ihm sonst noch etwas aufgefallen sei, schüttelte er nur den Kopf.

Steinlechner bedankte sich für die Bereitschaft zur Mitarbeit und das pünktliche Erscheinen auf der Dienststelle und überreichte dem Zeugen seine Karte mit dem Ersuchen um einen Anruf, falls ihm noch etwas einfallen sollte.

Nachdem, was bisher bekannt war, sprach vieles dafür, dass der Zeuge das Auto gesehen hatte, in welchem Erna Klingenschmied zum Tatort gebracht worden war, also vermutlich das Auto des Täters. Umso bedauerlicher war es, dass er keine genaueren Angaben machen konnte.

Seine Wahrnehmungen waren aber trotzdem von Bedeutung. Immerhin hatten sie eine Beschreibung des Autos, mit dem der Täter und sein Opfer vermutlich unterwegs gewesen waren.

Holzhammer hatte auf die beiden Ermittler jedenfalls seriös und glaubwürdig gewirkt und sie waren sich sicher, dass er sich sofort wieder bei ihnen melden würde, wenn ihm doch noch etwas einfallen sollte.

Steinlechner meinte dann noch grinsend: „Vor sechzig oder siebzig Jahren hätte man ihn als Tatverdächtigen festgenommen. Damals werteten manche Kriminologen bestimmte körperliche Merkmale als Zeichen für ein besonders hohes kriminelles Potenzial. Dazu gehörten dichter, in die Stirn reichender Haarwuchs, den man ‚Pelzmützenhaarwuchs‘ nannte, und eng beieinander stehende Augen. Beides trifft auf unseren Zeugen zu.“

„Ich glaube, aus dir spricht der Neid“, antwortete Brauer. „Du hast ja ständig auf seine Haarpracht hingeschaut, eine Zeugin hätte sich durch deine Blicke wahrscheinlich belästigt gefühlt.“

„Da redet gerade der Richtige“, konterte Steinlechner. Beide lachten und blödelten weiter über dichten Haarwuchs und eng beieinander stehende Augen, wobei sie auch einige Kollegen in ihre Überlegungen mit einbezogen.

Steinlechner telefonierte dann kurz mit Karin Klingenschmied und kündigte seinen Besuch für zehn Uhr dreißig an. Wenig später machten er und Brauer sich auf den Weg nach Seefeld.

Karin Klingenschmied war während der mehr als eineinhalbstündigen Unterredung wieder sehr gefasst. Nur einmal verlor sie kurz die Beherrschung, als sie erwähnte, dass sie ihre Mutter für den heutigen Muttertag auf ein gemeinsames Mittagessen und einen Ausflug nach Meran eingeladen hatte.

Es war Karin sichtlich peinlich, als Steinlechner sie mit den Aussagen von Elvira Rudig über die tatsächlichen Verhältnisse in der Ehe ihrer Eltern konfrontierte. Sie räumte ein, dass sie das Eheleben der Eltern beim ersten Gespräch vielleicht etwas besser dargestellt hatte, als es gewesen war. Manches von dem, was Elvira Rudig gesagt hatte, war ihr selbst aber bis zu diesem Zeitpunkt nicht bekannt gewesen. Von Seitensprüngen des Vaters hatte sie nur gerüchteweise erfahren, die Eltern hatten in ihrer Anwesenheit darüber nie gesprochen oder gestritten.

Auf die Frage, woher die 1.500 Euro gekommen waren, die ihre Mutter Monat für Monat selbst auf ihr Konto einbezahlt hatte, zeigte sie sich total überrascht. Als sie Brauer mit dem Hinweis, dass er und sein Kollege sich nur für den Mord und nicht für steuerliche Dinge interessierten, darauf ansprach, ob es sich bei diesem Betrag vielleicht um eine zusätzliche, steuerschonende Zuwendung an die Mutter durch Karin gehandelt habe, reagierte sie zunächst empört. Sie beruhigte sich aber schnell wieder und versicherte mit Nachdruck, dass das Geld nicht von ihr gekommen sei. Sie schien sehr irritiert und hatte auch keine plausible Erklärung dafür, dass ihre Mutter Monat für Monat einen so hohen Geldbetrag auf ihr Konto einzahlen hatte können.

Als Karin das Notizbüchlein mit den Telefonnummern vorgelegt wurde, stellte sich heraus, dass ihre Mutter es erst in allerletzter Zeit angelegt haben musste. Früher hatte sie eine Unzahl von Zetteln mit Telefonnummern in einem Seitenfach ihrer jeweiligen Handtasche bei sich gehabt und oft lange herumgekramt, wenn sie nach einer Telefonnummer gesucht hatte.

Bei den etwa fünfzig Nummern, die mit Namen versehen waren, handelte es sich um Bekannte aus Seefeld und Reith, einige entfernte Verwandte und die Damen der ehemaligen Saunarunde. Auch zwei Nummern von Elvira Rudig waren darunter.

Vorerst ungeklärt blieben nur die drei Telefonnummern ohne Namen.

Dabei handelte es sich um zwei Handynummern und um eine Festnetznummer mit Vorarlberger Vorwahl.

Karin stellte dann den Ermittlern noch einige Fragen über den Hergang der Tat, Todesursache und bisherige Ergebnisse, die ihr von Steinlechner mit einiger Zurückhaltung beantwortet wurden. Sie hatte ein Bestattungsunternehmen beauftragt und die Beerdigung für den kommenden Mittwoch angesetzt, wenn die Leiche bis dahin zur Beerdigung freigegeben sein würde, was Steinlechner als sehr wahrscheinlich ansah.

Mit der Ankündigung möglicher weiterer Besuche verabschiedeten sich Steinlechner und Brauer.

Nach einigem Suchen fanden sie in der Umgebung von Seefeld ein Gasthaus, das nicht von ganzen Horden von Müttern mit ihren Angehörigen gestürmt wurde. Hier konnten sie in Ruhe ihre Mittagspause machen und über die Erkenntnisse des Vormittags sprechen.

Dieser 9. Mai war ein Frühlingstag mit Postkartenwetter. Trotz der Höhenlage von mehr als tausend Metern war es so warm, dass man auch in leichter Bekleidung im Gastgarten essen konnte.

Steinlechner bestellte sich ein Menü mit Vor-, Haupt- und Nachspeise und gönnte sich zum Abschluss noch einen riesigen Eisbecher. Brauer, der mindestens zehn Kilo Übergewicht auf die Waage brachte und für gewöhnlich acht Monate im Jahr beim Abnehmen war, kaute ziemlich lustlos an seiner Gemüseplatte herum und ärgerte sich insgeheim über die hemmungslose Fresserei seines Chefs, weil er der Meinung war, dass dieser sich wenigstens in seiner Anwesenheit etwas zurückhalten hätte können. Als Steinlechner dann auch noch ein dezentes Aufstoßen mit den Worten „gut war's" kommentierte, war Brauer froh, dass er wieder an die Arbeit gehen konnte und die Mittagspause vorüber war.

Im „Café Elvira" saßen nur zwei Gäste, als Steinlechner und Brauer in das Lokal kamen. Die Wirtin kam ihnen zum Eingang entgegen und fragte sie nach der Begrüßung, ob sie ihnen etwas anbieten könne. Wenig später kam sie mit den beiden „kleinen Braunen" an ihren Tisch und setzte sich zu ihnen.

Steinlechner hatte einen Tisch gewählt, der möglichst weit von den beiden anderen Gästen entfernt gelegen war. Nach einigen belanglosen Sätzen kam er auf den Grund seines heutigen Besuches zu sprechen. Es ging ihm um die drei noch ungeklärten Telefonnummern im Notizbuch des Mordopfers. Außerdem hoffte er, dass ihr zu den am Vortag gestellten Fragen inzwischen noch etwas eingefallen war. Sie konnte ihm aber weder bei den Telefonnummern weiterhelfen noch war ihr sonst etwas Bedeutsames eingefallen, was sie nicht schon am Vortag erzählt hatte.

Während des kurzen Gesprächs ließ Steinlechner die Frau, die ihm gegenübersaß, nicht aus den Augen. Die vielen Tage und Nächte in ihrem Lokal, die unzähligen Kaffees und Zigaretten hatten in ihrem Gesicht natürlich Spuren hinterlassen. Trotzdem sah Steinlechner vor sich eine sehr attraktive Frau, deren Alter er wohl um zehn Jahre niedriger geschätzt hätte. Besonders auffallend war ihre schlanke, sportliche Figur, um die sie sicher viele Zwanzigjährige beneideten. Auch ihre Art zu sprechen gefiel Steinlechner ausnehmend gut und er begann sich zu fragen, was ihm an ihr eigentlich nicht gefiel.

Er wusste bald nicht mehr, welche Fragen er Elvira Rudig noch stellen sollte, und versuchte trotzdem, das Gespräch über die Ermordete in Gang zu halten.

Dabei wurde er dann allerdings durch das Klingeln seines Handys unterbrochen. Es war Kofler, der ihm mitteilte, dass man das Auto der Toten in Innsbruck aufgefunden hatte. Steinlechner, der bei der Durchsuchung des Fahrzeuges selbst anwesend sein wollte, verabschiedete sich hastig von Elvira Rudig und verließ mit Brauer das Lokal.

Der dunkelrote Audi A4 mit dem Innsbruck-Land-Kennzeichen war auf dem Kundenparkplatz eines Supermarktes im Westen Innsbrucks von einem aufmerksamen Pensionisten entdeckt worden. Dieser hatte in der Zeitung den Bericht über den Mord gelesen und so erfahren, dass nach einem dunkelroten Audi gesucht wurde. Als er mit seinem Hund gegen vierzehn Uhr den am Sonntag fast leeren Parkplatz überquerte, fiel ihm das Auto auf, weil es schräg über zwei gekennzeichnete Parkplätze geparkt war. „Typisch Frau", dachte er zunächst. Dann registrierte er, dass dieses so auffallend geparkte Auto ein roter Audi war, und er ging zum nächsten Zeitungsständer. Er fand den Bericht über den Mord, verglich das Kennzeichen und verständigte die Kriminalabteilung.

Kofler, der gerade auf der Rückfahrt von Reith war, ließ sich den Autoschlüssel aus seinem Büro bringen und sah sich das Auto an Ort und Stelle oberflächlich an. Dann informierte er Steinlechner und ließ nach telefonischer Rücksprache mit dem Journaldienst der Bundespolizeidirektion Innsbruck den Audi in den Hof des Landesgendarmeriekommandos überstellen. Dabei bestand er darauf, dass das Fahrzeug auf einen Anhänger verladen und im Innenraum nichts angerührt wurde. Als er dann mit einem seiner Mitarbeiter in Anwesenheit von Steinlechner und Brauer das Auto durchsuchte, bestätigte sich sein erster Eindruck. Es war in einem sehr gepflegten Zustand. Im Innenraum fanden sich die üblichen Gegenstände und nichts deutete auf außergewöhnliche Vorgänge hin. Das Handy der Toten, das Steinlechner in ihrem Auto vermutet hatte, fanden sie nicht.

Steinlechner war sichtlich enttäuscht und ging mit Kofler und Brauer in sein Büro, wo sie die weiteren Schritte besprechen wollten. Koflers Mitarbeiter sollte mit einem weiteren Kriminalisten der Tatortgruppe das Auto genau untersuchen und allfällige Spuren sichern. Viel war davon allerdings nicht zu erwarten. Der Innenraum sah so aus, als wäre er erst kurz zuvor mit einem Staubsauger gründlich gereinigt worden. Nach den wenigen Erkenntnissen, die sie in diesem Fall bisher gewonnen hatten, war es auch nicht sehr wahrscheinlich, dass der Mörder von Erna Klingenschmied vor der Tat überhaupt in dem Auto gesessen war.

Nachdem Brauer drei Becher Kaffee aus dem Automaten geholt hatte, setzte er sich zu Steinlechner und Kofler.

Es gehörte zu den Gewohnheiten Steinlechners, immer dann, wenn er mit seinen Ermittlungen nicht so recht vorankam oder wenn die Ansatzpunkte für die weiteren Erhebungen dünn gesät waren, seinen Mitarbeitern eine Zusammenfassung des bisher Bekannten zu geben. So dauerte es auch heute nicht lange und er setzte mit den Worten: „Fassen wir einmal zusammen" zu einem längeren Monolog an:

„Eine achtundfünfzigjährige vermögende Witwe, vollschlank, aber sehr gepflegt und Männerbekanntschaften nicht abgeneigt, isst gegen neunzehn Uhr allein in ihrem Haus in Reith, fährt dann mit ihrem Auto nach Innsbruck und stellt es dort auf dem Parkplatz vor einem Supermarkt ab. Wie sie gekleidet war, wissen wir nicht, wir wissen aber, dass sie kein Geld bei sich gehabt haben dürfte.

Sie trifft sich mit einem oder einer uns Unbekannten und sitzt vermutlich gegen zweiundzwanzig Uhr in einem hellen oder silberfarbenen Geländewagen, der von der Gnadenwalder Landesstraße in einen Waldweg abbiegt. Am Ende dieses Weges, einer Stelle, die nachts oft von Liebespaaren für Schäferstündchen im Auto aufgesucht wird, wird ihre fast nackte Leiche von zwei Beamten des Gendarmeriepostens Hall nach einem anonymen Hinweis aufgefunden. Die Frau ist erwürgt worden, der Tod ist nach dreiundzwanzig Uhr eingetreten. Wir haben ihre Handtasche, ob der Inhalt komplett ist, wissen wir nicht. Von ihrer Kleidung fehlt alles außer den Strümpfen und dem BH. Auch ihr Handy haben wir noch nicht gefunden.

Von dem, was wir bisher über die Tote erfahren haben, bleiben uns als Ansatzpunkte für weitere Erhebungen derzeit nur drei noch nicht identifizierte Telefonnummern und die Tatsache, dass sie Monat für Monat 1.500 Euro erhalten und auf ihr Konto eingezahlt hat. Dieses Geld ist nicht überwiesen worden, es muss also persönlich übergeben worden sein.

Außerdem kennen wir die Telefonnummer des verschwundenen Wertkartenhandys und können bei Bedarf feststellen, mit wem sie in den letzten Monaten telefoniert hat.

DNA-Spuren hat der Täter vermutlich nicht hinterlassen.

Auch das Mordmotiv ist unklar, wenngleich der Bekleidungszustand der Leiche ein Sexualdelikt vermuten lässt."

Nach dieser Zusammenfassung lehnte sich Steinlechner in seinem Sessel zurück und sah seine beiden Kollegen fragend an. Sie waren mit seinen Ausführungen offenbar einverstanden.

Kofler wollte mit den Kontoauszügen bei der Bank vorsprechen. Er hoffte, über andere Überweisungen auf die Spur des geheimnisvollen Spenders zu kommen. Groß waren seine Erwartungen aber nicht, zumal er nicht wusste, ob ihm die Bank überhaupt die gewünschten Auskünfte geben würde. Steinlechner bat ihn, dies gleich am nächsten Tag zu tun.

Als das Telefon klingelte, unterbrach er die Besprechung.

Es war der „Benjamin" in Steinlechners Mannschaft, Gerhard Gapp. Er hatte den ganzen Tag mit der Befragung von Personen in der Umgebung von Erna Klingenschmieds Wohnhaus verbracht und dabei so gut wie nichts erfahren.

Dann aber hatte ihm eine Frau von einer Wahrnehmung erzählt, die ihm so wichtig erschien, dass er sie in einer Niederschrift festgehalten hatte.

Wenn Gapp, der nicht gerade als leidenschaftlicher Schreiber bekannt war, seine Erkenntnisse an Ort und Stelle zu Papier brachte, mussten sie nach Meinung von Steinlechner sehr interessant sein. Er fragte nicht nach Einzelheiten, weil Gapp ohnehin schon auf der Rückfahrt war und in wenigen Minuten auf der Dienststelle eintreffen würde.

So kam es, dass drei „gestandene" Kriminalisten, teilweise in Ehren ergraut, auf das Eintreffen ihres „Nachwuchskieberers" warteten, in der Hoffnung auf Informationen, die sie der Aufklärung ihres aktuellen Falles einen entscheidenden Schritt näherbringen würden.

Wenige Minuten später kam Gapp dann tatsächlich und übergab Steinlechner eine Niederschrift, die er mit der fünfundvierzigjährigen Edeltraud Ronacher aus Reith bei Seefeld aufgenommen hatte.

Steinlechner las laut vor: „Am 3. Mai, einem Montag, stand ich mit meinem Pkw auf dem Parkplatz unweit des Strandbades östlich von Seefeld. Es war etwa zweiundzwanzig Uhr dreißig und ich wartete auf meine Tochter, die jeweils montags in Innsbruck einen Fremdsprachkurs besucht und von ihrer Freundin in deren Auto mitgenommen wird. Ich hole meine Tochter dann immer auf diesem Parkplatz ab, weil die Freundin nach Scharnitz weiterfährt. Plötzlich kamen zwei Autos hintereinander auf den Parkplatz gefahren und blieben in einer Entfernung von etwa fünfzehn Metern von mir stehen. Aus dem einen Auto stieg Erna Klingenschmied, die ich trotz der schlechten Sichtverhältnisse sofort erkannte, weil ich ja in der Nachbarschaft wohne und sie oft sehe. Auch ihr Auto kenne ich, ich habe mich also sicher nicht getäuscht. Aus dem zweiten Auto stieg der Hotelier Ferdinand Grumser, der mir auch gut bekannt ist und einen Mercedes-Geländewagen fährt, den in Seefeld jeder kennt. Die beiden haben mich in meinem Auto offensichtlich nicht gesehen und sofort mit einem erregt geführten Gespräch begonnen. Ich konnte zwar kein Wort verstehen, es war aber nicht zu übersehen, dass die beiden eine sehr hitzige Diskussion oder besser gesagt ein Streitgespräch führten, wobei Grumser ständig mit den Händen heftig gestikulierte. Nach etwa zwei Minuten griff er in die Innentasche seiner Jacke, nahm etwas heraus und übergab es der Frau Klingenschmied. Wegen der Dunkelheit kann ich nicht mit Sicherheit sagen, was er ihr übergeben hat. Es könnte aber ein Briefumschlag oder etwas Ähnliches gewesen sein.

Ohne sich zu verabschieden, stieg er dann in sein Auto und fuhr mit quietschenden Reifen davon. Auch Frau Klingenschmied fuhr dann mit ihrem Pkw in Richtung Seefeld weg.

Kurz darauf traf auch meine Tochter ein, und wir fuhren nach Hause."

Als Steinlechner das Blatt mit der Niederschrift auf den Tisch legte, war ihm nicht anzusehen, ob er den Inhalt für bedeutsam hielt. Im folgenden Gespräch waren sich dann aber alle einig, dass man sich am nächsten Tag sofort mit Herrn Grumser befassen würde.

Es war inzwischen schon fast achtzehn Uhr und Steinlechner entließ seine Mitarbeiter mit der süffisanten Bemerkung, dass sie sich nun um ihre „Mütter" zu Hause kümmern sollten.

Er selbst wollte nur noch ein Telefonat mit dem Gendarmerieposten Seefeld führen und dann auch nach Hause fahren.

Doch dann überlegte er es sich anders.

Schon beim Vorlesen der Niederschrift war ihm der Name Grumser bekannt vorgekommen. Als er dann allein in seinem Büro saß, fiel ihm ein, welche Erinnerung er mit dem Namen Grumser verband. Gegen einen Seefelder Hotelier mit diesem Namen war vor einigen Jahren wegen betrügerischer Grundstücksgeschäfte ermittelt worden. Obwohl selbst nicht zuständig, erinnerte er sich gut an diese Sache, weil er mit dem zuständigen Kollegen Bruno Grüner manchmal auf ein Bier gegangen war und dieser ihm damals ausführlich von dem Fall erzählt hatte.

Bruno Grüner war inzwischen sechsundsechzig Jahre alt und seit drei Jahren in Pension. Er war jahrzehntelang für Betrugs- und Wirtschaftsdelikte zuständig gewesen und einer der wenigen, mit denen Steinlechner sich manchmal auch in der Freizeit getroffen hatte. Auch nach Grüners Pensionierung hatte Steinlechner sich mit seinem ehemaligen Kollegen einige Male in Innsbruck und in Haiming, wo er inzwischen wohnte, getroffen und meist über längst vergangene, dienstliche Erlebnisse geplaudert.

Grüner, der nicht verheiratet war, hatte von seinem Bruder, der in Haiming eine Landwirtschaft besessen hatte, ein zum Hof gehörendes Nebengebäude gekauft und ausgebaut. Sein Bruder hatte den Hof schon längst an den Sohn übergeben. Die beiden verbrachten viel Zeit miteinander, wobei ihr gemeinsames Hobby, die Fischerei im Inn, eine zentrale Rolle spielte.

Bruno Grüner saß gerade in einer kleinen Hütte im Obstgarten seines Bruders, in der sie ihre Fischergeräte verwahrten, als sein Handy klingelte und Steinlechner sich meldete. Grüner war sehr erfreut über den angekündigten Besuch und empfing seinen ehemaligen Kollegen eine halbe Stunde später vor seinem Haus.

Nach einer kurzen Begrüßung führte er seinen Besucher in ein gemütlich eingerichtetes Wohnzimmer. Ohne darüber ein Wort zu verlieren, stellte er zwei Bierdosen und zwei Gläser auf den Tisch und die beiden setzten sich.

„Wie geht es dir immer so, bist du alter Junggeselle endlich doch in festen Händen oder stellst du immer noch den jungen Frauen nach?"

Damit spielte Steinlechner auf den Hang zu weit jüngeren Frauen an, den man Grüner in seiner aktiven Zeit bei der Kriminalabteilung oft nachgesagt hatte.

Der lachte kurz auf und sagte: „Vielleicht wirst du das ja auch bald erleben. Die Frauen, die mir gefallen, denen bin ich zu alt, und die, denen ich gefalle, sind mir zu alt. Vor zwei Wochen bin ich in einem Café im Einkaufszentrum DEZ gewesen. Ein paar Tische entfernt sind zwei Frauen, so um die fünfundzwanzig, gesessen. Eine hat mehrmals zu mir hergesehen und sogar gelächelt. Ich habe gerade überlegt, wie ich mit ihnen ins Gespräch kommen könnte, da haben sie gezahlt und sind gegangen. An ihrem Tisch haben kurz darauf dann drei Damen Platz genommen, fesch, gepflegt und gut angezogen. Ich habe sie mit dem Blick eines ehemaligen Kriminalisten gemustert und auf etwa sechzig Jahre eingeschätzt. ‚Das ist deine Altersklasse, du Trottel‘, habe ich mir dabei gedacht. Ich war dann ziemlich angefressen und habe mich erst nach einigen Bieren wieder beruhigt."

„Du Armer", sagte Steinlechner leicht ironisch. Dann kam er zur Sache.

Grüner hatte von dem aktuellen Mordfall schon aus den Medien Kenntnis und lächelte ein wenig, als er erfuhr, dass Steinlechner Informationen über Ferdinand Grumser von ihm wollte.

Was Steinlechner in den folgenden vierzig Minuten von seinem älteren Kollegen erfuhr, ergab ein recht genaues Bild von der Person, mit der er sich am nächsten Tag ausführlich beschäftigen würde.

Grumser hatte in den späten Fünfzigerjahren von seinem Vater einen Bauernhof und ein kleines Viehhandelsunternehmen in einer Gemeinde im Tiroler Oberland übernommen. Obwohl er mit der Landwirtschaft keine Freude hatte, bearbeitete er sie neben dem weit einträglicheren Viehhandel auch weiterhin und das aus gutem Grund. Schon bald begann er, seine Gewinne aus dem Viehhandel zum Kauf von landwirtschaftlichen Grundstücken zu verwenden, was ihm als „praktizierendem Bauern" rechtlich uneingeschränkt möglich war.

Wenn Bauern in finanziellen Schwierigkeiten waren, weil sie sich beim Bau eines neuen Wirtschaftsgebäudes oder beim

Kauf eines neuen Traktors übernommen hatten, borgte er ihnen großzügig und unbürokratisch Geld und verlangte auch nur die banküblichen Zinsen.

Er forderte sein Geld dann aber oft unter einem Vorwand zurück, wenn er wusste, dass der Bauer sicher nicht zahlen konnte. So gingen weitere Grundstücke in seinen Besitz über, die er anstelle des geborgten Geldes übernahm. Natürlich nur zum niedrigen Preis landwirtschaftlicher Grundstücke, den er wegen der Notsituation der Betroffenen auch noch ordentlich drückte.

Nicht zufällig suchte er sich immer Grundstücke aus, die in der Nähe von verbautem Gebiet lagen oder an dieses angrenzten. Weil er es auch blendend verstand, mit kleineren Gefälligkeiten beste Beziehungen zu den örtlichen Gemeindevertretern aufzubauen, konnte er seine landwirtschaftlichen Grundstücke dann oft nach kurzer Zeit durch Umwidmungen in Bauland verwandeln und ihren Wert vervielfachen. Diese und ähnliche Geschäfte führten zwar dazu, dass ihn so mancher Bauer mit der Mistgabel traktiert hätte, wenn er noch einmal in die Nähe seines Hofes gekommen wäre. Sie brachten ihm aber im Laufe von zwanzig Jahren so viel Geld ein, dass er 1980 in Seefeld ein Einhundertfünfzig-Betten-Hotel kaufen und aufwendig renovieren konnte.

Die Leitung des Sporthotels Grumser überließ er seiner Gattin, die vor der Ehe mit ihm im Hotel ihrer Eltern gearbeitet hatte. Er selbst ging weiterhin seinen Geschäften mit Viehhandel und Grundstücksspekulationen nach und verdiente damit immer noch sehr gut.

Einige Jahre später ersteigerte er – inzwischen schon Vater von zwei Kindern – günstig ein weiteres Hotel am Ortsrand von Seefeld in abbruchreifem Zustand, renovierte es von Grund auf und eröffnete es unter dem Namen „Sporthotel Melanie" neu, weil es eines Tages seiner damals zweijährigen Tochter Melanie gehören sollte.

Seine Frau fühlte sich dann aber mit der Führung von beiden Hotels überfordert und es gab auch einige Anlaufschwierigkeiten mit dem neuen Haus. Schweren Herzens musste er deshalb den Viehhandel aufgeben, seine Landwirtschaft verpachten und sich seiner neuen Rolle als Inhaber zweier Tophotels in Seefeld widmen.

Von seinen zwielichtigen Grundstücksgeschäften konnte er sich aber doch nicht ganz trennen und so kam es dann im Jahr 2000 zu den Ermittlungen wegen Betruges gegen ihn.

Bruno Grüner, der damals kurz vor seiner Pensionierung gestanden hatte, hatte sich sehr eingehend mit den Geschäften Grumsers beschäftigt und war so in der Lage, Steinlechner derart detaillierte Informationen zu liefern.

Seine Ermittlungen hatten allerdings nicht zu einer Verurteilung geführt, was Grüner in erster Linie auf den ausgezeichneten Anwalt zurückführte, der Grumser damals vertreten hatte.

Bei einem zweiten Bier und dem obligatorischen Schnaps unterhielten sich die beiden noch eine halbe Stunde lang über Steinlechners aktuelle Ermittlungen, wobei dieser es vermied, seinem ehemaligen Kollegen den Grund für sein Interesse an Ferdinand Grumser zu nennen, und auch sonst nicht mehr sagte, als ohnehin auch in den Medien berichtet worden war.

Kurz nach zwanzig Uhr verabschiedete sich Steinlechner mit dem Versprechen, bald wieder einmal vorbeizuschauen, und fuhr mit dem Auto weg.

Dabei kam ihm der Gedanke, dass er immerhin zwei Bier und einen nicht gerade kleinen Schnaps getrunken hatte und bei einer Kontrolle Probleme bekommen konnte. Es war allerdings nicht sehr wahrscheinlich, dass ein uniformierter Kollege einen Chefinspektor der Kriminalabteilung, der noch dazu mit einem Dienstfahrzeug unterwegs war, zum Alkoholtest bitten würde.

Zur Vorsicht steckte er sich aber noch einen Kaugummi in den Mund und beschloss, auf kürzestem Weg nach Innsbruck zurück zu fahren. Diesen Vorsatz hätte er dann beinahe wieder verworfen, als er an der Autobahnausfahrt Zirl vorbeikam und einem nochmaligen Besuch bei Elvira Rudig nicht abgeneigt gewesen wäre. Weil ihm aber kein dienstlicher Grund für einen weiteren Besuch an diesem Tag einfiel und er nicht aufdringlich erscheinen wollte, blieb er auf der Autobahn und war bald darauf in seiner Wohnung, wo er es sich mit einem kalten Imbiss und dem obligaten Bier vor seinem Fernseher gemütlich machte.

7

Als Steinlechner am nächsten Morgen kurz vor acht Uhr sein Büro ansteuerte, kamen ihm Kofler, Brauer und Gapp auf dem Gang entgegen. Gapp hatte für den Chef einen Becher mit Kaffee aus dem Automaten mitgebracht. „Sehr brav, aus dir wird sicher noch ein guter Kriminalist", sagte der und nahm ihm grinsend den Becher ab.

Während er seinen Kaffee im Stehen trank, erzählte ihm Kofler, dass die Ermordete am 4. Mai, also am Tag nach dem abendlichen Treffen mit Ferdinand Grumser 1.500 Euro auf ihr Konto bei der Bank eingezahlt hatte. Es sprach also einiges dafür, dass die mysteriösen Einkünfte, die sie Monat für Monat gehabt hatte, von Ferdinand Grumser stammten.

Auch Gapp konnte mit einer Neuigkeit aufwarten, die den Hotelier Ferdinand Grumser immer interessanter erscheinen ließ. Dieser fuhr tatsächlich einen silberfarbenen Geländewagen der Marke Mercedes und war mit dem Mann der Ermordeten bis zu dessen Tod befreundet gewesen.

Wenige Minuten später waren Steinlechner, Brauer und Gapp auf dem Weg nach Seefeld.

Vor dem Sporthotel Grumser erfuhren sie von einem Angestellten, der mit Gartenarbeiten beschäftigt war, dass der Chef nicht da war. Er war zu seiner Jagdhütte auf den Haiminger Berg gefahren. Die Chefin und die Töchter hielten sich vermutlich im Hotel Melanie auf, wo die Familie Grumser ihre Privatwohnung hatte.

Das kam Steinlechner sehr gelegen. Er wollte mit Grumser allein sprechen und hatte sich beim Hotelangestellten nicht vorgestellt, weil er vermeiden wollte, dass Grumsers Angehörige schon jetzt erfuhren, dass sich die Gendarmerie nach ihm erkundigt hatte. Er ließ sich noch schnell die Lage der Hütte beschreiben, die sie dann auch auf Anhieb fanden.

Von einer Hütte konnte man allerdings nicht sprechen. Grumsers Jagddomizil war ein schmuckes Haus, ganz aus Holz gebaut und vermutlich noch keine zehn Jahre alt.

Es stand auch nicht irgendwo abgelegen im Wald, sondern in schönster Aussichtslage etwas oberhalb der Ortschaft Höpperg. In einer Entfernung von etwa fünfzig Metern standen noch zwei weitere Häuser, ein älteres und ein Rohbau, der wohl schon einige Jahre auf seine Fertigstellung wartete.

Vor dem Haus Grumsers stand kein Auto. Trotzdem läutete Gapp, der als Erster aus dem Pkw gestiegen war. Es rührte sich aber nichts, der Hausherr war also nicht vor Ort.

Die drei Ermittler stellten nun das Auto vor der Einfahrt zum Haus Grumser ab und gingen zum Nachbarhaus, vor dem ein Auto mit einem Innsbrucker Kennzeichen abgestellt war. Ein älterer Mann, der bei einem Holzstapel werkte, sagte ihnen, dass Grumser sich seit etwa zehn Tagen fast durchgehend in der Gegend aufgehalten hatte. Er selbst, ein pensionierter Eisenbahner aus Innsbruck, wohnte seit einigen Jahren ganzjährig in dem Haus, das er vor Jahrzehnten als Wochenendheim gebaut hatte.

Er machte auch keinen Hehl daraus, dass er auf Grumser nicht gut zu sprechen war, und erzählte bereitwillig, dass es erst vor wenigen Tagen einen Streit mit Grumser gegeben hatte, weil dieser in seinem Grillkamin Sachen verbrannt hatte. Der starke Rauch und der üble Geruch hatten ihn dazu bewogen, den Nachbarn zur Rede zu stellen, nachdem er alle Fenster hatte schließen müssen. Grumser hatte sich aber nur über ihn lustig gemacht und ihm geraten, ins Haus zu gehen, wenn er ein wenig Rauch nicht vertrage. Dieser Vorfall hatte sich am Samstag gegen Mittag abgespielt. Das wusste der Pensionist genau, weil er an diesem Tag, wie jeden Samstag, nach Innsbruck gefahren war, wo er sich zwischen neun und elf mit ehemaligen Berufskollegen getroffen hatte.

Ob Grumser am Freitag bei seinem Haus gewesen war, konnte der Nachbar nicht sagen, weil er diesen Tag bei seiner Freundin in Innsbruck verbracht hatte und erst nach Mitternacht nach Hause gekommen war.

Als er am Samstag gegen acht Uhr dreißig wieder weggefahren war, hatte er den Mercedes von Grumser jedenfalls vor dessen Haus stehen gesehen.

Steinlechner bedankte sich für die Auskünfte und kündigte an, dass er nochmals vorbeikommen werde, falls es noch Fragen geben sollte. Während sie sich verabschiedeten, ging Gapp schon voraus und sah sich den großen Grillkamin, der etwa zehn Meter vom Haus entfernt stand, näher an. Auch Steinlechner und Brauer kamen hinzu und sahen sofort neben verkohltem Holz und halb verbrannten Plastikbechern in der Asche auch einige nicht vollständig verbrannte Stofffetzen und zahlreiche Metallknöpfe.

Gapp eilte unaufgefordert zum Dienstauto und holte seine Tasche. Mit einer Pinzette verstaute er seine Funde in mehreren Plastikbeuteln.

Wenige Minuten später – Steinlechner und seine beiden Mitarbeiter waren gerade zu ihrem Auto zurückgegangen – fuhr ein Mercedes-Geländewagen vor und blieb vor der Einfahrt stehen.

Ein hagerer, grauhaariger, älterer Mann stieg aus, ging auf die drei Männer zu und wollte wissen, ob sie auf ihn gewartet hätten.

Steinlechner stellte sich und die beiden anderen vor und fragte ihn, ob er Ferdinand Grumser sei. „Der bin ich", antwortete er und es klang nicht gerade freundlich, eher herrisch und von oben herab, „und jetzt würde mich interessieren, was die Gendarmerie von mir will."

Nachdem er erfahren hatte, dass der Tod der Erna Klingenschmied der Grund für den Besuch war, bat er die Ermittler ins Haus.

Der Raum, in dem er ihnen Platz anbot, war eine Art Bauernstube, rustikal, aber sehr geschmackvoll eingerichtet, alles in solider Tischlerarbeit und sicher nicht billig. Von der Jagdleidenschaft des Hausherrn zeugten zahlreiche Trophäen an den Wänden.

Als alle vier Platz genommen hatten, erzählte er von sich aus, dass er und Ernst Klingenschmied viele Jahre hindurch Jagdkameraden und später auch gute Freunde gewesen waren. Auch mit seiner Frau hatte er bei zahlreichen Gelegenheiten zu tun gehabt und sie gut gekannt.

Als er gefragt wurde, wann er Erna Klingenschmied zum letzten Mal gesehen hatte, überlegte er kurz und meinte dann, dass er sie in den letzten Jahren nur drei- oder viermal zufällig in Seefeld getroffen hätte, das letzte Mal vor etwa einem Monat vor dem Postamt in Seefeld. Dabei hätten sie einige Worte gewechselt und er sie auf einen Kaffee in eine Konditorei in der Nähe eingeladen. Sie hatte aber angeblich keine Zeit gehabt und sich eilig verabschiedet.

Diese Antwort war genau das, was Steinlechner sich erhofft hatte. Er hatte in den wenigen Minuten seit der Begegnung vor dem Haus eine starke Abneigung gegen Ferdinand Grumser entwickelt und diese kam bei der nächsten Frage auch schon deutlich zum Ausdruck.

„Herr Grumser, wieso sagen Sie uns nicht die Wahrheit? Haben Sie einen Grund, uns anzulügen? Wir wissen längst, dass Sie die Frau Klingenschmied kurz vor ihrem Tod getroffen haben, und wir wissen auch, dass Sie ihr bei dieser Gelegenheit und auch vorher Monat für Monat Geld übergeben haben."

Steinlechners Vorgehen war zweifellos riskant und überraschte seine beiden Kollegen.

Die Reaktion des Hoteliers sagte aber allen, dass der überraschende Angriff gelungen und die Rechnung aufgegangen war.

Grumser war einige Sekunden sprachlos, sein Gesicht lief rot an, dann sprang er unvermittelt auf und ging mit schnellen Schritten zur Tür. Dort machte er auf den Absätzen kehrt, ging zum Tisch zurück, blieb vor dem immer noch sitzenden Steinlechner stehen und schrie ihn an: „Das muss ich mir nicht gefallen lassen, wie kommen Sie zu so einer Behauptung und was geht Sie überhaupt mein Privatleben an?"

„Beruhigen Sie sich und setzen Sie sich wieder hin", forderte ihn Steinlechner in ruhigem Ton auf.

Grumser setzte sich auch gleich wieder und es war ihm anzusehen, dass er sein aufbrausendes Verhalten bedauerte und wieder ruhig und selbstsicher erscheinen wollte.

Er erfuhr dann von Steinlechner, dass mehrere Personen ein Treffen zwischen ihm und Erna Klingenschmied auf einem Parkplatz in der Nähe von Seefeld beobachtet hatten. Dass diese Beobachtung von mehreren Personen gemacht worden war, stimmte zwar nicht, war aber Teil der Überrumpelungstaktik, zu der sich Steinlechner entschlossen hatte.

„Unsere Zeugen berichten nicht nur von einem sehr erregt geführten Gespräch zwischen Ihnen und Frau Klingenschmied, sie haben auch beobachtet, dass Sie ihr einen Umschlag übergeben haben. Sie hat am nächsten Tag Geld auf ihr Konto eingezahlt, das nur von Ihnen stammen kann. Wenige Tage später ist sie brutal ermordet worden.

Sie werden sich unsere Fragen nicht nur gefallen lassen müssen, Sie werden sie gefälligst auch der Wahrheit entsprechend beantworten, wenn Sie sich nicht noch verdächtiger machen wollen, als Sie sowieso schon sind."

Grumser starrte einige Sekunden auf die Jagdtrophäen an der gegenüberliegenden Wand und man konnte ihm ansehen, dass er intensiv nachdachte. Dann schien er einen Entschluss gefasst und sich auch wieder beruhigt zu haben und er lieferte mit einem längeren Monolog eine Erklärung, die die Ermittler zwar anzweifelten, aber vorerst nicht widerlegen konnten.

„Ich habe Ernas Mann kurz nach dem Kauf unseres ersten Hotels kennengelernt. Wir sind oft zusammen jagen gegangen und mit der Zeit gute Freunde geworden. Auch Erna kenne ich schon lange.

Vor etwa zehn Jahren hat sie mir einen großen Gefallen getan und ich habe ihr dafür einen größeren Geldbetrag versprochen. Wegen finanzieller Schwierigkeiten habe ich dann aber nicht gleich zahlen können und Erna ist damit einverstanden gewesen, dass ich meine Schuld später begleiche, natürlich mit ordentlichen Zinsen.

Nach dem Tod von Ernst Klingenschmied, der von der Sache nichts gewusst hat, und nach der Übergabe des Hotels an die

Tochter hat Erna dann von mir das Geld verlangt. Wir haben monatliche Raten von 1.500 Euro vereinbart, die ich seither pünktlich bezahlt habe.

Bei unserem Treffen am 3. Mai haben wir nicht gestritten. Erna war zornig, weil ich mich verspätet habe, und ich habe zu ihr gesagt, sie solle sich wegen der halben Stunde nicht so aufregen."

Auf die Frage nach dem Gefallen, der ihm so viel wert gewesen war, erklärte Grumser nur, dass es sich um nichts Strafbares gehandelt habe. Weitere Angaben wollte er dazu nicht mehr machen.

Weil es beim ersten Mal so gut funktioniert hatte, wollte Steinlechner sein Gegenüber noch ein zweites Mal überrumpeln und er versuchte dies mit der Behauptung, dass er längst wisse, dass Grumser mit der vor kurzem Ermordeten ein Verhältnis gehabt hätte.

Grumser reagierte diesmal aber ganz anders, so als ob er schon auf die Unterstellung gewartet hätte.

Mit den Worten: „Ich habe mir schon gedacht, dass das jetzt kommt" und einem Anflug von Lächeln, das allerdings ziemlich verkrampft ausfiel, erzählte er von seinem Verhältnis mit der Frau seines Jagdkameraden.

Es sah fast so aus, als würde ihm seine Schilderung Spaß bereiten, und sie war so ausführlich, dass Steinlechner keine Zwischenfragen stellte und Brauer mit seinen Notizen kaum nachkam.

„Ein oder zwei Jahre nach Ernst Klingenschmied habe ich auch seine Frau auf einem Ball kennengelernt. Ihr Mann hat uns einander vorgestellt.

Alle in Seefeld haben gewusst, dass Ernst immer wieder Beziehungen zu anderen Frauen, meist Angestellten in seinem Hotel, gehabt hat und dass seine Ehe nicht mehr gut funktioniert hat. Er selbst hat mir einmal erzählt, dass seine Ehe nur noch auf dem Papier bestünde, dass sie sich aber nicht scheiden lassen wollten und jeder seine eigenen Wege gehe.

Deshalb habe ich auch kein schlechtes Gewissen gehabt wegen meines Verhältnisses mit Ernsts Frau. Gesagt habe ich ihm aber nichts davon.

Wir haben schon am ersten Tag im Auto Sex gehabt. Ernst ist früher vom Ball nach Hause gegangen und ich habe Erna dann mit dem Auto nach Hause gebracht. Es war nicht die große Liebe, aber Erna war sehr gut im Bett, wenn Sie verstehen, was ich meine. Wir haben uns immer wieder heimlich getroffen und im Auto Sex gehabt. Mein Jagdhaus habe ich damals ja leider noch nicht gehabt. Wir haben auch zweimal gemeinsam eine Woche Urlaub gemacht. Das war aber nicht einfach zu organisieren und ist mir dann zu riskant geworden. Meine Frau ist mir einmal auf eine andere Beziehung draufgekommen und danach sehr misstrauisch geworden. Deshalb habe ich höllisch aufpassen müssen.

Wir haben dann einen Jagdausflug nach Ungarn gemacht, ich, Ernst und noch drei andere Jagdfreunde. Einer von denen hat nachher seiner Frau gebeichtet, dass wir in Ungarn nicht nur vierbeiniges Wild vor unsere Flinten bekommen haben. Am nächsten Tag haben das dann auch die anderen Frauen gewusst, also auch Erna und meine Frau. Erna hat zu ihrem Mann kein Wort gesagt. Mir gegenüber hat sie aber wie eine eifersüchtige Ehefrau reagiert und mir die schlimmsten Vorwürfe gemacht.

Auch zu Hause habe ich es damals nicht leicht gehabt, weil meine Frau die Scheidung hat einreichen wollen. Dass mich gleich zwei Frauen wegen dieser Geschichte beschimpft und angekeift haben, das war mir dann doch zu viel und ich habe mit Erna Schluss gemacht. Sie hat das nicht wahrhaben wollen und immer wieder versucht, mich umzustimmen. Ich habe aber die Beziehung mit ihr nicht mehr aufgenommen, auch damals nicht, als sie mir den Gefallen getan hat, für den ich ihr das Geld versprochen habe und später auch nach und nach bezahlt habe."

Nach dieser recht plausiblen Schilderung wies Grumser noch darauf hin, dass seine Frau von dem Verhältnis mit Erna und auch von den Zahlungen an sie nichts wisse und er wollte von Steinlechner wissen, ob er auch seine Frau befragen werde.

Dieser konnte sich ausrechnen, welch großen Wert Grumser darauf legte, dass seine Frau und die beiden Töchter nichts erfuhren, und wollte sich diesen Umstand bei den weiteren Ermittlungen natürlich zunutze machen, als er sagte: „Das wird von Ihnen abhängen, Herr Grumser. Es ist Ihnen sicher klar, dass wir noch einige Fragen an Sie haben, und wenn Sie uns weiterhin nur das sagen, was wir schon vorher wissen, dann kann ich nicht ausschließen, dass wir auch Ihre Frau befragen müssen. Ich will Sie damit nicht unter Druck setzen, aber es geht immerhin um Mord und wir werden uns so lange mit Ihnen beschäftigen, bis alle Verdachtsmomente ausgeräumt sind oder ein anderer als Täter ermittelt ist.

Aus diesem Grund wäre es höchst an der Zeit, dass wir erfahren, welchen Gefallen Ihnen Ihre ehemalige Freundin damals erwiesen hat. Wir vermuten nämlich, dass sie Sie erpresst hat, und das könnte auch ein Motiv für einen Mord sein.“

Grumser schien erkannt zu haben, dass er in einer schwierigen Lage war. Er beteuerte nochmals, dass damals nichts Strafbares geschehen sei und er seine Zahlungen an das spätere Mordopfer freiwillig und ohne Erpressung geleistet hätte. Seine Stimme klang fast schon beschwörend, als er sagte, man möge ihm doch glauben, dass er mit dem Mord nichts zu tun habe und gar nicht fähig sei, einen Menschen umzubringen.

Steinlechner fand sich damit ab, dass er darüber im Moment nichts mehr erfahren würde, und fragte Grumser nach seinem Alibi für die Zeit vom Abend des 7. bis zum Morgen des 8. Mai.

Grumser überlegte kurz und war sichtlich bestrebt, nicht wieder etwas zu sagen, was ihm nachher widerlegt werden konnte. Er war am Vormittag des 7. Mai angeblich in Seefeld gewesen. Gegen vierzehn Uhr war er dann seiner Meinung nach bei seiner Jagdhütte eingetroffen. Den Nachmittag und die folgende Nacht hatte er in der Hütte verbracht, Zeugen konnte er dafür keine nennen.

Ob sein Nachbar an diesem Tag zu Hause gewesen war und seine Angaben bestätigen konnte, wusste er nicht. Er erinnerte sich dann noch, dass er am Samstag mit ihm eine Auseinandersetzung gehabt hatte, wobei es um den Rauch aus seinem Grillkamin gegangen war.

Brauer und Gapp fiel auf, dass Steinlechner nicht weiter nach dem Grund für das Anheizen des Grillkamins fragte, was wohl kein Zufall war.

Steinlechner kam dann auf das Auto Grumsers zu sprechen und erfuhr, dass dieser selbst nur den Mercedes-Geländewagen fuhr. In der Familie gab es noch zwei weitere Pkw, die seine Frau und die beiden Töchter benutzten. Den Mercedes fuhr ausschließlich der Hausherr, weil er den Frauen zu groß war.

Wie nebenbei erwähnte Steinlechner, dass auf der Zufahrt zu der Stelle, wo die tote Erna Klingenschmied gefunden worden war, ein Zeuge einen hellen Geländewagen gesehen hatte. Dabei beobachtete er Grumser ganz genau, er konnte aber keine auffälligen Reaktionen feststellen. Wenn er mit dem Mord zu tun hatte, dann hatte er sich jedenfalls jetzt wieder sehr gut unter Kontrolle. Grumser sagte dazu nur, dass er sich jetzt nicht mehr darüber wundere, dass man ihm all diese Fragen stelle.

Auch mit der Untersuchung seines Autos auf Spuren war er sofort einverstanden.

Gapp sollte den Mercedes gleich nach Innsbruck überstellen. Grumser legte aber keinen Wert darauf, dass man ihm das Fahrzeug nach der Untersuchung wieder zu seinem Jagdhaus brachte. Er wollte das Auto gegen siebzehn Uhr selbst in Innsbruck abholen und sich von einem Jagdkameraden dorthin fahren lassen.

Gapp übernahm den Fahrzeugschlüssel und alle verabschiedeten sich mit dem üblichen Hinweis, dass sie wiederkommen würden, wenn weitere Fragen auftauchen sollten.

Grumser war mit allem einverstanden und es war ihm anzusehen, dass er zwar seine übliche Ruhe und Selbstsicherheit wiedergefunden hatte, sich aber mit den Ermittlern nicht mehr anlegen wollte.

Während Gapp mit dem Mercedes nach Innsbruck fuhr, machten Steinlechner und Brauer sich vorher noch auf den Weg nach Seefeld und trafen sich mit Karin Klingenschmied im Hotel.

Sie kannte die Familie Grumser und wusste auch, dass ihr Vater und Ferdinand Grumser Jagdkameraden und Freunde gewesen waren. Vom Verhältnis ihrer Mutter mit ihm hatte sie erst von ihrem Vater kurz vor dessen Tod erfahren. Allerdings hatte er nur eine Vermutung in diese Richtung gehabt. Sie hatte mit ihrer Mutter nachher nie darüber gesprochen.

Karin konnte sich nicht vorstellen, warum ihre Mutter von Grumser Monat für Monat 1.500 Euro erhalten hatte. Auch zu dem Gefallen, für den sie das Geld angeblich erhalten hatte, fiel ihr nichts ein.

Grumser war in Seefeld als geldgierig und geizig verschrien. Das galt auch für seine Frau, der man zudem eine besondere Strenge und Herrschsucht im Umgang mit dem Personal nachsagte, was zu einem häufigen Wechsel unter den Angestellten führte. Es war auch allgemein bekannt, dass sie ihren Mann eifersüchtig überwachte und schon eine Reihe von Kellnerinnen fristlos entlassen hatte, wenn sie auch nur den geringsten Verdacht geschöpft hatte.

Boshafte Seefelder behaupteten sogar, dass es in den beiden Grumser-Hotels nur hässliche Kellnerinnen, zudem meist schon kurz vor der Pension, gab, damit der Chef nicht in Versuchung geführt wurde.

Es hatte sich in Seefeld auch herumgesprochen, dass Grumser in den letzten Jahren sehr viel Zeit in seiner Jagdhütte verbrachte, vor allem dann, wenn die Hotels geschlossen waren.

Über die Töchter wusste Karin nicht viel zu sagen. Sie waren Anfang zwanzig und wohl auch ziemlich unter der Fuchtel ihrer strengen Mutter. Obwohl die Väter gute Freunde gewesen waren, hatte Karin kaum Kontakt zur Familie Grumser.

Ehe sich Steinlechner von Karin verabschiedete, ersuchte er sie eindringlich, mit niemandem über das zu sprechen, was sie heute erfahren hatte. Sie beruhigte ihn mit dem Hinweis, dass sie auch großen Wert darauf lege, dass diese Dinge nicht öffentlich bekannt wurden, und schon aus diesem Grund nicht darüber sprechen werde.

Als Steinlechner und Brauer in Innsbruck eintrafen, war Kofler mit einem Mitarbeiter trotz der Mittagszeit dabei, den Mercedes zu untersuchen. Steinlechner unterbrach ihn kurz und ersuchte ihn, sich den Bereich des Beifahrersitzes ganz genau anzusehen, was Kofler etwas gereizt mit der Bemerkung kommentierte, dass er selbst nie auf diese Idee gekommen wäre.

Steinlechner, der wusste, dass sein Hinweis tatsächlich unnötig gewesen war, klopfte ihm auf die Schulter und sagte: „Ich weiß, ich wollte dich ja nur testen, und außerdem bin ich jetzt hungrig und gehe etwas essen."

„Tu das, denn wenn du hungrig bist, bist du immer besonders lästig", sagte Kofler noch, ehe er sich wieder dem Fahrzeug zuwendete.

Beide lachten und Steinlechner ging gemeinsam mit Brauer in ein nahe gelegenes Gasthaus.

Natürlich sprachen sie auch während des Essens über ihren aktuellen Fall und über Grumser. Brauer sprach Steinlechner auf die Rückstände im Grillkamin an und erfuhr, dass Steinlechner diese absichtlich nicht zur Sprache gebracht hatte. Er wollte Gapp gegen siebzehn Uhr, nach dem Eintreffen Grumsers auf der Dienststelle, zu dessen Haus schicken. Er erwartete nämlich, dass Grumser in der Zwischenzeit die Rückstände in seinem Grillkamin entfernen würde, was ihn natürlich verdächtig gemacht hätte.

Die beiden sprachen dann noch über das weitere Vorgehen. Steinlechner wollte das Ergebnis der Untersuchung des Mercedes abwarten und Grumser nach seinem Eintreffen nochmals befragen und seine Aussagen dann schriftlich festhalten.

Brauer meinte dann grinsend, dass es dringend notwendig wäre, wieder einmal Elvira Rudig aufzusuchen. Natürlich hatte er, der Steinlechner inzwischen recht gut kannte, mitbekommen, wie sehr dieser von Elvira Rudig angetan war.

Steinlechner wusste auch sofort, worauf sein Kollege anspielte, und sagte mit gespielter Empörung: „Du solltest vor deiner eigenen Tür kehren. Wenn es nach dir ginge, würden wir unsere Fälle nur noch in Lokalen mit hübschen Wirtinnen oder Kellnerinnen bearbeiten. Ermittlungen in Zirl sind ab sofort Chefsache und ich werde mir gut überlegen, ob ich dich noch einmal mitnehme, wenn du dauernd so blöde Bemerkungen machst."

Brauer, der nicht sicher war, ob Steinlechner das ernst meinte, zog es vor, das Thema zu wechseln.

Die Zeit bis siebzehn Uhr verging mit einigen Telefonaten und einer Besprechung mit Kofler, als der mit der Untersuchung des Mercedes fertig war.

Das Auto war innen wie außen in einem sehr gepflegten Zustand. Entsprechend mager war das Ergebnis der Spurensuche ausgefallen. Einige Haare und Fasern, möglicherweise von Kleidungsstücken, hatten sie im Bereich des Beifahrersitzes gefunden. Auch im Handschuhfach befanden sich nur die üblichen Gegenstände. Im Kofferraum waren an einer Abdeckung aus Kunststoff einige Spritzer – möglicherweise Blut – gefunden und gesichert worden.

Die karge Ausbeute war zusammen mit den Überresten aus dem Grillkamin zur Untersuchung weitergeleitet worden.

Die Telefonnummern, die in einem alten Taschenkalender, den sie im Handschuhfach gefunden hatten, vermerkt waren, waren alle mit Namen versehen. Die Handynummer der Ermordeten war nicht darunter gewesen, was den Ermittlern seltsam vorkam, weil sich Erna Klingenschmied und Grumser einmal im Monat zur Geldübergabe verabreden hatten müssen.

Steinlechner notierte sich das, weil er ihn auch dazu befragen wollte.

Pünktlich um siebzehn Uhr wurde Grumser in Steinlechners Büro gebracht. Steinlechner sagte ihm, dass er noch etwas Geduld haben müsse, weil seine Aussagen schriftlich festgehalten werden sollten. Inzwischen nahm Brauer am PC Platz.

Grumser reagierte zunächst unwirsch, weil er angeblich noch zu tun hatte. Er beruhigte sich dann aber schnell, weil Steinlechner ihm zusagte, dass er sich beeilen und ihn nicht unnötig lang aufhalten werde.

Gapp war inzwischen schon in Richtung Haiminger Berg gefahren, um den Grillkamin zu besichtigen.

Die Befragung dauerte dann insgesamt etwa zwei Stunden. Neben den schon am Vormittag gestellten Fragen ging Steinlechner auch auf die Vorgehensweise bei der monatlichen Geldübergabe ein.

Dazu erfuhren die beiden Ermittler, dass angeblich vor etwa drei Jahren bei einem zufälligen Treffen Erna Klingenschmied Grumser an seine noch offenen Schulden erinnert hatte. Sie hatte darauf hingewiesen, dass sie nach der Übergabe des Hotels ihre Tochter nicht über Gebühr belasten wollte und daher das Geld nun benötigte. Man hatte sich in gutem Einvernehmen auf die monatliche Zahlung von 1.500 Euro über einen Zeitraum von acht Jahren geeinigt.

Damit wäre der Betrag von ehemals einer Million Schilling samt Zinsen bezahlt gewesen. Beide hatten Wert darauf gelegt, dass die Angehörigen von dieser Transaktion nichts erfuhren. Deshalb war auch ein fixer Übergabemodus, und zwar jeweils am ersten Wochentag eines Monats, um zweiundzwanzig Uhr auf dem Parkplatz nahe dem Strandbad vereinbart und eingehalten worden.

Nur zweimal war es in der Zwischenzeit zu einer anderen Übergabezeit gekommen. In beiden Fällen hatte Erna Klingenschmied Grumser auf seinem Festnetztelefon in der Jagdhütte angerufen und einen anderen Zeitpunkt für das Treffen vereinbart. Er hätte sie gar nicht anrufen können, weil sie ihm die Nummer ihres Handys nicht gegeben hatte. Das war aber bisher nie zum Problem geworden, weil er die Termine immer einhalten hatte können.

Beim letzten Treffen hatte er sich verspätet und Erna war nach Seefeld zurückgefahren und hatte im Auto gewartet, bis sie ihn vorbeifahren sah. Sie war dann hinter ihm zum Treffpunkt gefahren.

Auf die Frage nach seinem Alibi für die Tatzeit wiederholte Grumser, was er schon bei der ersten Befragung gesagt hatte, er sei in seiner Hütte gewesen und könne dafür keine Zeugen namhaft machen.

In der Zwischenzeit meldete sich Gapp telefonisch von Grumsers Jagdhütte.

Aus dem Grillkamin waren inzwischen alle noch verbliebenen Rückstände fein säuberlich entfernt worden.

Steinlechner kam nun darauf zu sprechen und wollte von Grumser wissen, was dieser am vergangenen Samstag verbrannt hatte. Grumser reagierte wieder empört mit den Worten: „Macht ihr jetzt auch schon eine Hausdurchsuchung? Bin ich schon verdächtig, wenn ich meinen Grillkamin anheize?"

„Beruhigen Sie sich, Ihr Nachbar hat uns von ihrem Streit erzählt. Also, was haben Sie verbrannt?"

„Einige halb verfaulte Obstkisten und dürre Adventkränze, die ich nach Weihnachten von Seefeld zu meiner Hütte gebracht habe."

„Sie lügen schon wieder, wir wissen längst, dass Sie Kleidungsstücke verbrannt haben, und wir werden dafür sorgen, dass die Überreste sehr genau untersucht werden."

Diesmal war Steinlechner ziemlich laut.

Man konnte Grumser ansehen, wie peinlich ihm die Sache war, und seine Erklärung kam dann etwas kleinlaut.

Er hatte angeblich einige Tage vorher zwischen Silz und Haiming einer ihm unbekannten Autofahrerin beim Radwechsel geholfen und sich dabei seine Jacke beschmutzt und eingerissen. Weil er einer peinlichen Befragung durch seine Frau entgehen wollte, hatte er die Jacke verbrannt und zum Anheizen einige Obstkisten und die Adventkränze verwendet.

So hatte er gehofft, dass seine strenge Gattin nichts merken würde, zumal er mehrere ähnliche Jacken besaß.

Der übel riechende Rauch war angeblich deshalb entstanden, weil er zusätzlich noch einen Sack mit Plastikabfällen ins Feuer geworfen hatte.

Kurz nach neunzehn Uhr wurde Grumser entlassen, nachdem er die Niederschrift mit seinen Angaben auffallend genau durchgelesen und erst dann unterschrieben hatte.

Steinlechner und Brauer saßen nachher noch einige Zeit beisammen und sprachen über ihre Erkenntnisse. Später kamen noch Kofler und der aus Haiming zurückgekehrte Gapp hinzu. Alle waren sich einig, dass Grumser nur zugab, was man ihm auf den Kopf zusagen konnte, und dass man seine Aussagen in Zweifel ziehen musste, wenn man sie nicht überprüfen konnte. Es wurde auch darüber gerätselt, was der tatsächliche Grund für die Zahlungen an Erna Klingenschmied sein konnte und warum er darüber so beharrlich jede Auskunft verweigerte.

Die Ermittler kamen auch überein, zumindest vorläufig, auf eine Hausdurchsuchung bei Grumser zu verzichten. Nach allem, was bisher bekannt war, sprach wenig dafür, dass Erna Klingenschmied jemals in seinem Haus gewesen war.

Kofler erwähnte noch, dass er sich von den im Mercedes gesicherten Spuren wenig erwartete. Er hatte den Eindruck gewonnen, dass das Fahrzeug kurz zuvor innen gereinigt worden war, und Grumser bei seinem Eintreffen darauf angesprochen. Dieser hatte aber erklärt, dass er sein Auto alle zwei bis drei Monate bei einer Tankstelle mit dem Staubsauger reinige. Das letzte Mal sei dies vor etwa einem Monat der Fall gewesen, was Kofler allerdings bezweifelte.

Alle waren sich darüber einig, dass Grumser als Tatverdächtiger anzusehen war und sie sich mit ihm noch eingehend beschäftigen mussten. Allerdings gab es bisher nur Indizien und er konnte genauso gut nichts mit dem Mord zu tun haben. Deshalb mussten die Erhebungen auch weiterhin in alle Richtungen geführt werden und durften sich nicht nur auf Ferdinand Grumser allein konzentrieren.

Zum Abschluss sagte Steinlechner noch grinsend: „Seien wir froh, dass er so eine strenge Frau hat und unbedingt verhindern möchte, dass sie von der Sache erfährt. Wenn das nicht so wäre, hätten wir sein Auto nicht ohne richterliche Verfügung untersuchen können und bei der Befragung wäre ein Anwalt neben ihm gesessen und hätte ihm vermutlich geraten, gar nichts mehr zu sagen."

Als Steinlechner eine halbe Stunde später in sein Stammlokal kam, saßen dort schon einige Bekannte, zu denen er sich setzte. Natürlich wurde er sofort auf den Mord angesprochen, weil alle wussten, was er beruflich machte. Weil Steinlechner sich nicht viel entlocken ließ, stellten sie bald ihre eigenen Überlegungen an und waren sich einig, dass der Täter vermutlich ein Ausländer war.

Einer wollte wissen, dass besonders Türken und Jugoslawen auf ältere, dicke Frauen standen, und dass ein Sexualverbrechen vorlag, war für sie sowieso schon sicher.

Steinlechner, der sich sonst über solche Gespräche oft amüsierte, fand diese Erörterungen diesmal nicht lustig. Nach drei langen Arbeitstagen war er müde und wollte nicht auch noch in der Freizeit über seinen Fall sprechen.

Wie viele seiner Berufskollegen war er mit der Ausländerpolitik der Regierung und noch viel mehr mit den Wortspenden einer der Oppositionsparteien zum Thema Zuwanderung und Asylanten ganz und gar nicht einverstanden. Ausländerfeindlich war Steinlechner aber nicht und er hatte auch schon manch hitzige Diskussion mit Werner Brauer geführt, der zwar roter Personalvertreter und Stammwähler war, aber immer wieder unsachlich und ausfällig wurde, wenn es um Asylanten und andere Zuwanderer ging, die er pauschal als „Kanaken" bezeichnete.

Steinlechner verabschiedete sich daher bald von den anderen, deren Theorien über Täter, Motiv und Tathergang immer abenteuerlicher wurden, und ging nach Hause.

Obwohl er einige Gläser Bier getrunken hatte und müde war, konnte er lange nicht einschlafen. Immer wieder ging er in Gedanken das Ergebnis seiner Ermittlungen durch und fragte sich, ob er nicht etwas Wichtiges übersehen hatte.

8

Bei der Morgenbesprechung am nächsten Tag stellte der immer noch sehr verkühlte Abteilungsleiter Steinlechner einige Fragen über die Ermittlungen im aktuellen Mordfall. Dieser hatte vorher schon kurz berichtet und war der Meinung, dass ohnehin schon alles Wesentliche gesagt wäre. Deshalb war er mit den Antworten kurz angebunden und es war ihm anzusehen, dass er die Fragen des Abteilungsleiters als überflüssig empfand. Er war dann auch nicht in besonders guter Laune, als er sich nach der allgemeinen Besprechung mit Brauer, Gapp und Kofler in seinem Büro zusammensetzte und die Aufgaben für den Tag verteilte. Brauer und Kofler kannten Steinlechner gut und wussten, dass er sich über die vielen Fragen des Abteilungsleiters ärgerte. Sie versuchten, ihn zu beruhigen, weil sie sich nicht den ganzen Tag mit einem frustrierten und übel gelaunten Chefermittler herumstreiten wollten.

Steinlechner ging zunächst die Ergebnisse des vergangenen Tages durch.

Grumser kam als Täter infrage. Es gab aber im Augenblick keine Anhaltspunkte für eine weitere Befragung und von den gesicherten Spuren war wohl auch nicht allzu viel zu erwarten. Näheres dazu würden sie bald wissen, weil die Auswertung schon im Gange war.

Die Leiche war zur Beerdigung freigegeben worden, das Begräbnis sollte am nächsten Tag, einem Mittwoch, in Seefeld stattfinden. Steinlechner und Brauer würden anwesend sein.

Damit folgten sie einem alten „Kriminalistenbrauch", wonach die Bearbeiter von Mordfällen am Begräbnis der Opfer teilnahmen. Steinlechner hatte zwar bei keinem der vielen Mordfälle, die er schon bearbeitet hatte, entscheidende Hinweise beim Begräbnis erhalten. Trotzdem ging er jedes Mal zu der Beerdigung oder schickte zumindest einen Vertreter, wenn er selbst verhindert war.

Weil sie über die Person Erna Klingenschmied und vor allem über ihren Bekanntenkreis immer noch sehr wenig wussten, erhoffte sich Steinlechner von der Teilnahme am Begräbnis diesmal doch einiges an Informationen.

Er hatte daher dafür gesorgt, dass Ort und Zeitpunkt der Beerdigung in den Berichten der Medien vorkamen, damit alle, die das Bedürfnis hatten, dem Mordopfer die letzte Ehre zu erweisen, auch erfuhren, wann und wo das stattfinden würde. Vielleicht waren unter den Trauergästen wenigstens einige Personen, die sie näher gekannt hatten. Vielleicht reisten auch Trauergäste in Autos mit Kennzeichen anderer Bundesländer an. Immerhin hatte Erna Klingenschmied ja fallweise einige Tage in Wien verbracht und nachher von aufregenden Nächten geschwärmt und es gab zudem auch eine Telefonnummer mit Vorarlberger Vorwahl in ihrem Notizbuch.

Gapp, der als Jüngster meist an Nebenschauplätze abkommandiert wurde und sich darüber auch oft genug beklagte, referierte über einige Hinweise aus der Bevölkerung, denen er inzwischen nachgegangen war.

Zwei Personen hatten Wahrnehmungen in der Nähe der Stelle gemacht, an der die Leiche aufgefunden worden war. In beiden Fällen war ein Zusammenhang aber auszuschließen.

Eine Frau aus Innsbruck war davon überzeugt, Erna Klingenschmied am 8. Mai, am späten Vormittag, in einem Café im Einkaufszentrum DEZ gesehen zu haben. Für sie gab es keinen Zweifel, dass sie ihre Wahrnehmung am Samstag, dem 8. Mai, gemacht hatte. Zu diesem Zeitpunkt war die arme Erna allerdings schon etwa zwölf Stunden tot gewesen und hatte sich nicht im DEZ, sondern längst im gerichtsmedizinischen Institut befunden.

Zwei weitere Hinweise waren noch nicht überprüft. Obwohl sie sich nicht sehr vielversprechend anhörten, sollten sich Brauer und Gapp darum kümmern.

Steinlechner legte großen Wert darauf, dass alle Personen, die sich nach Kriminalfällen mit Wahrnehmungen oder Vermutungen an die Ermittler wandten, immer das Gefühl hatten, dass man sie ernst nahm und dass ihren Aussagen auch nachgegangen wurde. Er hatte es im Laufe seiner Dienstzeit auch schon mehr als einmal erlebt, dass auf den ersten Blick unwichtige, oft sogar absurd scheinende Hinweise sich später als entscheidend herausgestellt hatten.

Für Kofler hatte Steinlechner an diesem Tag keine neuen Aufträge, was dem aber nur recht war, weil ohnehin einiges von seiner Arbeit liegen geblieben war und es auch noch andere Tatorte gab, die er in den letzten Tagen seinen Mitarbeitern überlassen hatte. Nebenbei würde er sich auch mit den drei noch ungeklärten Telefonnummern im Notizbuch der Ermordeten befassen.

Steinlechner selbst wollte nach Seefeld fahren und nochmals mit der Tochter des Opfers sprechen.

„Vergiss nicht, auch in Zirl vorbeizuschauen", sagte Brauer mit seinem unverschämten Grinsen, als er aus Steinlechners Büro ging. „Arschloch" war die einzige Reaktion Steinlechners, die Brauer aber nicht mehr mitbekam, weil er nach seiner spöttischen Bemerkung eine unfreundliche Reaktion seines Chefs erwartet und die Tür schnell hinter sich geschlossen hatte. Kofler, der noch im Zimmer war, sah Steinlechner erstaunt an, sagte aber nichts und ging an seine Arbeit.

Steinlechner, der tatsächlich einen Besuch in Zirl bei Elvira Rudig plante, überlegte sich auf der Fahrt nach Seefeld, unter welchem Vorwand er diesmal bei der sympathischen Wirtin aufkreuzen konnte.

Spezielle Fragen, die er ihr noch nicht gestellt hatte, fielen ihm nicht ein, sein Besuch sollte aber doch einen dienstlichen Grund haben. Über Grumser wollte er mit ihr vorerst nicht sprechen. Er würde ihr eben nochmals die nicht mehr sehr originelle Frage stellen, ob ihr in der Zwischenzeit noch etwas eingefallen sei, und dann auf das morgige Begräbnis zu sprechen kommen.

Das Gespräch mit Karin Klingenschmied brachte Steinlechner nicht weiter. Er erzählte ihr nochmals ausführlich von den Angaben, die Grumser über die finanziellen Verbindungen mit ihrer Mutter gemacht hatte. Karin hörte interessiert zu, konnte sich aber nicht vorstellen, womit sich ihre Mutter vor Jahren eine Million Schilling verdient haben sollte. Ihrer Meinung nach konnte es sich nur um alte Schulden handeln, die Grumser möglicherweise noch bei ihrem Vater gehabt hatte und die die Mutter in den letzten Jahren hatte eintreiben wollen. Wenn es sich dabei um Schwarzgeld oder sonst eine Transaktion gehandelt hatte, die das Finanzamt interessiert hätte, wäre Grumsers beharrliches Schweigen über den Grund für die Geldzuwendungen erklärbar gewesen.

Obwohl Karins Überlegungen recht plausibel klangen, wollte sich Steinlechner nicht so recht damit anfreunden und versuchte, ihre Überlegungen in eine andere Richtung zu lenken.

Karin konnte sich aber nicht vorstellen, dass ihre Mutter Grumser erpresst hatte, wenngleich es ihr durchaus möglich erschien, dass sie über Informationen verfügt hatte, mit denen man Grumser erpressen hätte können.

Auch an die Möglichkeit, dass ihre Mutter einfach nur damit gedroht haben könnte, die Frau und die Töchter Grumsers über das ehemalige Verhältnis zu informieren, wollte Karin nicht glauben. Sie traute ihrer Mutter eine Erpressung einfach nicht zu. Zudem hätte das Wissen über ein schon lange zurückliegendes Verhältnis am Zustand der Ehe von Grumser nach Meinung von Karin ohnehin nicht mehr viel ändern können.

Dieses Argument war auch für Steinlechner einleuchtend. Er und Karin waren sich jedenfalls darüber einig, dass es einen sehr triftigen Grund gegeben haben musste, wenn der geldgierige und geizige Ferdinand Grumser bereit gewesen war, an die 70.000 Euro plus Zinsen in Raten an Erna Klingenschmied zu übergeben.

Auf die Frage, ob sie Grumser den Mord an ihrer Mutter zutraue, antwortete Karin Klingenschmied nach kurzem Überlegen mit Ja.

Steinlechner kam dann noch auf die Beerdigung am folgenden Tag zu sprechen und kündigte sein Kommen an.

Nach einem ausgiebigen Mittagessen fuhr er nach Zirl zurück und suchte Elvira Rudig in ihrem Lokal auf. Obwohl das Café an diesem Tag recht gut besucht war, nahm sich die Wirtin Zeit für eine freundliche Begrüßung. Steinlechner hatte den Eindruck, dass sie sein Erscheinen nicht als lästig empfand. So ermuntert fragte er sie, ob er sie auf ein Getränk einladen dürfe. Er durfte und wenige Minuten später setzte sich Elvira Rudig mit zwei Tassen Kaffee zu Steinlechner an den Tisch. Sie brachte ihn dann gehörig in Verlegenheit, als sie lächelnd fragte: „Ist das ein dienstlicher oder ein privater Besuch?"

Nach einer kurzen Schrecksekunde, die ihm gut anzusehen war, hatte er sich wieder gefangen und sagte: „Sowohl als auch, Frau Rudig. Ich wollte Sie fragen, ob Ihnen in der Zwischenzeit noch etwas eingefallen ist. Und – ehrlich gesagt – habe ich auch das Bedürfnis gehabt, mit einer sympathischen und attraktiven Frau ein wenig zu plaudern. Dazu habe ich in meinem Beruf, wo es meist um Leichen und Mörder geht, leider selten Gelegenheit."

Dass diese Worte bei Elvira gut ankamen, war nicht zu übersehen. Neues konnte sie ihm aber trotzdem nicht berichten, es war ihr in der Zwischenzeit nichts mehr eingefallen, aber das hatte Steinlechner auch gar nicht erwartet.

Sie sprachen dann über das Begräbnis am folgenden Tag, an dem natürlich auch Elvira teilnehmen würde. Mit ihrem Lokal hatte sie kein Problem, weil der Mittwoch ihr Ruhetag war.

In dem folgenden Gespräch, das immer wieder unterbrochen wurde, weil Elvira Bestellungen aufnehmen, bedienen oder kassieren musste, ging es dann vorwiegend um private Dinge.

Als sich Steinlechner nach eineinhalb Stunden verabschiedete, wusste er, dass Elvira seit Längerem geschieden und derzeit Single war. Sie wusste, dass Steinlechner nie verheiratet gewesen war und auch nicht fest gebunden war. Beide wussten, dass sie sich bald wiedersehen würden, spätestens am nächsten Tag bei der Beerdigung der Erna Klingenschmied.

Diese sehr erfreulichen „Ermittlungsergebnisse", die Erinnerung an den festen Händedruck beim Abschied und die Art, wie sie seine Blicke erwidert hatte, waren dafür verantwortlich, dass

Steinlechner in sehr aufgekratzter Stimmung wieder in seinem Büro eintraf, ganz anders, als er es am Vormittag verlassen hatte.

Auf der Dienststelle traf er Gapp und Brauer. Sie hatten die noch ausstehenden Hinweise überprüft. Ein echter Ansatz für weitere Ermittlungen war dabei, wie befürchtet, nicht herausgekommen.

Als Brauer wieder einmal auf Zirl zu sprechen kam und grinsend fragte, was es dort denn Neues gäbe, antwortete Steinlechner lächelnd: „Der Kaffee war ausgezeichnet wie immer. Ich habe der Wirtin auch einen Gruß von dir ausgerichtet, aber sie hat sich leider gar nicht mehr an dich erinnert."

Brauer, der gerne provozierte und eine gereizte Reaktion von seinem Chef erwartet hatte, bemerkte sofort die gute Laune und konnte sich vorstellen, was sie ausgelöst hatte.

Obwohl er Ehemann und Familienvater war, war Brauer einem Seitensprung nie abgeneigt. Dabei legte er keinen Wert auf Geheimhaltung und brüstete sich gerne im Kreise seiner Kollegen mit seinen Eroberungen.

Da seine außerehelichen Aktivitäten so auch seiner Frau nicht immer verborgen blieben, war es um seine Ehe nicht besonders gut bestellt. Einige Kollegen wussten auch von Wahrnehmungen zu berichten, die darauf hindeuteten, dass auch Frau Brauer keine Kostverächterin war oder es ihrem Mann zumindest heimzahlte.

Natürlich wurde Brauer, der auf seiner Dienststelle nicht sehr beliebt war, von den lieben Kollegen auch mit diesen Informationen beglückt. Es schien aber zwischen ihm und seiner Frau eine Vereinbarung zu geben, wonach jeder sein eigenes Leben lebte.

Nur einmal hatte Brauer auf ein Gerücht im Zusammenhang mit seiner Frau heftig reagiert und sich beinahe auf eine Schlägerei eingelassen. Damals war sie von Beamten eines Gendarmeriepostens an einem abgelegenen Ort im Auto eines Berufskollegen gesehen worden. Das allein hatte ihn schon gestört. Der andere war aber, wie Brauer, Personalvertreter, allerdings von der schwarzen Fraktion, der sogenannten „Kameradschaft der Exekutive", der der überzeugte Sozialdemokrat Brauer mit grimmiger Abneigung gegenüberstand. Noch am selben Tag hatte er seinen Rivalen in der Kantine zur Rede gestellt und es wäre zu Handgreiflichkeiten gekommen, wenn andere das nicht verhindert hätten.

Zu Hause hatte er seiner Frau dann heftige Vorwürfe gemacht. Wenn sie sich schon mit anderen Männern im Auto vergnügte, so sollte sie das gefälligst nicht mit Berufskollegen tun und schon gar nicht mit schwarzen Personalvertretern.

Auch Brauer war von Elvira Rudig schon bei der ersten Begegnung sehr beeindruckt gewesen und hätte sie gerne näher kennengelernt. Er tanzte aber ohnehin auf mehreren Hochzeiten und hatte gerade etwas deutlich Jüngeres im Visier. So fiel es ihm leicht, Steinlechner diesmal den Vortritt zu lassen und sich auf anzügliche Bemerkungen zu beschränken. Dieser war schließlich sein unmittelbarer Vorgesetzter und sie arbeiteten seit Jahren trotz mancher Gegensätze gut und erfolgreich zusammen. Außerdem musste man die ausgesprochen gute Laune des Chefs wohl so deuten, dass er bereits Fortschritte gemacht hatte, die nur noch schwer aufzuholen waren.

Dass sich die beiden schon bei den ersten Begegnungen sympathisch gewesen waren, hatte der in Liebesdingen erfahrene Brauer auch nicht übersehen. Alles in allem freute sich Brauer mit seinem Chef.

Trotz dessen verschlossener Art war es seinem engsten Mitarbeiter nicht entgangen, dass Steinlechner in den letzten Jahren privat keine besonders gute Zeit gehabt hatte. Er würde sich zwar auch in Zukunft seine spöttischen Bemerkungen nicht immer verkneifen, Steinlechner aber bei Elvira Rudig nicht in die Quere kommen.

Der Tag hatte die Ermittler nicht viel weitergebracht und endete für Steinlechner mit einigen Telefonaten mit Presseleuten, die den neuesten Stand im Mordfall Klingenschmied erfahren wollten und denen er sagte, dass es noch keinen dringenden Tatverdacht gegen eine bestimmte Person gab und dass weiterhin in alle Richtungen ermittelt wurde.

Am nächsten Tag kamen Steinlechner und Brauer wegen der Teilnahme am Begräbnis mit Anzug und Krawatte zum Dienst. Bei Brauer fiel das niemandem auf, weil er immer großen Wert auf sein Äußeres legte. Steinlechner, den man nur selten mit Krawatte zu Gesicht bekam, musste sich einige spöttische Bemerkungen anhören, was auch damit zusammenhing, dass sein Anzug mindestens zwanzig Jahre alt und daher nicht eben nach der aktuellen Mode war. Der Spott einiger Kollegen konnte ihm heute aber nichts anhaben, weil die gute Laune vom Vortag immer noch anhielt. Erst die Vorstellung, dass er mit seinem uralten Anzug auch Elvira Rudig gegenüberstehen würde, verunsicherte ihn so sehr, dass er nach der Frühbesprechung ein nahe gelegenes Bekleidungsgeschäft aufsuchte, dort einen modischen, dunklen Anzug erstand und ihn nach der Anprobe gleich anbehielt. Der in Bekleidungsfragen immer sparsame Steinlechner wuchs dann noch über sich hinaus und entsorgte den alten Anzug auf dem Rückweg. Auch ein modisches Hemd und eine Krawatte hatte er gekauft und sofort angezogen.

Das brachte ihm dann wieder eine anzügliche Bemerkung von Brauer ein, die ihn aber nicht aus der Ruhe brachte. Immerhin hatte die freundliche Verkäuferin ihm versichert, dass fliederfarbene Hemden in diesem Jahr der letzte Schrei waren und er in diesem Hemd um mindestens zehn Jahre jünger aussah.

Die Beerdigung fand bei regnerischem Wetter ab vierzehn Uhr auf dem Friedhof im Norden von Seefeld statt. Auf Wunsch Steinlechners war auch ein Beamter vom Gendarmerieposten Seefeld in Zivil anwesend, der selbst seit vielen Jahren in Seefeld wohnte und einen Großteil der Einheimischen kannte. Ihn konnte Steinlechner fragen, wenn er sich für die Identität einzelner Trauergäste interessierte.

Abgesehen von ihrer Tochter hatte Erna Klingenschmied keine nahen Angehörigen gehabt. Unmittelbar am Grab standen daher nur Karin und zwei Frauen, etwa in ihrem Alter, die auch der Seefelder Kollege nicht kannte. Später erfuhr Steinlechner, dass dies zwei aus Deutschland angereiste Töchter einer schon verstorbenen Cousine von Erna Klingenschmied waren, also Cousinen zweiten Grades von Karin.

Unter den zahlreichen anderen Anwesenden waren der Bürgermeister, einige Gemeinderäte und viele Hoteliers und Gastwirte, die die Verstorbene gut gekannt hatten.

Etwas abseits erkannte Steinlechner auch Grumser in Begleitung einer älteren und zweier junger Frauen, vermutlich Gattin und Töchter. Alle drei waren schlank und elegant gekleidet, auf die Entfernung von etwa zwanzig Metern erschien Steinlechner Grumsers Frau gar nicht so streng und bissig, wie sie von allen beschrieben wurde.

Nicht weit von den beiden deutschen Cousinen stand auch Elvira Rudig neben einigen älteren Frauen, vermutlich aus der ehemaligen Saunarunde der Verstorbenen. Dass sie auch zum Begräbnis kommen würden, hatte Steinlechner am Vortag von Elvira Rudig erfahren.

Die wichtigen Erkenntnisse und Ansätze für weitere Ermittlungen blieben leider auch bei diesem Begräbnis aus. Kein Auto mit Wiener Kennzeichen war auf dem Parkplatz zu sehen und es gab auch niemanden, der sich auffällig benommen hätte.

Immerhin hörte Steinlechner nochmals die Lebensgeschichte der Verstorbenen in der Grabrede des Pfarrers, der nach etwa fünfzehn Minuten zu der Überzeugung kam, dass die liebe Schwester Erna einen so grausamen Tod gewiss nicht verdient habe und wohl schon in der ewigen Glückseligkeit angekommen sei. Dabei musste Steinlechner an die diversen Vibratoren und Sexspielzeuge in ihrem Haus denken und er hatte Mühe ein Grinsen zu unterdrücken.

Es folgte dann noch die Rede eines Tourismusfunktionärs, der sich aber zur Erleichterung von Steinlechner kurz hielt und die besonderen Verdienste der Verstorbenen um den Fremdenverkehr hervorhob.

Das Wort „Fremdenverkehr" löste bei Steinlechner wieder Gedanken aus, die nicht so recht zu einem Begräbnis passten. Aber er war ja nicht als trauernder Hinterbliebener hier, sondern aus beruflichen Gründen, und da musste es gestattet sein, seine Gedanken in alle möglichen Richtungen schweifen zu lassen.

Karin wirkte während der ganzen Zeremonie sehr gefasst. Erst als der Sarg im offenen Grab verschwand, wischte sie sich einige Tränen von den Wangen.

Noch ehe Steinlechner nach dem Ende des Begräbnisses mit seinen beiden Begleitern den Friedhof verlassen konnte, kam Elvira Rudig auf ihn zu. Karin hatte sie gebeten, Steinlechner und seine Begleiter zu dem nach Begräbnissen obligatorischen Essen in ein Seefelder Gasthaus einzuladen.

Auch in der mit mindestens sechzig geladenen Gästen etwas überfüllten Gaststube gab es für Steinlechner keine Erkenntnisse für seine weiteren Ermittlungen, abgesehen von den Adressen einiger Damen aus der Saunarunde der Verstorbenen, die in den nächsten Tagen aufgesucht und befragt werden sollten, und dem Umstand, dass die Familie Grumser nicht unter den geladenen Gästen war.

Dass sich die Teilnahme am „Leichenschmaus" für Steinlechner letztlich doch noch lohnte, war einerseits auf eine stattliche Portion Schweinsbraten mit Semmelknödel und weiteren Beilagen und andererseits auf die Anwesenheit von Elvira Rudig an seinem Tisch zurückzuführen. Sie brachte allerdings auch Brauer so aus der Fassung, dass er trotz seiner gerade wieder einmal begonnenen Diät die ganze Portion Schweinsbraten samt Knödel aufaß und sich statt des Mineralwassers zwei Halbe Bier genehmigte.

Steinlechner wechselte noch einige Worte mit Karin Klingenschmied, die von Tisch zu Tisch ging, Sterbebildchen verteilte und sich bei den Anwesenden für die Anteilnahme bedankte.

Nach der Rückkehr aus Seefeld bat Steinlechner seine beiden Mitarbeiter und Kofler in sein Büro. Nach fünf Tagen intensiver Ermittlungen hatten sie zwar mit Ferdinand Grumser einen Tatverdächtigen, aber kaum Anhaltspunkte für weitere Ermittlungen gegen ihn. Er hatte trotz seiner gegenteiligen Beteuerungen ein Motiv, er hatte ein passendes Auto, er hatte kein Alibi und er hatte mehrmals Dinge verschwiegen oder falsch dargestellt. Schließlich gab es zwischen ihm und der Ermordeten noch ein Geheimnis, für das er immerhin Monat für Monat 1.500 Euro bezahlt und das er bisher nicht preisgegeben hatte.

Dieses Geheimnis zu lüften, war eine der Aufgaben, die sie sich für die folgenden Tage stellten. Dazu wollte Steinlechner nochmals mit seinem pensionierten Kollegen Bruno Grüner sprechen. Kofler sollte sich am nächsten Tag mit den noch immer ungeklärten Telefonnummern im Notizbuch der Toten beschäftigen und sich um das Ergebnis der Spurenauswertung kümmern. Brauer und Gapp würden mit den Damen von der ehemaligen Saunarunde sprechen. Wenn sie das alles nicht weiterbrachte, blieb vorerst nur noch die Handynummer des Opfers zur Auswertung aller Rufnummern, von denen aus Erna Klingenschmied vor ihrem gewaltsamen Tod angerufen worden war oder die sie selbst angerufen hatte.

In seiner Wohnung angekommen, setzte sich Steinlechner vor den Fernseher und sah sich die Abendnachrichten an. Den anschließenden Fernsehfilm hatte er sich schon seit Tagen vorgemerkt. Trotzdem bekam er nicht viel davon mit, weil er immer wieder an seinen aktuellen Mordfall denken musste. Das Ergebnis nach fünf Tagen war dürftig.

Grumser kam zwar als Täter infrage. Was bisher bekannt war, reichte aber nicht einmal für eine weitere Befragung, geschweige denn für einen Beweis. Hatte er mit der Tat nichts zu tun, dann gab es überhaupt keinen Verdächtigen mehr. Wenn auch die für die nächsten Tage geplanten Ermittlungsschritte sie nicht weiterbrachten, mussten sie mit der Überprüfung der Besitzer von hellen Geländewagen beginnen. Davon gab es allerdings viele.

9

Es war kurz nach sieben Uhr, als am nächsten Tag das Mobiltelefon in der Wohnung von Chefinspektor Roman Steinlechner klingelte. Er war gerade dabei, die letzten Reste von Butter vom Papier zu schaben und auf eine schon ziemlich alte Semmel zu schmieren und blies erst die Brösel vom Handy, ehe er das Gespräch annahm.

Zu seiner Überraschung war Karin Klingenschmied die Anruferin. Sie schien ziemlich aufgeregt, als sie ihm mitteilte, dass sie jetzt wisse, warum Grumser ihrer Mutter Geld schuldig war, und sie wollte sofort berichten. Steinlechner war aber schon spät dran und ersuchte sie, ihm in kurzen Worten zu sagen, was sie erfahren hatte. Karin gab sich Mühe, es dauerte dann aber doch einige Minuten. Ihre Mutter hatte vor Jahren Grumser dabei geholfen, ein Testament zu fälschen.

Karin hatte das von den beiden Verwandten aus Deutschland, die nach dem Begräbnis bei ihr übernachtet hatten, erfahren.

Steinlechner kündigte seinen Besuch für circa neun Uhr an und wollte dabei unbedingt auch mit den anderen beiden Frauen sprechen, was laut Karin sicher möglich war, weil sie noch schliefen und erst am Nachmittag heimfahren wollten. Er trank noch hastig seinen Kaffee aus und verließ die Wohnung, ohne die steinharte Semmel noch eines Blickes zu würdigen.

Als Karin Klingenschmied ihn und Brauer dann in ihr Wohnzimmer führte, saßen dort schon ihre beiden Verwandten, zwei Frauen etwa in Karins Alter, denen man ansah, dass sie in der letzten Nacht nicht sehr viel geschlafen hatten.

Sie hießen Rosemarie und Gerda Ertl, lebten beide in Rosenheim und sahen sich, abgesehen von der unterschiedlichen Haarfarbe, sehr ähnlich. Rosemarie, die sofort erklärte, dass sie die um ein Jahr ältere war, stellte sich als sehr gesprächig heraus, während ihre Schwester meist schweigend daneben saß und nur dann etwas sagte, wenn sie einer ansprach.

Was Steinlechner und Brauer dann zu hören bekamen, bestätigte ihre negative Meinung über Ferdinand Grumser; auch das Geheimnis um seine Zahlungen an Erna Klingenschmied war gelüftet. Damit hatte er auch ein viel gewichtigeres Motiv für den Mord an ihr. Er schuldete ihr nicht nur die Belohnung für die „Gefälligkeit", die sie ihm vor zehn Jahren erwiesen hatte, sie war auch Mitwisserin eines Betrugs, bei dem es um sehr viel mehr Geld ging und der ihn auch ins Gefängnis bringen konnte. Mit ihrem Wissen hätte sie ihn auch unter Druck setzen und mehr Geld aus ihm herausschlagen können.

Als Folge dieses Betrugs, bei dem Erna Klingenschmied mitgeholfen hatte, gab es aber auch einen betrogenen Erben und damit eine zweite Person, die ein Motiv für den Mord an Erna Klingenschmied gehabt hatte.

Was die beiden Schwestern zu erzählen hatten, war so bedeutsam, dass Steinlechner die Aussagen sofort schriftlich festgehalten haben wollte. Diese Aufgabe fiel wie immer Brauer zu.

Steinlechner ließ die ältere der beiden Schwestern erzählen und stellte manchmal Zwischenfragen, wenn er etwas wissen wollte, auf das sie nicht einging. Brauer machte sich umfangreiche Notizen. Auch er stellte einige Zwischenfragen, meist dann, wenn er den Redeschwall der Zeugin bremsen wollte, weil er mit dem Schreiben nicht mehr nachkam.

Die Niederschrift, die er einige Stunden später anhand seiner Aufzeichnungen erstellte, war wie immer umfangreich und präzise:

„Unsere verstorbene Mutter Herta Ertl stammte aus Innsbruck und ist eine Cousine von Erna Klingenschmied gewesen. Die beiden fast gleichaltrigen Cousinen haben sich von ihrer Kindheit an gekannt und viel Zeit miteinander verbracht. Der gemeinsame Besuch von Haupt- und Handelsschule und die vielen Erlebnisse in der Freizeit und während der Ferien haben sie zu engen Freundinnen gemacht, die auch ihre intimsten Geheimnisse miteinander geteilt haben und unzertrennlich gewesen sind. Auch nach dem Ende der Schulzeit haben sie noch einige Jahre viel zusammen unternommen.

Erst als Erna Klingenschmied in Seefeld zu arbeiten begonnen hat und unsere Mutter aus beruflichen Gründen viel im Ausland gewesen ist, sind ihre Begegnungen seltener geworden. Erna hat dann ihren späteren Mann kennengelernt, geheiratet und ihre Tochter bekommen. Unsere Mutter, die damals noch Herta Gatt geheißen hat, ist auf Ernas Hochzeit Trauzeugin gewesen.

Einige Jahre später hat sie dann unseren Vater Helmut Ertl geheiratet, der in Rosenheim eine kleine Baufirma besessen hat. In den folgenden Jahren haben beide ihr eigenes Leben gelebt und ihr Kontakt hat sich auf gelegentliche Besuche, Briefe und Telefonate beschränkt. Ab dem Jahr 1994 hat es dann keinen Kontakt zwischen den ehemals so engen Freundinnen mehr gegeben. Den Grund dafür haben wir erst vor einigen Monaten erfahren.

Unsere Mutter ist vor drei Monaten an Krebs gestorben. Wenige Wochen vor ihrem Tod hat sie mit uns beiden ein langes Gespräch geführt, uns ein Geheimnis offenbart und uns in diesem Zusammenhang einen Auftrag für die Zeit nach ihrem Tod gegeben.

Schon als Hauptschülerin hat unsere Mutter ein außergewöhnliches Talent im Nachmachen von Schriften anderer Personen an den Tag gelegt. Von diesem Talent hat auch ihre Cousine profitiert, wenn nach einem „Nicht genügend" in einer Schularbeit die Unterschrift der Eltern verlangt und von unserer Mutter perfekt gefälscht worden ist. Wenn die beiden Mädchen einmal keine Lust auf Schule gehabt und sich stundenlang in Innsbruck herumgetrieben haben, hat unsere Mutter Entschuldigungen geschrieben, die so perfekt gewesen sind, dass kein Lehrer auf die Idee gekommen wäre, sie zu beanstanden. Der Ehrgeiz unserer Mutter ist dabei so weit gegangen, dass sie wahlweise die Schriften von Vater und Mutter nachgemacht hat.

Später hat sie ihre Fähigkeiten auch anderweitig eingesetzt, sodass es vorgekommen ist, dass so manche Schulkameradin einen feurigen Liebesbrief von genau jenem Burschen erhalten hat, den sie heimlich verehrt hat. Ihrer Erzählung nach hat sie mit solchen und ähnlichen Aktionen einige Verwirrung gestiftet. Von diesen Fähigkeiten unserer Mutter haben wir beide nie etwas mitbekommen. Wir wissen davon erst seit jenem Gespräch.

Im Jahr 1994 hat sich Erna Klingenschmied eines Tages telefonisch bei unserer Mutter gemeldet und ihren Besuch angekündigt. Zu diesem Zeitpunkt ist unsere Mutter schon einige Jahre lang Witwe gewesen. Unser Vater hatte einige Jahre zuvor, nach dem Konkurs seiner Baufirma, Selbstmord begangen und ihr hauptsächlich Schulden hinterlassen. Vom ehemaligen Vermögen ist ihr nur das allerdings sehr große Haus geblieben, das sie zu einer Fremdenpension umgestaltet hat. Von den Einnahmen und einer kleinen Rente hat unsere Mutter ihren Lebensunterhalt mehr schlecht als recht bestreiten können. Zudem hat sie damals ja auch uns beide noch unterstützen müssen. Ihre finanziellen Verhältnisse sind also nicht besonders gut gewesen, als sie ein Angebot von Erna Klingenschmied bekommen hat.

Diese hat ihr vorgeschlagen, für einen befreundeten Hotelier ein Testament zu fälschen, und ihr dafür 10.000 DM versprochen. Unsere Mutter hat zunächst empört abgelehnt. Die Geschichte, die ihr ihre Cousine dann erzählt hat, und das Geld, das sie schon mitgebracht und auf den Tisch gelegt hat, haben unsere Mutter dann aber doch umgestimmt.

Demnach haben sich der Hotelier Ferdinand Grumser und ganz besonders seine Frau seit Jahren um eine alte Frau gekümmert, die in einem kleinen, baufälligen Haus neben ihrem Hotel gewohnt hat. Zu dem Haus haben allerdings 2.000 Quadratmeter Grund gehört, den Grumser für die geplante Erweiterung des Hotels gerne erworben hätte. Angeblich hat er die Frau schon seit Jahren in seinem Hotel kostenlos verpflegt und auch sonst viel für sie getan. Trotz ihres Versprechens hat sie den Verkauf aber immer wieder hinausgezögert und dann erklärt, Grumser solle sich nach ihrem Tod mit ihrem Sohn und Erben über den Verkauf unterhalten. Dieser Sohn hat angeblich in Wien gelebt und einen beträchtlichen Teil seines Lebens wegen verschiedener Straftaten im Gefängnis verbracht. Bei seinen seltenen Besuchen hat er der

Mutter das letzte Geld gestohlen und sie oft geschlagen, wenn sie nicht bereit gewesen ist, seine Sauftouren zu finanzieren. In letzter Zeit hat er sich angeblich überhaupt nicht mehr um seine Mutter gekümmert.

Unsere Mutter hat beteuert, dass sie immer noch ein ungutes Gefühl bei der Sache gehabt hat. Der für ihre Verhältnisse hohe Geldbetrag, der vor ihr auf dem Tisch gelegen ist, und die Geschichte, die ihr ihre Cousine erzählt hat, haben dann aber den Ausschlag gegeben.

Erna Klingenschmied hat einige Briefe, die von der alten Frau in den letzten Jahren geschrieben worden waren, und andere Schriftstücke mitgebracht und auch den Text für das Testament vorbereitet. Unsere Mutter hat dann den Großteil der folgenden Nacht damit zugebracht, sich die Schriftzüge der ihr unbekannten alten Frau anzueignen und ihrer Cousine am nächsten Morgen dann das fertige Testament übergeben. Dabei hat sie nochmals ihr Unbehagen zum Ausdruck gebracht und vorgeschlagen, das Schriftstück zu vernichten und die ganze Sache abzublasen. Erna Klingenschmied hat sie aber letzten Endes beruhigen können und das gefälschte Testament in ihrer Handtasche verschwinden lassen. Dabei hat sie die Perfektion, mit der die zittrige Handschrift der alten Frau nachgemacht war, bewundert und gemeint, dass unsere Mutter mit ihren Fähigkeiten viel Geld verdienen könnte.

Die Mutter hat dann einige Monate nichts von ihrer Cousine gehört, bis sie eines Tages von ihr angerufen und zu einem Ausflug über das Wochenende nach Südtirol eingeladen worden ist. Dort hat sie dann erfahren, wie die ganze Sache weitergegangen ist.

Grumser, der einen Schlüssel zum Haus der alten Frau gehabt hat, hat gewusst, wo sie ihr schon vor einiger Zeit geschriebenes Testament aufbewahrt hat, und nur noch die Schriftstücke austauschen müssen. Die alte Frau, die zu diesem Zeitpunkt im Krankenhaus gewesen ist, ist wenige Wochen später gestorben, ohne nochmals in ihr Haus zurückgekehrt zu sein.

Ferdinand Grumser und seine Frau haben je zur Hälfte geerbt, laut Testament als Dank dafür, dass sie sich viele Jahre lang aufopfernd um ihre Nachbarin gekümmert haben.

Bei diesem Wochenendausflug hat unsere Mutter von ihrer Cousine dann noch erfahren, dass der Sohn kein Krimineller gewesen ist und in Wien als Koch gearbeitet hat. Erna hat behauptet, dass sie das angeblich selbst nicht gewusst hat und Grumser sie belogen hat. Der Sohn hat nicht glauben wollen, dass seine Mutter Haus und Grundstück an die Grumsers vererbt haben sollte, und das Testament rechtlich bekämpft. Es ist dann ein Schriftsachverständiger als Gutachter bestellt worden, der das Testament untersuchen sollte.

Erna Klingenschmied hat unsere Mutter dann eindringlich dazu aufgefordert, ja niemandem von der Sache zu erzählen, und die hat erkannt, dass sie für einen üblen Betrug missbraucht worden ist. Den eindringlichen Beteuerungen ihrer Cousine, selbst über die Person des betrogenen Erben getäuscht worden zu sein, hat sie keinen Glauben mehr geschenkt.

Als ihr Erna dann auch noch erzählt hat, dass ihr Grumser das für ihre Vermittlung versprochene Geld bisher nicht gegeben hat, hat unsere Mutter gefragt, wie viel ihre Cousine erhalten sollte, und erfahren, dass es sich um eine Million Schilling gehandelt hat, während sie selbst mit 10.000 DM abgespeist worden ist. Das Wochenende hat so mit einer schweren Verstimmung zwischen den Cousinen geendet.

Unsere Mutter hat zwar versprochen, mit niemandem über die Sache zu sprechen, diese Zusage aber von der Bedingung abhängig gemacht, dass sie über die weiteren Geschehnisse informiert wird. Einige Zeit später hat Erna ihr dann am Telefon erzählt, dass Grumser und seine Frau aus dem Rechtsstreit mit dem Sohn der alten Frau als rechtmäßige Erben hervorgegangen sind. Entscheidend ist angeblich das Gutachten des Schriftsachverständigen gewesen, der festgestellt hat, dass das Testament mit ,an Sicherheit grenzender Wahrscheinlichkeit' von der alten Frau geschrieben worden ist. Zudem haben die behandelnden Ärzte ausgesagt, dass die Frau bis zu ihrem Tod in guter geistiger Verfassung gewesen ist.

Das Ehepaar Grumser hat demnach Haus und Grundstück geerbt. Der leibliche Sohn der Verstorbenen hat den Pflichtteil bekommen, der allerdings wegen der schon damals sehr hohen Grundstückspreise in Seefeld mehrere Millionen Schilling betragen hat.

Wegen dieses unerwartet hohen Betrags, für den das Ehepaar Grumser aufkommen hat müssen, hat er Erna Klingenschmied die versprochene Belohnung angeblich nicht auszahlen können. Sie hat ihm das zwar nicht geglaubt, sich letztlich aber damit abfinden müssen.

Diese Nachrichten haben unsere Mutter nicht mehr überrascht, sie haben aber dazu geführt, dass sie den Kontakt zu ihrer Cousine vollständig eingestellt hat.

Bald darauf ist unsere Mutter an Magenkrebs erkrankt. Nicht zuletzt als Folge dieser schweren Erkrankung ist sie tief religiös geworden und hat geglaubt, dass die Krankheit eine Strafe für das gefälschte Testament sein musste. Deshalb hat sie dann mit einem befreundeten Priester über die Sache gesprochen. Er hat sie in der Überzeugung bestärkt, dass sie ihren Frieden nur dann finden würde, wenn sie den Schaden gutmachte.

In den folgenden Jahren, zwischen mehreren Operationen, langen Krankenhausaufenthalten und verschiedensten Therapien, hat sie einiges über jenen Mann herausgefunden, der mit ihrer Hilfe um einen großen Teil seines rechtmäßigen Erbes gebracht worden ist, und darüber nachgedacht, wie sie den Schaden wiedergutmachen könnte.

Am Silvestertag 2003, schon todkrank, hat unsere Mutter dann mit uns beiden ein langes Gespräch geführt und uns die ganze Geschichte erzählt. Sie hat immer wieder beteuert, dass sie nur dann in Ruhe sterben könne, wenn der Schaden nach ihrem Tod gutgemacht werde, und uns das Versprechen abgenommen, nach ihrem Tod den betrogenen Erben aufzusuchen und ihm zu erzählen, wie es zu dem falschen Testament gekommen ist. Sie hat auch ausdrücklich verlangt, dass wir ihm auch den Namen der Frau nennen sollen, die das Ganze vermittelt hat, also den Namen von Erna Klingenschmied. Sie hat geglaubt, dass nur so sichergestellt werden kann, dass der mit ihrer Hilfe Betrogene nach all den Jahren doch noch zu seinem Recht kommt.

Sechs Wochen später hat sie uns bei unserem letzten Gespräch noch einmal an unser Versprechen erinnert.

Am nächsten Tag ist sie gestorben.

Wir haben dann beschlossen, vor dem Einlösen unseres Versprechens noch einen Rechtsanwalt zu konsultieren, weil wir befürchtet haben, dass auch an uns Schadenersatzforderungen vom betrogenen Erben gestellt werden könnten und wir damit das Haus, das wir von unserer Mutter geerbt haben, verlieren könnten. Der Anwalt hat uns dann aber versichert, dass wir nichts zu befürchten haben, und uns geraten, möglichst bald zu tun, was uns die Mutter aufgetragen hatte.

Mitte April sind wir dann gemeinsam nach Innsbruck gefahren und haben den Mann, dessen Name, Anschrift und Arbeitsplatz uns die Mutter genannt hat, aufgesucht.

Er heißt Karl Steiner, ist 45 Jahre alt, wohnt in Innsbruck und arbeitet jetzt im Hotel Hollaus in Innsbruck als Koch. Wir haben ihn im Hotel aufgesucht und ihm gesagt, dass wir ihm eine wichtige Mitteilung im Zusammenhang mit der Erbschaftssache zu machen haben. Er hat sich daraufhin sofort für den Rest des Tages frei genommen und wir haben ihm in einem Café in der Nähe des Hotels alles erzählt. Wie von der Mutter gewünscht, haben wir ihm auch Namen und Adresse von Erna Klingenschmied gegeben. Er ist nicht so überrascht gewesen, wie wir das erwartet haben, und hat gemeint, dass er immer davon überzeugt gewesen ist, dass das Testament gefälscht sein muss. Er hat sich einige Notizen gemacht und sich bei uns bedankt.

Wir haben den Eindruck gewonnen, dass ihm erst nach und nach bewusst geworden ist, dass unsere Informationen ihm sehr viel Geld bringen würden.

Bei der Verabschiedung hat er dann noch gesagt, dass er sich bei uns erkenntlich zeigen wird, wenn er nach so langer Zeit doch noch das gesamte ihm zustehende Erbe erhalten würde. Wir sind dann nach Hause zurückgefahren und haben von Steiner seither nichts mehr gehört.

Nachdem uns Karin angerufen und vom gewaltsamen Tod ihrer Mutter erzählt hat, haben wir befürchtet, dass unser Gespräch mit Steiner etwas damit zu tun haben könnte, und beschlossen, Karin die ganze Sache nach dem Begräbnis zu erzählen."

Während Brauer nach Innsbruck zurückfuhr, wo er die Aussagen der beiden Schwestern in einer Niederschrift festhalten wollte, ließ Steinlechner Gapp nach Seefeld kommen. Er wollte in der Zwischenzeit Grumser befragen.

Er erreichte ihn telefonisch in seiner Jagdhütte und kündigte seinen Besuch im Laufe der nächsten Stunde an. Als Grumser sich am Telefon darüber beklagte, dass er schon wieder belästigt werde und ohnehin schon alles gesagt habe, fiel ihm Steinlechner barsch ins Wort und deutete an, dass er die Fragen, die er ihm heute stellen würde, notfalls auch seiner Frau stellen könne.

Gegen Mittag saßen dann Steinlechner und Gapp einem nervösen, aber wieder einmal höflichen Ferdinand Grumser gegenüber. Steinlechner kam auch diesmal gleich zur Sache und begann die Befragung mit den Worten: „Wir wissen jetzt, warum Sie in den letzten Jahren so großzügig zu Frau Klingenschmied waren. Sie war Ihnen dabei behilflich, ein Testament zu fälschen und einen jungen Mann um sein Erbe zu betrügen."

Der sonst so herrisch und überheblich auftretende Hotelier wurde blass und schluckte mehrmals hörbar, ehe er mit brüchiger Stimme sagte: „Wenn Sie das schon wissen, dann werden Sie wohl auch wissen, wo Sie den Mörder der Erna suchen müssen."

Natürlich wusste Steinlechner, was Grumser damit andeuten wollte, er wollte aber zunächst hören, was er selbst zu sagen hatte. Steinlechners Überrumpelungstaktik hatte jedenfalls funktioniert.

Im folgenden Gespräch bestätigte Grumser die Aussagen der beiden Schwestern über seine Erbschaft und auch über die Rolle, die Erna Klingenschmied und deren Cousine dabei gespielt hatten.

Den Wert des von ihm geerbten Grundstückes bezifferte er mit etwa zehn Millionen Schilling, allerdings zum Zeitpunkt der Erbschaft. Seine Frau hatte zwar gewusst, dass sie mit Hilfe eines fragwürdigen Testaments geerbt hatten, er hatte sie aber davon überzeugen können, dass es besser war, wenn sie die näheren Umstände nicht kannte. Zu seiner Überraschung erfuhr Steinlechner, dass Grumser schon seit 3. Mai wusste, dass sein Betrug bekannt geworden war und er in großen Schwierigkeiten steckte.

An diesem 3. Mai, als der Hotelier verspätet zum Treffen mit Erna Klingenschmied gekommen war, hatte ihm diese angeblich erzählt, dass sie von einem Mann aus Innsbruck in ihrem Haus in Reith aufgesucht worden war.

Bei dem Mann hatte es sich um den betrogenen Erben Karl Steiner gehandelt, der nun zu seinem Recht kommen wollte. Im ersten Schrecken hatte Grumser von Erna Klingenschmied verlangt, alles abzustreiten, und war nach der Geldübergabe wütend davongefahren, weil sie damit nicht einverstanden gewesen war.

Wie Grumser behauptete, hatte er aber schnell erkannt, dass er mit Erna Klingenschmied das weitere Vorgehen absprechen musste. Eine halbe Stunde nach ihrem Streit hatte er sie dann in ihrem Haus aufgesucht. In dem folgenden Gespräch war auch ihm klar geworden, dass es schwer sein würde, alles abzustreiten. Er hatte von Erna erfahren, dass Steiner unter Umständen bereit war, die Sache ohne Polizei und Gericht zu regeln, wenn der Schaden samt Zinsen gutgemacht würde. Auf diese Weise hätte Steiner sich die Erbschaftssteuer ersparen können und Grumser wären strafrechtliche Folgen erspart geblieben.

Erna hatte dann angeboten, mit Steiner über die Höhe des Betrages zu verhandeln, mit dem die Sache aus der Welt geschafft werden konnte. Dabei hatte sie lächelnd gesagt: „Ich versteh mich gut mit ihm, ich glaube, er steht auf ältere Frauen.“

Grumser war angeblich mit ihrer Vermittlerrolle einverstanden gewesen. Am folgenden Wochenende hätte ihn Erna anrufen und über das Ergebnis ihrer Bemühungen informieren sollen.

Die Bereitwilligkeit, mit der Grumser den Betrug zugegeben und sogar eingeräumt hatte, dass er zunächst alles abstreiten hatte wollen, war für Steinlechner überraschend. Entweder hatte er ihn wirklich überrumpelt oder Grumser hatte tatsächlich etwas mit dem Tod der Erna Klingenschmied zu tun und wollte sich jetzt besonders kooperativ geben. Steinlechner musste aber auch einräumen, dass die Angaben Grumsers nicht unlogisch waren und der Wahrheit entsprechen konnten. Dieser brachte dann nochmals seinen schon vorher geäußerten Verdacht gegen Karl Steiner zur Sprache, was Steinlechner mit den Worten quittierte: „Natürlich ist er auch verdächtig, aber warum hat er dann eigentlich nicht Sie umgebracht? Sie haben ihn ja um sein Erbe betrogen, Erna Klingenschmied hat dabei nur geholfen."

Grumser wollte darauf noch etwas erwidern, Steinlechner unterbrach ihn aber und fragte ihn, ob es nach dem Gespräch vom 3. Mai im Haus der Erna Klingenschmied zwischen ihnen noch einen persönlichen oder telefonischen Kontakt gegeben hatte. Als Grumser das verneinte, sagte Steinlechner mit ungewöhnlicher Schärfe: „Sie haben uns schon mehrmals angelogen, wenn sich herausstellt, dass Sie nach dem 3. Mai doch noch Kontakt mit Erna Klingenschmied gehabt haben, dann komme ich das nächste Mal mit einem Haftbefehl zu Ihnen."

„Tun Sie, was Sie nicht lassen können, ich habe jetzt nichts mehr zu verbergen", stieß Grumser zornig hervor und er hatte wieder einmal große Mühe, sich zu beherrschen.

Gapp, der diesmal die Aufgabe hatte, das Ergebnis der Befragung in einer Niederschrift festzuhalten und sich seitenlange Notizen gemacht hatte, stellte dann noch eine Frage an den wütenden Hotelier: „Wieso haben Sie gewusst, dass Erna Klingenschmied eine Verwandte gehabt hat, die so gut Schriften nachmachen konnte?"

„Ich habe mit Erna zu diesem Zeitpunkt zwar kein Verhältnis mehr gehabt, wir sind uns aber doch immer wieder begegnet und haben uns über alles Mögliche unterhalten. Bei einem dieser Gespräche habe ich ihr von der alten Frau und ihrem Grundstück erzählt. Die Idee, mit Hilfe ihrer Cousine ein Testament zu fälschen, ist von Erna gekommen."

Grumser, der sich wieder etwas beruhigt hatte, war auch mit einem weiteren Besuch von Gapp einverstanden, weil dieser ihm später die Niederschrift zur Unterfertigung vorlegen musste. Die Verabschiedung fiel diesmal ausgesprochen kühl aus.

10

Es war nicht sehr viel los in der auffallend großen, modern
gestalteten Eingangshalle des Hotels Hollaus im Osten
von Innsbruck. Einige Gäste saßen in den Sitzgruppen
herum und lasen in Zeitungen oder Stadtführern.

Schon vor mehreren Stunden hatte es zu regnen begonnen und
die Temperatur war nicht sehr einladend für einen Stadtbummel.

Auch die beiden Angestellten an der Rezeption langweilten
sich, der eine blätterte in irgendwelchen Listen, der andere hatte
eine Zeitung vor sich liegen, in der er unauffällig las.

Als gegen fünfzehn Uhr zwei Männer in die Eingangshalle
kamen, wurden sie an der Rezeption schon aufmerksam empfangen
und man sah ihnen an, dass sie nicht als Hotelgäste gekommen
waren.

Steinlechner und Gapp zeigten ihre Dienstmarken vor und
fragten nach dem Koch Karl Steiner. Der ältere der beiden Angestellten telefonierte einige Minuten und kam dann zu den
beiden Ermittlern zurück. Karl Steiner hatte sich von Montag bis
einschließlich Donnerstag Urlaub genommen und war demnach
heute nicht im Hotel. Am nächsten Tag hatte er Frühdienst und
sollte ab sechs Uhr in der Küche bei der Arbeit sein. Von dieser
Nachricht überrascht, wollte Steinlechner dann noch wissen, ob
ein Angestellter anwesend sei, der Steiner besser kannte und Auskunft über den Grund seiner Abwesenheit geben konnte. Nach
einem weiteren Telefonat wurden Steinlechner und Gapp zu
einer Sitzgruppe gebeten. Wenig später kam ein jüngerer Mann
in Kochkleidung zu ihnen und stellte sich als Küchenchef vor.
Von ihm erfuhren die beiden, dass er am vergangenen Sonntag
von Steiner um Urlaub von Montag bis einschließlich Donnerstag
gebeten worden war.

Steiner hatte seit einiger Zeit eine Freundin in München, mit der es in letzter Zeit nach seinen Aussagen „Stress" gegeben hatte. Deshalb hatte er einige Tage mit ihr verbringen wollen und war vermutlich bei ihr in München.

Er galt als tüchtiger Koch und als sehr verlässlich, sein Chef war daher davon überzeugt, dass er am nächsten Tag pünktlich zur Arbeit kommen würde.

Steinlechner versuchte dann noch, einiges mehr über Karl Steiner zu erfahren. Der Küchenchef kannte ihn aber nicht sehr gut und konnte ihm auch keinen anderen Angestellten nennen, der mehr über Steiner wusste. Sie hatten in dem Jahr, seit Steiner im Hotel beschäftigt war, sehr gut zusammengearbeitet und Steiner hatte offenbar auch kein Problem damit, sich dem wesentlich jüngeren Chefkoch unterzuordnen.

Manchmal waren sie nach der Arbeit zusammen ein Bier trinken gegangen.

Steiner war aber, was sein Privatleben betraf, verschlossen und hatte von seiner deutschen Freundin wohl auch nur deshalb erzählt, weil er einen Grund für den plötzlichen Urlaub hatte liefern müssen. Immerhin erfuhren sie noch, dass er eine Eigentumswohnung im Stadtteil Pradl besaß und einen weißen VW Sharan fuhr. Sein Aussehen beschrieb der Küchenchef als unauffällig und er war der Meinung, dass Steiner in geordneten finanziellen Verhältnissen lebte.

Anhand des Arbeitsplanes, den er jeweils am Beginn eines Monats erstellte, konnte der Küchenchef auch Steinlechners Frage nach dem 7. Mai unschwer beantworten. An diesem Tag hatte Steiner bis zwanzig Uhr gearbeitet.

Wie alle Küchenangestellten hatte Steiner seine Telefonnummer für Notfälle in eine Liste eingetragen. Es war eine Handynummer, die sich Steinlechner notierte.

Der Chefkoch wollte dann natürlich wissen, warum sich die Polizei für Steiner interessierte und ob er sich womöglich nach einem neuen Mitarbeiter umsehen müsse. „Das glaube ich nicht", sagte Steinlechner, „aber es könnte sein, dass er ein wichtiger Zeuge in einem Fall ist, den wir gerade bearbeiten. Deshalb möchten wir ihn möglichst bald sprechen und werden morgen wiederkommen."

Nach ihrem Eintreffen auf der Dienststelle setzten sich Steinlechner, Gapp und Brauer zu der üblichen Besprechung zusammen. Kofler, den Steinlechner auch gerne dabeigehabt hätte, war nicht im Haus. Er war aber informiert.

Brauer hatte die beiden jungen Damen aus Bayern zum Hotel Frankfurt nach Seefeld gebracht, wo sie ihr Auto stehen hatten, und er hatte sich ihre Telefonnummern geben lassen, für den Fall, dass es noch Fragen geben sollte.

„Du wirst sicher noch Fragen haben, speziell an die Schwarzhaarige, und Rosenheim ist ja nicht aus der Welt", sagte Steinlechner grinsend.

„Wenn du mir einen dienstlichen Auftrag gibst, fahre ich gerne. Nach Zirl darf ich ja nicht mehr. Aber du kannst beruhigt sein, beide sind in festen Händen."

„Wie ich sehe, hast du auch diesmal umfassend ermittelt, und dass eine Frau gebunden ist, war für dich doch noch nie ein Problem."

Damit war auch das besprochen und die beiden konnten sich wieder ernsteren Fragen widmen.

Steinlechner erzählte, was er und Gapp im Hotel Hollaus erfahren hatten.

In der folgenden Diskussion über die nächsten Schritte waren sich die Ermittler diesmal nicht einig. Brauer hielt es für riskant, wenn sie einfach warteten, bis Steiner am nächsten Tag im Hotel erschien. Ihn vor seiner Wohnung zu erwarten, wäre nur im Einvernehmen mit der Polizei möglich gewesen. Außerdem konnten sie nicht verhindern, dass er von seinem Kollegen über das Mobiltelefon erfuhr, dass sich die Kriminalabteilung für ihn interessierte. Das wusste inzwischen sicher jeder Angestellte im Hotel.

Für eine Ausschreibung zur Festnahme fehlte jede Grundlage. Es blieb also wohl nichts anderes übrig, als bis zum nächsten Tag zu warten.

Steiner hatte sicher vor seiner Fahrt nach München aus den Medien vom Mord an Erna Klingenschmied erfahren. Er konnte sich ausrechnen, dass die Polizei bei ihren Ermittlungen auf seinen Namen stoßen würde. Wenn er der Mörder war und die Absicht hatte, sich abzusetzen, so hatte er dafür schon fast eine Woche Zeit gehabt.

Einig war man sich darüber, dass Steiner jedenfalls Grund gehabt hätte, auf Erna Klingenschmied böse zu sein. Immerhin hatte sie ihre Hände im Spiel gehabt, als man ihn um sein Erbe betrogen hatte. Andererseits war sie die einzige noch lebende unmittelbare Zeugin für die Testamentsfälschung, wenn man vom Ehepaar Grumser absah. Wenn er den Betrug aufdecken und zu seinem Geld kommen wollte, durfte er sie nicht umbringen.

Allerdings wusste man bisher nicht, was sich zwischen den beiden abgespielt hatte und ob sich daraus ein Motiv für einen Mord oder ein Grund für eine Affekthandlung ergeben hatte.

Auch der Verdacht gegen Ferdinand Grumser war durch die neuen Erkenntnisse nicht geringer geworden. Durch den Tod von Erna Klingenschmied wäre es für ihn jedenfalls leichter gewesen, die Testamentsfälschung einfach abzustreiten. Es ging immerhin um einen Betrag von bis zu einer Million Euro und um strafrechtliche Folgen, falls die Sache inzwischen nicht verjährt war. Sehr oft waren Menschen schon wegen viel weniger Geld umgebracht worden. Andererseits hätte Grumser nun, da die Sache aufzufliegen schien, seine Zahlungen an Erna Klingenschmied einstellen können. Er hätte sie also zumindest aus diesem Grund nicht umbringen müssen.

Im Zuge dieses Gespräches legte Gapp eine Automobilzeitschrift vor Steinlechner auf den Tisch. Er wollte ihm zeigen, dass man einen VW Sharan von hinten leicht als Geländewagen ansehen konnte. Das sahen auch die beiden anderen so.

Es gab also jetzt zwei den Ermittlern bekannte Personen, die unter Umständen ein Motiv für einen Mord hatten und mit denen Erna Klingenschmied in den letzten Wochen vor ihrem gewaltsamen Tod nachweislich Kontakt gehabt hatte.

Abgesehen vom Motiv und vom auffälligen Verhalten Grumsers gab es allerdings dafür, dass der eine oder andere die Tat begangen hatte, kaum Hinweise. Weitere Erkenntnisse würde erst die Befragung von Karl Steiner bringen, wenn man ihn am nächsten Tag antraf, was Brauer immer noch für unwahrscheinlich hielt.

„Was tun wir, wenn Steiner morgen nicht im Hotel auftaucht und sich auch nicht telefonisch meldet?", wollte Brauer wissen.

„Dann werden wir wohl die lieben deutschen Kollegen verständigen müssen, falls wir den Namen der Freundin herausbekommen. Sollte er nicht bei ihr sein, wäre es höchste Zeit für Fahndungsmaßnahmen. Er hätte dann aber fast eine Woche Vorsprung und wäre vielleicht schon in der Karibik oder einer anderen warmen Gegend, während wir hier im Regen herumlatschen und auf ihn warten."

Diese Vorstellung gefiel allen dreien nicht und sie beschlossen, sich in der trockenen Gaststube eines in der Nähe gelegenen Wirtshauses ein kühles Bier zu genehmigen. Zu dieser außerdienstlichen Fortsetzung ihrer Besprechung gesellte sich dann auch Kofler. Bald waren sie aber nur noch zu dritt, weil Brauer sich an die Theke setzte und der vollbusigen Kellnerin in den Ausschnitt schaute, wenn sie am Bierzapfhahn hantierte.

Als Steinlechner am nächsten Tag, kurz vor halb acht auf die Dienststelle kam und in sein Büro gehen wollte, erfuhr er von einem Kollegen, dass vor wenigen Minuten ein Karl Steiner angerufen und nach ihm gefragt hatte. Nach seinem Anruf im Hotel wurde Steinlechner sofort mit der Küche verbunden.

Karl Steiner war erst am Morgen aus München angekommen und nicht überrascht gewesen, als er erfahren hatte, dass zwei Ermittler der Gendarmerie Fragen an ihn hatten. Er erklärte sich sofort bereit, um neun Uhr zur Dienststelle der Kriminalabteilung am Innrain zu kommen, und war dann sogar einige Minuten früher zur Stelle.

Steiner war ein unscheinbarer Mann mit schütterem Haar und Bauchansatz. Er hatte aber nicht jene Leibesfülle, die man allgemein von einem Koch erwartete. Sein Auftreten war selbstsicher, so als ob er sich auf dieses Gespräch gut vorbereitet hätte. Schon am Telefon hatte er auf den Mord an Erna Klingenschmied hingewiesen und erklärt, dass er sowieso vorgehabt habe, sich an die Polizei zu wenden.

Neben Steinlechner waren noch Gapp und Brauer bei der Befragung dabei. Sie hörten aufmerksam zu, stellten aber selbst keine Fragen an Steiner.

Weil sich Steinlechner ein Bild von der Person Karl Steiner machen wollte, wollte er zunächst einige allgemeine Dinge wissen.

Karl Steiner war nach der Kochlehre in einem Hotel in Innsbruck einige Jahre in verschiedenen Fremdenverkehrsorten in Tirol als Koch tätig gewesen, ehe er 1990 gemeinsam mit seiner damaligen Freundin, einer Wienerin, dorthin übersiedelte. Er arbeitete dann bis 2003 in verschiedenen Hotels und Restaurants in Wien als Koch und kehrte im März 2003 nach Innsbruck zurück, wo er im Hotel Hollaus Arbeit fand.

Mit seiner Mutter hatte er auch von Wien aus sporadischen Kontakt gehalten. Besonders gut hatten sie sich aber nicht verstanden. Mit dem Gesetz war er bislang nicht in Konflikt gekommen, wenn man von einigen Verkehrsstrafen absah.

Er war nie verheiratet gewesen und hatte auch keine Kinder.

Bei seinem letzten Besuch bei seiner Mutter, wenige Tage vor ihrem Tod, hatte sie ihm noch ans Herz gelegt, das Haus nach ihrem Tod an Grumser zu verkaufen, weil der und seine Frau in den letzten Jahren viel für sie getan hatten. Deshalb war er dann auch fassungslos, als er erfuhr, dass sie das Haus an das Ehepaar Grumser vererbt haben sollte.

Nach der Testamentseröffnung beauftragte er sofort einen Anwalt mit seiner Vertretung und ließ das Testament anfechten. Das Verfahren ging aber nicht zu seinen Gunsten aus, weil der Schriftsachverständige die Echtheit des handgeschriebenen Testaments bestätigte. Steiner war immer noch felsenfest davon überzeugt, dass er – auf welche Art auch immer – um sein vollständiges Erbe betrogen worden war.

Obwohl er wochenlang vor Entrüstung und Wut kaum hatte schlafen können und auch über die Einschaltung eines Privatdetektivs nachgedacht hatte, fand er sich letzten Endes mit der Tatsache ab, dass andere das Haus seiner Mutter geerbt hatten.

Seinen Plan, mit dem Erlös aus dem Verkauf seines geerbten Hauses ein Restaurant in Seefeld oder Innsbruck zu eröffnen, musste er fallen lassen. Er konnte sich aber mit dem Pflichtteil in Millionenhöhe eine komfortable Eigentumswohnung in Innsbruck kaufen und sie vorerst vermieten. Seit seiner Rückkehr nach Innsbruck vor einem Jahr bewohnte er diese Wohnung selbst.

Als dann Mitte April die zwei Frauen bei ihm aufgetaucht waren und ihm die Geschichte von der Testamentsfälschung erzählt hatten, hatte er eine Nacht lang darüber nachgedacht, wie er vorgehen sollte, damit er nach zehn Jahren doch noch zu seinem vollständigen Erbe kommen und all seine Pläne von damals verwirklichen könnte.

Schon am nächsten Tag war er am Abend nach Reith gefahren und hatte Erna Klingenschmied in ihrem Haus aufgesucht.

Weil sie zuerst rundweg geleugnet hatte, an einer Testamentsfälschung beteiligt gewesen zu sein, hatte er ihr in allen Einzelheiten erzählt, was er erfahren hatte, und hatte dann auch noch behauptet, dass er im Besitz einer schriftlichen Aussage der verstorbenen Herta Ertl sei. Damit und mit der Drohung, sie anzuzeigen, hatte er Erna Klingenschmied dermaßen verunsichert, dass sie ihn eindringlich ersucht hatte, nicht sofort zur Polizei zu gehen, und ihm die ganze Geschichte bestätigt hatte.

Sie hatte ihm auch das Angebot gemacht, mit Grumser zu sprechen und dafür zu sorgen, dass der Schaden ohne Polizei oder Gericht zur Gänze gutgemacht würde. Erna Klingenschmied, die sich durch ihre Erfahrungen mit der Führung des Hotels auch mit Steuern gut auskannte, hatte ihn dann darauf aufmerksam gemacht, dass er bei einer Einigung ohne Einschaltung der Behörden keine Erbschaftssteuer zu zahlen haben würde und diese Vorgehensweise auch für ihn vorteilhaft wäre.

Die Befürchtung Steiners, dass Grumser kaum freiwillig bezahlen würde, hatte sie mit der Feststellung zerstreut, dass ihm wohl nichts anderes übrigbleiben würde und er in den letzten Jahren so viel Geld verdient hätte, dass er sich das leicht leisten könnte.

Sie waren dann übereingekommen, dass Erna Klingenschmied mit Grumser verhandeln und Karl Steiner vorläufig nichts unternehmen würde.

Nach diesem Treffen gab es nach Angabe von Steiner nur noch zwei Kontakte zwischen ihm und Erna Klingenschmied. Einige Tage nach dem ersten Treffen hatte sie ihm spätabends telefonisch mitgeteilt, dass Grumser auf Urlaub war und sie ihn erst am 3. Mai erreichen würde. Am 4. Mai hatten sie sich dann in einem Gasthaus in Innsbruck getroffen und sie hatte ihm mitgeteilt, dass Grumser grundsätzlich bereit sei zu zahlen, dass er aber noch Zeit benötige, um ein Angebot zu machen.

In beiden Fällen war der Kontakt von Erna Klingenschmied über ihr Mobiltelefon hergestellt worden.

Sie hatte ihn schon beim ersten Treffen ausdrücklich gebeten, sie nicht mehr in Reith aufzusuchen, und ihm auch ihre Handynummer nicht geben wollen.

Nach diesem Treffen am 4. Mai hatte er angeblich nichts mehr von Erna Klingenschmied gehört, bis er aus den Medien von ihrem gewaltsamen Tod erfahren hatte.

So plausibel und glaubwürdig sich die Angaben Steiners zunächst anhörten, so unwahrscheinlich erschien es Steinlechner, dass sich jemand, der über einen Betrag von möglicherweise einer Million Euro oder mehr verhandelte, innerhalb von fast drei Wochen mit zwei kurzen Treffen zufriedengab.

Ein Blick zu seinen beiden Kollegen bestätigte seine Zweifel und Brauer war nicht überrascht, als Steinlechner von Steiner nochmals konkret wissen wollte, ob es außer diesen insgesamt nur zwei persönlichen Begegnungen und dem einen Telefongespräch sicher keinen weiteren Kontakt gegeben habe. Steiner blieb bei seiner Behauptung und gab sich verwundert darüber, dass man ihm nicht glaubte. Ohne auf diese Frage zu antworten, wollte Steinlechner dann wissen, ob Erna Klingenschmied jemals im Auto oder in der Wohnung Steiners gewesen sei. Steiner verneinte auch das, schien aber nicht mehr ganz so selbstsicher wie am Anfang.

Als Steinlechner dann zu einem längeren Monolog ansetzte, hätten Brauer oder Gapp jederzeit das Gespräch für ihn weiterführen können, weil sie ihren Chef gut kannten und genau wussten, was jetzt kommen würde.

Er kam diesmal nicht, wie sonst bei ihm üblich, schnell zur Sache, sondern bat um Verständnis dafür, dass er bei einem so schweren Verbrechen jeder Spur nachgehen müsse. Immerhin war Steiner unter Mithilfe von Erna Klingenschmied um viel Geld betrogen worden, was unter Umständen sogar ein Motiv für einen Mord sein konnte. Aus diesem Grund würde man Steiner nach seinem Alibi für die Nacht vom 7. auf den 8. Mai fragen und seine Angaben sehr genau überprüfen. Weil in der Nähe der Stelle, an der man die Leiche der Erna Klingenschmied gefunden hatte, einige Stunden vor ihrem Tod ein helles Auto gesehen worden war, werde man seinen Pkw genau untersuchen und schließlich auch seine Wohnung durchsuchen müssen.

Wenn er mit diesen beiden Untersuchungen nicht einverstanden wäre, würde man eine richterliche Anordnung erwirken, was in diesem Fall sicher kein Problem darstellen werde.

Die Selbstsicherheit Steiners schwand augenblicklich, als Steinlechner seine weiteren Maßnahmen ankündigte. Er vermied den Blickkontakt mit Steinlechner oder seinen beiden Mitarbeitern, während er überlegte, was er am Abend des 7. Mai und in der folgenden Nacht getan hatte. Nach einigem Nachdenken fiel ihm ein, dass der 7. Mai ein Freitag gewesen war und er an diesem Tag bis acht Uhr abends im Hotel gearbeitet hatte. Nach der Arbeit war er angeblich nach Hause gegangen und hatte seine Wohnung bis zum nächsten Morgen nicht mehr verlassen. Zeugen konnte er dafür aber keine nennen, beim Betreten seiner Wohnung hatte ihn seiner Meinung nach auch niemand gesehen.

„Sie haben für die Tatnacht also kein Alibi und ich sage Ihnen jetzt, dass ich Ihnen nicht abnehme, dass sie Erna Klingenschmied nur zweimal getroffen haben.

Sind Sie mit der Untersuchung des Autos und einer Nachschau auf freiwilliger Basis in Ihrer Wohnung einverstanden, oder wollen Sie einen Durchsuchungsbefehl sehen?", fragte Steinlechner in immer noch sehr ruhigem Ton.

Man konnte Steiner ansehen, wie hektisch er überlegte, sein Blick irrte im Zimmer herum, er schluckte fortwährend, wobei sein Adamsapfel sich krampfartig bewegte.

Mit einer resignierenden Handbewegung sagte er dann, während er sich die inzwischen schweißnasse Stirn abwischte: „Ich habe der Frau Klingenschmied nichts getan, das müssen Sie mir glauben, aber es war nicht so, wie ich es erzählt habe. Wenn Sie die Wahrheit kennen, dann werden Sie auch verstehen, dass ich das nicht gerne erzähle. Ich kann mir aber gut vorstellen, dass ich jetzt erst recht verdächtig bin."

Was die drei Kriminalisten in der folgenden Stunde erfuhren, stimmte zwar großteils mit den vorherigen Aussagen Steiners überein, ergab aber auch neue Aspekte und führte dazu, dass sie mehrmals Mühe hatten, ein Schmunzeln zu unterdrücken.

In der Niederschrift, die nach der mündlichen Befragung von Brauer angefertigt wurde, las es sich so:

„Meine erste Begegnung mit Erna Klingenschmied fand am Montag, den 17. April, statt. Das weiß ich mit Sicherheit, weil ich den Termin für das Treffen mit den beiden Frauen aus Deutschland in meinem Kalender notiert hatte. Das war am 16. April und schon am nächsten Tag fuhr ich nach Reith.

Erna Klingenschmied war selbst erst kurz vor meinem Eintreffen nach Hause gekommen. Unsere Unterredung fand zuerst stehend in der Küche statt. Ich sagte ihr, dass ich ihre Adresse am Vortag von zwei Frauen aus Deutschland erhalten hatte. Dann erzählte ich in kurzen Worten, was ich erfahren hatte, und sagte, dass ich jetzt um mein Erbe kämpfen würde.

Erna wurde vor Schrecken zuerst blass und dann rot im Gesicht und sagte dann, dass sie mit so einer Sache nie etwas zu tun gehabt hätte und ich ihr Haus verlassen sollte. Ich erklärte ihr dann aber, dass die beiden Töchter ihrer verstorbenen Cousine bereit waren, vor der Polizei auszusagen, und ich eben Anzeige bei der Gendarmerie in Seefeld erstatten würde. Um sie noch mehr einzuschüchtern, behauptete ich dann noch, dass es eine schriftliche Aussage der verstorbenen Cousine gebe, die ich auch der Gendarmerie übergeben würde. Erna Klingenschmied sah dann wohl ein, dass sie mit ihrem Leugnen nicht durchkommen würde, und bat mich in ihr Wohnzimmer, wo sie in Ruhe mit mir reden wollte. Sie bestätigte dann die Geschichte, wie sie mir am Vortag erzählt worden war.

Ich bemerkte sofort, dass sie unbedingt verhindern wollte, dass ich zur Gendarmerie ging. Deswegen betonte sie auch, dass sie Verständnis für mich habe, und bot mir an, mit dem Hotelier Grumser zu verhandeln, damit er mir den Schaden ersetzen würde. Auf keinen Fall wollte sie, dass ich mich persönlich an Grumser wendete, weil sie glaubte, dass dabei nichts herauskommen würde. Sie wies darauf hin, dass ich mir bei einer Einigung ohne Gendarmerie oder Gericht die Erbschaftssteuer ersparen würde, was für mich einleuchtend war.

Wir einigten uns dann darauf, dass ich vorläufig nichts unternehmen würde und sie mich über das Ergebnis ihrer Verhandlungen auf dem Laufenden halten sollte.

Nachdem wir das geklärt hatten, holte sie aus der Küche eine Flasche Wein und wir saßen dann noch circa eine Stunde in ihrem Wohnzimmer und tranken die Flasche leer.

Obwohl wir immer noch über die ungute Angelegenheit sprachen, fing sie bald an, mit mir zu flirten. Dabei saß sie mir in einem für ihre Figur sehr kurzen Rock gegenüber und schlug immer wieder ein Bein über das andere und es war ihr offensichtlich ein Bedürfnis, meine Blicke nicht nur auf ihre kräftigen Schenkel, sondern auch auf ihr sehr knappes Höschen zu lenken.

Auch bei der Verabschiedung im Hausflur berührte sie wie zufällig mit ihrer Brust mehrmals meinen Oberarm.

Sie notierte sich dann noch meine Handynummer und ersuchte mich, wegen des Geredes der Nachbarn nicht mehr nach Reith zu kommen. Wir sollten uns in Innsbruck treffen, wenn es etwas zu besprechen gab.

Ich sollte mich auch telefonisch nicht bei ihr melden und bekam daher auch nicht ihre Handynummer, die sie angeblich grundsätzlich nicht weitergab.

Schon am nächsten Tag wurde ich dann von ihr angerufen. Ich hatte an diesem Tag ab sechzehn Uhr frei und verabredete mich mit ihr für siebzehn Uhr in einem Lokal in der Nähe meiner Arbeitsstelle. Nachdem sie mir schnell mitgeteilt hatte, dass sie

Grumser erst am 3. Mai sprechen könne, weil er bis dahin im Ausland auf Urlaub sei, unterhielten wir uns noch etwa eine Stunde in dem Lokal und ich merkte bald, dass sie mich verführen wollte.

Sie selbst machte den Vorschlag, in meiner Wohnung noch etwas zu trinken. Es kam dann erstmals zum Geschlechtsverkehr und sie verbrachte die Nacht bei mir.

In der folgenden Zeit bis zu unserem letzten Treffen am 4. Mai rief sie mich täglich mehrmals an und wollte sich ständig mit mir treffen. Insgesamt trafen wir uns bis zum 4. Mai noch vier- oder fünfmal, wobei es jedes Mal zum Geschlechtsverkehr kam. Diese Treffen fanden mit einer Ausnahme immer in meiner Wohnung statt.

Nur einmal, vermutlich am 2. Mai, trafen wir uns auf ihren Wunsch hin auf einem Parkplatz in Seefeld und fuhren dann mit meinem Auto in Richtung Scharnitz. Einige Kilometer vor Scharnitz lotste sie mich dann in einen Waldweg und wir hatten Geschlechtsverkehr.

Sie hatte sich das vorher ausdrücklich gewünscht und es schien ihr auch besonders gut zu gefallen. Jedenfalls meinte sie, dass wir das unbedingt öfter so machen sollten.

Obwohl mir die Begegnungen mit Erna keinesfalls unangenehm waren, beschloss ich nach diesem Abend, das Verhältnis vorläufig zu beenden, weil ich den Eindruck hatte, von ihr hingehalten zu werden, und mir nicht mehr sicher war, ob sie mir über die Abwesenheit von Grumser wirklich die Wahrheit gesagt hatte oder ob es ihr nur darum gegangen war, Zeit zu gewinnen.

Ich wollte das Verhältnis mit Erna später wieder aufnehmen. Vorher mussten aber die Verhandlungen mit Grumser abgeschlossen werden und das Geld auf meinem Konto eingegangen sein. Damit wollte ich sie unter Druck setzen, weil mir alles zu langsam ging. Leicht fiel mir das aber nicht.

Ich habe schon seit meiner Jugend eine Vorliebe für mollige Frauen. Auch meine früheren Bekanntschaften waren fast alle mollig, einige sogar dick. Erna war zwar deutlich älter als ich, sie war aber sehr gepflegt und die Begegnungen mit ihr waren für mich so aufregend wie selten andere zuvor in meinem Leben. Ihr ständiger Wunsch nach Sex hat mich zuletzt allerdings etwas überfordert.

Am 4. Mai kam sie wieder abends in meine Wohnung und kündigte mir an, dass Grumser mir in der folgenden Woche ein Angebot machen werde. Ich sagte ihr dann, dass mir die Sache zu langsam gehe und ich den Eindruck hätte, dass alles in die Länge gezogen würde. Es kam zu einem Streit über das weitere Vorgehen und ich drohte ihr, dass ich einen Anwalt einschalten und Anzeige erstatten würde, wenn ich nicht innerhalb einer Woche eine fixe Vereinbarung haben sollte. Bei dieser Gelegenheit sagte ich ihr dann auch, dass ich die Beziehung mit ihr erst wieder aufnehmen würde, wenn alles geregelt war.

Erna Klingenschmied verließ dann beleidigt meine Wohnung und beklagte sich sehr über mein mangelndes Vertrauen zu ihr.

Nach diesem Vorfall sah ich sie nicht mehr persönlich, sie meldete sich aber noch zweimal telefonisch, vermutlich am 5. und letztmalig am 6. Mai. In beiden Fällen bettelte sie geradezu um ein weiteres Treffen und versprach mir, dass ich schon bald zu meinem Geld kommen würde. Ich sagte ihr aber nochmals, dass ich über eine Fortsetzung unserer Beziehung erst nachdenken würde, wenn ich mein Geld von Grumser erhalten hätte.

Das war nicht leicht für mich. Ich hatte mich in sie verliebt und ich glaube, dass auch ich ihr viel bedeutet habe.

Nach diesem letzten Telefonat, das mit Sicherheit am 6. Mai geführt wurde, hörte ich von Erna Klingenschmied nichts mehr.

Aus den Medien erfuhr ich dann von ihrem Tod.

Mein Aufenthalt in München war schon vorher geplant gewesen und hatte mit dem Tod der Erna Klingenschmied nichts zu tun. Ich war in München, um die Beziehung mit meiner Freundin zu beenden.

Mit dem Tod von Erna Klingenschmied habe ich nichts zu tun.

In der Nacht vom 7. auf den 8. Mai hielt ich mich ab etwa zwanzig Uhr dreißig durchgehend in meiner Wohnung auf. Es gibt dafür aber keine Zeugen und ich glaube auch nicht, dass mich jemand gesehen hat, als ich nach Hause gekommen bin.

Ich bin mit einer Untersuchung meines Autos und meiner Wohnung einverstanden. Auch mein Mobiltelefon stelle ich zur Verfügung. Ich habe in den letzten Wochen in der Anruferliste keine Nummern gelöscht. Erna scheint aber als unbekannter Anrufer auf, weil sie ihre Nummer unterdrückt hatte.

Bei einem unserer ersten Treffen in meiner Wohnung fragte ich Erna, was sie damals für die Vermittlung von Grumser bekommen hatte. Erst sagte sie, dass sie damals ein Verhältnis mit Grumser gehabt und ihm einen Gefallen habe erweisen wollen. Später erzählte sie mir dann aber, dass er ihr damals einen hohen Geldbetrag versprochen, aber bis heute nicht gegeben hatte.

Auf meine Vermutung hin, dass sie das Geld jetzt auch nicht mehr bekommen würde, lächelte sie und deutete an, dass Grumser nichts anderes übrigbleiben würde als zu zahlen, weil sie ihn in der Hand habe."

Die Befragung Steiners durch Steinlechner hatte bis kurz vor zwölf Uhr gedauert.

Während Brauer dann die Aussage Steiners zu Papier brachte, gingen Steinlechner, Gapp und Kofler in eine Pizzeria, die nicht weit von ihrer Dienststelle entfernt war. Dort unterhielten sie sich beim Essen ausführlich über die Aussagen Steiners und über ihre nächsten Ermittlungsschritte.

Die Untersuchung der Wohnung von Steiner war jetzt nicht mehr vordringlich, weil inzwischen ja bekannt war, dass sich Erna Klingenschmied dort mehrmals aufgehalten und sogar übernachtet hatte und weil die Wohnung als Tatort kaum infrage kam. Der Pkw war allerdings genau zu untersuchen, wobei besonders auf die beim Erwürgen oder Erdrosseln typischen, oft mikroskopisch feinen Blutspuren zu achten sein würde. Kofler wollte sich gleich nach dem Mittagessen mit zwei Mitarbeitern darum kümmern.

Die Anrufliste auf Steiners Mobiltelefon hatte Gapp schon vor der Mittagspause überprüft. Dabei hatten sich keine Widersprüche zu den Aussagen ergeben. Weitere Überprüfungen dazu konnten auch ohne das Handy Steiners gemacht werden, wenn es notwendig sein würde.

Als Steinlechner vom Mittagessen zurückkam, war Brauer gerade mit der Niederschrift fertig geworden und Steiner war dabei, sie Seite für Seite durchzulesen.

Kofler holte sich die Autoschlüssel und kündigte Steiner an, dass er sein Auto voraussichtlich bis Mittag des nächsten Tages für die Untersuchung benötigen und ihn jedenfalls verständigen würde, falls die Untersuchung länger dauern oder auch früher abgeschlossen sein sollte. Steiner war mit allem einverstanden und es war ihm anzusehen, dass er froh war, als er endlich gehen konnte.

Deshalb waren Steinlechner und seine Mitarbeiter auch erstaunt, als Steiner schon nach wenigen Minuten wieder im Büro auftauchte und sichtlich erleichtert erklärte, dass er eventuell doch ein Alibi für die Nacht vom Freitag auf den Samstag der vergangenen Woche habe.

Auf der Suche nach einem Taxi war er in die Nähe der Innsbrucker Universitätsklinik gekommen. Dabei war ihm sein Wohnungsnachbar, ein Arzt, eingefallen, der an der Klinik arbeitete und möglicherweise bestätigen konnte, dass er in der fraglichen Nacht nicht mit seinem Auto weggefahren war.

Dieser Arzt hatte nicht nur die Wohnung neben der von Steiner, auch die jeweiligen Autostellplätze waren nebeneinander gelegen. In den letzten Monaten hatte er einige Male, wenn am Wochenende seine Freundin zu Besuch gekommen war, Steiner gefragt, ob sie ihren Pkw quer hinter den beiden abgestellten Pkws parken dürfe. Steiner hatte nichts dagegen gehabt, wenn er selbst nicht mehr wegfahren musste. Er war sich sicher, dass auch am vergangenen Wochenende das Auto der jungen Frau vor seinem geparkt worden war, nachdem der Arzt ihn um Erlaubnis gebeten hatte. Allerdings wusste Steiner nicht, ob das am Freitag oder am Samstag gewesen war. Steiner wusste zwar den Namen des Arztes, Dr. Gerfried Horner, er wusste auch, dass er in der Klinik arbeitete, konnte aber nicht sagen, in welcher Abteilung er tätig war.

Gapp gelang es trotzdem, ihn nach wenigen Minuten am Telefon zu erreichen.

Nach weiteren zehn Minuten saß er einem freundlichen jungen Arzt gegenüber, der ihm mit Sicherheit bestätigen konnte, dass seine Freundin in der Nacht von Freitag auf Samstag der vergangenen Woche zwischen etwa zweiundzwanzig Uhr dreißig und fünf Uhr morgens bei ihm in der Wohnung gewesen war und während dieser Zeit ihr Auto vor dem seinen und dem Steiners abgestellt gehabt hatte, sodass Steiner mit seinem Pkw nicht hätte wegfahren können.

Dass es sich um genau diese Nacht handelte, konnte er mit Sicherheit sagen, weil er die Nacht zuvor Nachtdienst gehabt hatte und am folgenden Tag für mehrere Tage nach Wien gefahren war. Zudem hatte er seine Freundin am Morgen zu ihrem Auto begleitet und gesehen, wie sie ihr Auto abgestellt gehabt hatte.

Er schloss mit Sicherheit aus, dass Steiner die Möglichkeit gehabt hätte, trotzdem mit seinem Auto wegzufahren.

Als Gapp nach Namen und Adresse der Freundin fragte, stellte sich heraus, dass sie ebenfalls Ärztin war und er sie wenige Minuten später auch befragen konnte.

Sie bestätigte nicht nur die Aussagen ihres Freundes hinsichtlich Datum und Uhrzeit, sondern machte dann auch noch eine Skizze, aus der hervorging, wie die Autos abgestellt gewesen waren. Demnach war der Stellplatz Steiners der letzte vor einer Mauer und es war ihm daher absolut unmöglich gewesen, in der fraglichen Nacht mit seinem Auto wegzufahren.

Als Gapp in Steinlechners Büro kam, waren dort nicht nur Steinlechner, Brauer und Kofler, sondern auch noch Steiner, und alle warteten gespannt auf das Ergebnis.

Nachdem Steiner auf Ersuchen Steinlechners das Büro verlassen hatte, schilderte Gapp mit kurzen Worten, was er erfahren hatte. Allen war klar, dass Steiner damit zwar kein Alibi für seine Person hatte, dass er aber in der Mordnacht zumindest über sein eigenes Auto nicht verfügen hatte können.

Damit war eine Untersuchung nicht mehr sinnvoll. Kofler wollte sich nur noch die Autostellplätze ansehen und sich zeigen lassen, wie die Autos abgestellt gewesen waren.

Steiner war erleichtert, ja fast euphorisch, als er erfuhr, dass sich seine Vermutung bestätigt hatte, und Kofler ihm die Autoschlüssel zurückgab, weil auf die Untersuchung verzichtet wurde.

Steinlechner dämpfte diese Euphorie ein wenig, als er ihm erklärte, dass damit nur bewiesen sei, dass Erna Klingenschmied nicht in seinem Auto umgebracht worden war. Immerhin hätte er – zumindest theoretisch – auch ein fremdes Auto in dieser Nacht benützen können.

Seine Mitarbeiter kannten Steinlechner gut genug, um zu wissen, dass er diese Möglichkeit nicht sehr ernsthaft in Betracht zog, sondern eher seinem Frust nachgegeben hatte, weil er sich soeben von einem seiner wenigen Tatverdächtigen hatte verabschieden müssen.

Auch Steiner schien diese Überlegungen nicht wirklich ernst zu nehmen und verabschiedete sich frohen Mutes mit der Ankündigung, dass er in der kommenden Nacht sein Auto auch nicht würde benützen können, weil er sich nach all dem Schrecken eine gute Flasche Wein genehmigen wollte.

Er ließ sich von Steinlechner noch den Namen des Beamten geben, bei dem er in der kommenden Woche Anzeige gegen Grumser erstatten konnte, und ging dann, nicht ohne sich bei allen Anwesenden mit einem festen Händedruck zu verabschieden.

Während der folgenden Unterredung verzichtete Steinlechner auf einen seiner sonst üblichen Monologe und schien mehr als sonst an der Meinung der anderen interessiert zu sein.

Hatte schon vorher nicht sehr viel für einen dringenden Tatverdacht gegen Steiner gesprochen, so musste man ihn jetzt als Tatverdächtigen wohl vergessen. Die Wahrscheinlichkeit, dass er sich nach zweiundzwanzig Uhr des 7. Mai einen Geländewagen gemietet oder ausgeborgt hatte, um darin Erna Klingenschmied umzubringen, war nicht sehr groß, außerdem war der Täter mit seinem Opfer ja schon gegen zweiundzwanzig Uhr zum Tatort gefahren, wenn man den Aussagen des Zeugen Glauben schenkte, während Steiner nach übereinstimmender Aussage der beiden Ärzte kurz nach zweiundzwanzig Uhr noch zu Hause gewesen war.

Grumser hatte zwar das passende Fahrzeug und kein Alibi. Er hatte sich auch recht auffällig benommen. Hätte er aber die Absicht gehabt, Erna Klingenschmied umzubringen, um den Erbschaftsbetrug so leichter abstreiten zu können, so hätte es ja immer noch den geschädigten Karl Steiner und die beiden Zeuginnen aus Deutschland gegeben und er hätte damit rechnen müssen, dass Steiner die Gendarmerie einschalten und der Verdacht dann sofort auf ihn fallen würde. Grumser war also wohl immer noch verdächtig, verstärkt wurde dieser Verdacht durch die neuen Erkenntnisse aber sicher nicht. Natürlich konnte es auch andere Gründe für ihn gegeben haben, Erna umzubringen, und er konnte sie auch im Affekt umgebracht haben.

Die Auswertung der wenigen bisher gesicherten Spuren hatte kein für die weiteren Ermittlungen bedeutsames Ergebnis erbracht.

Die in Grumsers Pkw gefundenen Haare waren nicht von Erna Klingenschmied gewesen, die Blutspuren im Kofferraum stammten von Tieren, was bei einem passionierten Jäger nicht außergewöhnlich war. Auch die Reste aus seinem Grillkamin brachten die Ermittler nicht weiter und bestätigten seine Aussagen.

Es gab also vorerst kaum Anhaltspunkte für weitere Schritte gegen Grumser, wenn man die Erbschaftsgeschichte ausklammerte, für die Steinlechner und seine Mannen nicht zuständig waren.

Ohne dass es einer aussprach, waren sich alle einig, dass die Ermittlungen in der Mordsache Erna Klingenschmied an einem toten Punkt angelangt waren.

Allerdings waren sie bisher noch nicht dazu gekommen, die noch unbekannten Telefonnummern im Notizheft der Toten zu überprüfen. Außerdem würde Kofler beim zuständigen Mobilfunk-Anbieter alle verfügbaren Daten über den Telefonsprechverkehr vom Mobiltelefon der Ermordeten einholen.

Diese Ermittlungsschritte konnten aber bis zum kommenden Montag warten und es stand einem freien Wochenende nichts im Wege, falls nichts Unvorhersehbares geschah.

Brauer schaffte es dann aber auf seine Art, die gedämpfte Stimmung etwas aufzuheitern.

Er erzählte nämlich, was ihm Steiner bei der Einvernahme an Details über seine sexuellen Kontakte mit Erna Klingenschmied so nebenbei erzählt hatte und nicht in der Niederschrift aufschien.

Demnach war sie in ihrem Bestreben nach sexueller Betätigung sehr zielstrebig und fordernd gewesen. Bei den Treffen in Lokalen hatte sie schon am Tisch immer wieder ihre Hände zwischen seinen Oberschenkeln gehabt oder seiner Hand den Weg zwischen ihre Schenkel gewiesen. Auch im Auto hatte sie ständig Hand an ihn gelegt und ihn oral zu befriedigen versucht, während er sein Auto durch den Innsbrucker Stadtverkehr gesteuert hatte.

Im Bett hatte sie immer wieder versucht, seinen Kopf zwischen ihre Schenkel zu ziehen. Wenn er erschöpft eine Pause einlegen hatte wollen, hatte er sich mit letzter Kraft und nach Atem ringend aus der Umklammerung ihrer Schenkel befreien müssen.

Trotzdem waren die Begegnungen mit ihr für ihn sehr aufregend und befriedigend gewesen und er hatte sich mit ihr eine länger andauernde Beziehung sehr gut vorstellen können.

Nach diesen Erzählungen, die Brauer noch mit einigen ganz speziellen Details ergänzte, gingen die Ermittler auseinander und freuten sich auf ein freies Wochenende.

11

Diese frohe Erwartung hielt allerdings bei Steinlechner nicht lange an, obwohl er spürte, dass er nach den sieben Tagen ununterbrochener Ermittlungen eine Pause nötig hatte. Wie immer, wenn er bei einem seiner Fälle nicht so recht weiterkam, wusste er mit freien Tagen wenig anzufangen.

Auch wenn ständig von allen möglichen Experten empfohlen wurde, in der Freizeit abzuschalten und berufliche Probleme beiseitezuschieben, so war das leichter gesagt als getan, besonders für einen zielstrebigen und erfolgsorientierten Kriminalisten wie Roman Steinlechner.

An diesem Freitagabend saß er vor seinem Fernseher. Von den Abendnachrichten bekam er aber nicht viel mit, weil er nur mit einem Ohr zuhörte und in Gedanken immer noch das Gespräch fortsetzte, das er einige Stunden zuvor mit seinen Mitarbeitern geführt hatte. Obwohl er sicher sein konnte, dass es nicht so war, fragte er sich immer wieder, ob er nicht doch etwas Wesentliches vergessen, nicht beachtet oder außer Acht gelassen hatte.

Auch seine beiden Verdächtigen tauchten in seinen Überlegungen auf.

Für den einen empfand er inzwischen so etwas wie Sympathie. Wenn man berücksichtigte, was bisher bekannt war, kam er als Mörder wohl kaum noch infrage. Es gab auch kein handfestes Motiv, auch wenn er selbst Opfer eines Betrugs geworden war, an dem das spätere Opfer vor langer Zeit mitgewirkt hatte.

Ferdinand Grumser war ihm von Anfang an unsympathisch gewesen und dieser Eindruck hatte sich in den vergangenen Tagen ständig verstärkt. Ihm wollte er in den nächsten Tagen noch öfter auf den Zahn fühlen, er wusste nur noch nicht, wie und mit welcher Begründung.

Nicht einmal das Bier, das er sich zum Fernsehen wie gewohnt eingeschenkt hatte, wollte ihm so recht schmecken, und das war ein sehr schlechtes Zeichen.

Seine düstere Stimmung hellte sich dann aber schlagartig auf, als in einem Werbebeitrag eine schlanke, blonde Frau mit kurzen Haaren zu sehen war, die ihn an Elvira Rudig erinnerte.

Von der ersten Begegnung an hatte er sich zu ihr hingezogen gefühlt und die folgenden Kontakte gaben ihm Hoffnung, dass seine Sympathie auch erwidert wurde.

Morgen Abend wollte er sie in ihrem Café aufsuchen.

Während er noch darüber nachdachte, wie er seinen Besuch diesmal begründen konnte, fragte er sich, ob es notwendig war, bis morgen zu warten.

Zwanzig Minuten später begrüßte ihn Elvira Rudig in ihrem Lokal und es war nicht zu übersehen, dass sie sich über seinen Besuch freute. Sie ging mit ihm zu einem Tisch seitlich neben der Theke, an dem sie selbst zu sitzen pflegte, wenn nicht viel los war und sie Zeit dazu hatte.

Wie meistens am späteren Abend hatte sie auch heute nicht viele Gäste. Sie stellte Steinlechner das von ihm gewünschte Bier hin und schenkte sich selbst ein Glas Rotwein ein, mit dem sie sich zu ihm an den Tisch setzte.

„So spät noch im Dienst, Herr Chefinspektor?", fragte sie lächelnd und sah Steinlechner erwartungsvoll an.

Die Selbstsicherheit und Gelassenheit, mit denen Steinlechner bei seiner beruflichen Tätigkeit mit Menschen umging, ließen ihn in Situationen wie dieser oft im Stich. Heute war er aber gut vorbereitet und versuchte gar nicht, ihr einen dienstlichen Grund für seine nicht angekündigte Anwesenheit vorzugaukeln.

„Ich bin nicht mehr im Dienst, ich bin hier, weil ich nach einer harten Arbeitswoche ein Bier trinken und Ihnen ein wenig Gesellschaft leisten wollte. Außerdem gibt es in ganz Innsbruck kein Lokal, in dem mir das Bier auf derart sympathische Weise serviert wird."

„Woher wollen Sie das wissen? Sie haben bisher ja immer nur Kaffee getrunken", antwortete sie leicht verlegen.

Diesmal hatte er sie mit seiner Offenheit überrascht.

Seine Worte waren aber gut angekommen und er hatte nicht zu dick aufgetragen, obwohl er im Umgang mit Komplimenten nicht so geübt war wie sein Kollege Brauer.

Die folgenden Stunden saß Elvira fast durchgehend bei Steinlechner am Tisch. Im Lokal waren nur noch vier Gäste, zwei ältere Paare, die Karten spielten und die Wirtin nicht sehr oft in Anspruch nahmen.

Natürlich drehte sich das Gespräch der beiden zunächst wieder um den Mord und die Ermittlungen Steinlechners. Elvira stellte immer wieder Fragen, die Steinlechner aber nur sehr allgemein beantwortete. Das war nicht ganz einfach, weil Elvira mit Karin Klingenschmied gesprochen und dabei einiges erfahren hatte, was ihr Steinlechner freiwillig nicht erzählt hätte. Es blieb ihr nicht verborgen, dass er nicht über seine Ermittlungen sprechen wollte, und daher ging sie gerne darauf ein, als er zu anderen Gesprächsthemen überging.

So vergingen einige Stunden wie im Flug.

Elvira ließ Steinlechner nur einige Male kurz allein, wenn sie ihre anderen vier Gäste nach ihren Wünschen fragte oder den Raum für wenige Minuten verließ.

Als endlich auch die Kartenspieler gingen, sperrte sie zu und löschte die Außenbeleuchtung.

Steinlechner fragte scheinheilig, ob die Sperrstunde auch für ihn gelte.

„Sie können ruhig noch bleiben", sagte sie lächelnd, „ich möchte gerne noch ein Glas Wein unter Polizeischutz trinken", und stellte ein weiteres Bier und ein Glas Wein auf den Tisch.

Dabei kam sie neben ihm zu stehen, legte wie zufällig einen Arm um seine Schulter und hob ihr Glas mit den Worten: „Zum Wohl, Herr Chefinspektor."

Steinlechner stand auf und Elvira glaubte zunächst, dass er nun sein Glas in die Hand nehmen und mit ihr anstoßen werde. Er nahm aber nicht sein Bierglas in die Hand, sondern legte wortlos seine Arme um sie und zog sie an sich. Sie fand gerade noch Zeit, ihr Glas abzustellen, und ließ gerne geschehen, was sie sich schon seit Tagen gewünscht hatte.

Es wurde ein langer Kuss, und Steinlechner registrierte mit Freude, wie heftig sie ihren schlanken Körper an seinen presste und mit welcher Leidenschaft sie seinen Kuss erwiderte. Wenn er sich nicht sehr täuschte, würde er diese Nacht nicht allein in seiner Wohnung verbringen.

„War das jetzt eine Amtshandlung?", fragte sie lächelnd, als sie sich aus seinen Armen löste.

„Meine wichtigste seit Langem."

Während Elvira zu den Fenstern hinging und die Vorhänge vorzog, nahm Steinlechner einen tiefen Zug aus seinem Bierglas, den er sich, wie er glaubte, auch redlich verdient hatte.

„Du kannst dein Bier auch in meiner Wohnung austrinken, da ist es gemütlicher", sagte sie, als sie zum Tisch zurückkam.

Ohne seine Antwort abzuwarten, nahm sie beide Gläser, löschte das Licht im Lokal und ging vor ihm her in den oberen Stock des Hauses.

Steinlechner war überrascht, als er in dem geräumigen Wohnraum stand, der modern und mit viel Geschmack eingerichtet war. Im Zentrum stand eine gemütliche Sitzgarnitur vor einem großen Kaminofen mit Sichtfenster.

„Wo bleibt das Bärenfell?", dachte Steinlechner und grinste vor sich hin.

Er behielt diese Frage dann aber doch lieber für sich.

Der Wohnraum war aufgeräumt und das Feuer brannte wohl auch schon einige Zeit. Der Kriminalist in Steinlechner zog daraus natürlich sofort seine Schlüsse.

Er hatte Elvira also nicht überrumpelt. Sie hatte schon vorher geplant, den Abend mit ihm in ihrer Wohnung zu beschließen und ihre kurzen Abwesenheiten dazu genutzt, das Feuer im Kamin zu betreuen.

Er kam nicht mehr dazu, darüber nachzudenken, was sie für den Abend hoffentlich sonst noch alles geplant hatte, weil Elvira ihn aufforderte, vor dem Kamin neben ihr Platz zu nehmen.

Wenig später lagen beide nebeneinander auf dem breiten Sofa und Steinlechner fühlte sich unendlich wohl, als sich ihr Körper immer fordernder an den seinen drängte.

Diese Frau, die ihn von der ersten Begegnung an fasziniert hatte, begehrte ihn, wollte mit ihm die Nacht verbringen und er würde alles dafür tun, dass es nicht bei der einen Nacht blieb.

Es war Elvira, die damit begann, die Knöpfe an seinem Hemd und seinen Gürtel zu öffnen, und bald waren beide nackt. Als Steinlechner sie über sich ziehen wollte, entwand sie sich ihm mit den Worten: „In meinem Haus gibt es auch ein Schlafzimmer."

Nach dieser Aufforderung wollte er sie hochheben und in das nebenan gelegene Schlafzimmer tragen. Sie stand aber schnell auf und sagte mit einem spöttischen Lächeln: „Spar deine Kräfte, vielleicht brauchst du sie ja noch."

Steinlechner dachte daran, dass er in letzter Zeit mit seinen Kräften ohnehin sehr sparsam umgegangen war.

Wortlos legte sich Elvira auf ihr Bett und drängte sich sofort an ihn, als er sich neben sie gelegt hatte.

Er hielt sich für einen erfahrenen Liebhaber und war davon überzeugt, dass reife Frauen nichts mehr zu schätzen wussten als ein ausgiebiges Vorspiel. Diesmal gingen seine Bemühungen aber ins Leere. Elvira umklammerte ihn mit ihren muskulösen Armen, drehte sich mit ihm auf den Rücken und nahm ihn zwischen ihren Schenkeln auf.

Als er in sie eindrang, fühlte er sich wie der verlorene Sohn, der nach langen Irrwegen nach Hause zurückgekehrt ist und mit viel Freude empfangen wird.

Es wurde eine lange Nacht, in der beide einiges von dem nachholten, was sie in den letzten Monaten und Jahren versäumt hatten. Sie fanden aber auch Zeit für lange Gespräche, nur der Schlaf kam in dieser Nacht zu kurz.

Als dann gegen acht Uhr der Wecker auf Elviras Nachtkästchen läutete, riss er beide aus einem tiefen und traumlosen Schlaf, in den Steinlechner gerne wieder zurückgekehrt wäre.

Daraus wurde aber nichts.

Elvira drängte sich an ihn, er spürte ihre wachsende Erregung, und als sie ihn über sich zog, wusste er, was sie einige Stunden zuvor gemeint hatte, als sie sich nicht in das Schlafzimmer hatte tragen lassen.

Für das intime Frühstück zu zweit in Elviras Wohnung, auf das er sich gefreut hatte, blieb dann keine Zeit mehr. Elvira labte ihn aber mit einem großen Stück Sachertorte und einem doppelten Espresso, während sie ihre ersten Gäste bediente.

Gerne hätte er noch ein zweites Tortenstück gegessen, es war ihm aber doch peinlich, darum zu bitten. Elvira kam auch nicht auf die Idee, ihm noch ein Stück anzubieten. Sie wusste zwar inzwischen so manches über ihn, wie verfressen er war, hatte sie bisher aber noch nicht mitbekommen.

Sie selbst begnügte sich mit einem Kaffee, den sie zwischendurch trank, wenn sie Zeit fand, zu ihm an den Tisch zu kommen.

Es war nicht zu übersehen, dass einige der Stammgäste, die Elvira seit Jahren kannten, neugierig zu dem Unbekannten hinschauten, der so selbstverständlich an ihrem Tisch saß und mit ihr plauderte. Elvira schien das nicht zu stören, vielleicht bemerkte sie es auch gar nicht, Steinlechner aber fühlte sich nicht mehr so recht wohl in seiner Haut und brach bald danach auf.

Weil in Elviras Café an diesem Abend eine Geburtstagsfeier geplant war, waren sie übereingekommen, sich erst am folgenden Abend wiederzusehen.

Vor seiner Wohnung angekommen, stellte Steinlechner sein Auto ab und ging zu seinem Stammlokal, wo er sich zur Feier des Tages schon am Vormittag zwei Biere gönnte und sich dann noch bei einem ausgiebigen Mittagessen von den sehr angenehmen Strapazen der letzten Nacht erholte.

Obwohl er nicht viel geschlafen hatte, fühlte er sich erstaunlich munter und fuhr nach dem Essen zu seiner Dienststelle. Die wenigen Beamten, die an diesem Samstag im Dienst waren, wunderten sich nicht über das Eintreffen Steinlechners. Es gehörte zu seinen Gewohnheiten, dass er auch an freien Tagen, wenn er nichts Besonderes vorhatte, auf der Dienststelle auftauchte und sich einige Zeit in seinem Büro aufhielt. Nach einem kurzen Gespräch auf dem Gang mit zwei Kollegen ging er in sein Büro und vertiefte sich in den Aktenordner, in dem alle Ergebnisse der Ermittlungen im Mordfall Erna Klingenschmied gesammelt waren.

Seine Gedanken schweiften aber immer wieder ab zu den Erlebnissen der vergangenen Nacht und zu der Frau, mit der er die Nacht verbracht hatte. Er bedauerte schon jetzt, dass er sie an diesem Abend nicht sehen konnte, und freute sich umso mehr auf den Sonntag und die folgende Nacht, die er mit ihr gemeinsam zu verbringen hoffte.

Er stellte sich auch die Frage, ob aus der Bekanntschaft mit Elvira eine längere oder sogar dauerhafte Beziehung werden konnte. Er konnte sich das jedenfalls schon jetzt sehr gut vorstellen, obwohl er im Grunde noch sehr wenig über sie wusste.

Aus diesen Gedanken wurde er gerissen, als es an die Tür klopfte und Kofler in sein Büro kam. Er war nach einem Einbruch in der vergangenen Nacht zu einem Tatort gerufen worden und hatte seinen Einsatz gerade beendet. Als er Steinlechners Auto gesehen hatte, hatte er gewusst, wo er ihn antreffen würde.

Auch Kofler machte sich Gedanken darüber, dass sie bei den Ermittlungen zum Mordfall Klingenschmied an einem toten Punkt angelangt waren. Dabei fiel ihm dann auf, dass Steinlechner trotz ihres nicht gerade erfreulichen Gesprächsthemas erstaunlich locker und gut gelaunt war.

Als der so nebenbei erwähnte, dass ein Gespräch mit Elvira Rudig auch keine neuen Erkenntnisse gebracht hatte, glaubte Kofler dann doch zu wissen, wo die Gründe für die ungewöhnlich gute Laune seines Kollegen zu suchen waren.

Steinlechner blieb dann nicht mehr lange in seinem Büro. Er wollte noch einige Einkäufe erledigen, weil sich in seinem Kühlschrank kaum noch genießbare Lebensmittel und nur noch eine allerletzte Dose Bier befanden. Er musste dann zweimal gehen, als er nach einem Zwischenstopp in seinem Stammlokal seine Einkäufe in die Wohnung brachte. Jedenfalls hatte er jetzt wieder einen ordentlichen Biervorrat gelagert. Den verringerte er dann aber deutlich, als er sich über den Abend ohne Elvira hinwegtröstete.

Den folgenden Sonntag verbrachte er wegen des schlechten Wetters in seiner Wohnung. Zum ersten Mal nach längerer Zeit kochte er sich wieder einmal selbst ein Mittagessen, das ihm allerdings nicht besonders gut gelang. Den Nachmittag verbrachte er dann mit diversen Hausarbeiten, die er als Single selbst bewältigen musste, seit ihn seine Lebensgefährtin verlassen hatte.

Früher als geplant fuhr er dann am Abend nach Zirl und verbrachte die Zeit bis zur Sperrstunde bei Elvira im Café. Diesmal hatte sie aber mehr Gäste als zwei Tage zuvor und konnte nicht so viel Zeit bei ihm am Tisch verbringen. Er war daher froh, als dann endlich der letzte Gast gegangen war.

Wie selbstverständlich gingen sie in den oberen Stock. Nach einem Glas Wein im Wohnzimmer, wo an diesem Abend kein Feuer im Kamin brannte, lagen beide in Elviras breitem Bett. Steinlechner hatte gerade noch Zeit, ihr zu sagen, wie froh er darüber war, dass er sie gefunden hatte, und wie sehr sie ihm in der letzten Nacht gefehlt hatte, ehe sie sich an ihn drängte und ihm auch diesmal keine Zeit für ein längeres Vorgeplänkel ließ.

12

Die letzte Nacht war für Steinlechner nicht mehr ganz so stürmisch verlaufen wie seine erste Nacht mit Elvira. Sie hatte allerdings zwei lange Arbeitstage mit vielen Gästen hinter sich und die Nacht davor war auch nicht gerade erholsam gewesen. Als sich dann um sechs Uhr der Radiowecker einschaltete, war sie wieder recht gut erholt und Steinlechner ließ sich gerne dazu überreden, noch eine halbe Stunde in ihren Armen zu verbringen.

Auf die morgendliche Rasur in seiner Wohnung musste er dann zwar verzichten; ein guter Tausch, zumal er es mit dem Rasieren ohnehin nicht sehr genau nahm.

Nach diesem Wochenende, an dem sich in Steinlechners Privatleben einiges geändert hatte, saß er am Montag pünktlich in seinem Büro und bereitete sich auf den Tag vor. Seine Mitarbeiter wunderten sich über seine gute Laune, die so gar nicht zum Stand der Ermittlungen passte. Auch die Fragen des Abteilungsleiters bei der Frühbesprechung, auf die er an anderen Tagen oft recht ungehalten reagiert hatte, konnten ihn nicht aus der Ruhe bringen. Er beantwortete sie emotionslos und ließ auch keinen Zweifel daran, dass sie bei den Ermittlungen zum Tod der Erna Klingenschmied noch nicht entscheidend weitergekommen waren.

Die Besprechung mit Kofler, Brauer und Gapp ergab nicht viel Neues. Immerhin hatte Kofler schon am Samstag die Inhaber der noch nicht überprüften Telefonnummern aus dem Notizbuch der Ermordeten eruiert und konnte jetzt darüber berichten.

Die Festnetznummer gehörte zu einem Herrn Franz Gerber und einer Frau Maria Gerber, beide an derselben Adresse in Bregenz wohnhaft. Kofler hatte mit ihnen noch keinen Kontakt aufgenommen.

Den Besitzer der Handynummer hatte Kofler auf dem üblichen Weg nicht feststellen können, weil es sich um ein nicht registriertes Handy handelte. Deshalb hatte er einfach die Nummer angerufen und es hatte sich ein Mann unter dem Namen Carlo gemeldet. Trotz seines italienisch klingenden Namens hatte er Wiener Dialekt gesprochen und zunächst nicht einsehen wollen, dass er Namen und Adresse bekanntgeben sollte. Kofler hatte ihm dann seine dienstliche Telefonnummer gegeben und ihm gesagt, dass er sich im Telefonbuch davon überzeugen könne, dass es sich um die Nummer der Kriminalabteilung des Landesgendarmeriekommandos für Tirol handelte. Mit dem Hinweis darauf, dass es noch andere Möglichkeiten gab, den Besitzer einer Handynummer festzustellen, hatte er einen weiteren Anruf nach einer halben Stunde angekündigt. Es hatte dann aber keine zehn Minuten gedauert, bis sich der Unbekannte wieder meldete.

Er hieß Roland Schleiner, Carlo war sein Künstlername und er hatte auch sofort gewusst, warum die Polizei mit ihm Kontakt aufnahm.

Schleiner lebte in Salzburg und hatte von sich aus erzählt, dass er für eine Salzburger Begleitagentur arbeitete und dabei Erna Klingenschmied kennengelernt hatte.

Kofler hatte nicht weiter gefragt, sondern angekündigt, dass ein Kollege sich bei Schleiner melden und ihm weitere Fragen stellen würde. Kofler erklärte seinen Kollegen dann, dass er am Vormittag noch den Antrag auf Rufdatenrückerfassung für das Handy der Ermordeten stellen und sich dann anderen Aufgaben zuwenden werde.

Brauer und Gapp hatten nicht viel zu berichten. Die Befragung der letzten beiden Damen aus der ehemaligen Saunarunde der Erna Klingenschmied und die Überprüfung der noch unbearbeiteten Hinweise aus der Bevölkerung hatten nichts Neues ergeben.

Es gab also nicht viel Arbeit zu verteilen.

Steinlechner und Brauer wollten sich mit dem Vorarlberger Ehepaar und „Carlo" beschäftigen. Weil Brauer als Experte für derlei Dinge vermutete, dass Schleiner seinen beruflichen Verpflichtungen meistens in der Nacht nachkam und daher vermutlich noch in seinem oder einem fremden Bett lag, wählte Steinlechner zuerst die Festnetznummer in Vorarlberg.

Von Frau Gerber erfuhr er, dass sie gemeinsam mit ihrem Mann Erna Klingenschmied im Vorjahr auf einer Fahrt mit dem Schiff von Bregenz zur Insel Mainau kennengelernt hatte. Sie hatten sich gut verstanden, auf der langen Fahrt geplaudert und auch einige Achtel Wein zusammen getrunken. Am Ende der Reise hatte Erna Klingenschmied sich dann die Telefonnummer der Gerbers notiert und angekündigt, dass sie sich vor ihrem nächsten Besuch in Vorarlberg bei ihnen melden werde.

Dazu war es aber bisher nicht gekommen.

Frau Gerber und ihr Mann hatten aus den Medien erfahren, was ihrer Bekannten zugestoßen war, und zeigten sich nicht überrascht darüber, dass sie befragt wurden.

Nach mehreren vergeblichen Anrufen erreichte Steinlechner kurz vor Mittag dann auch „Carlo", der ihm zunächst bereitwillig seine Fragen beantwortete. Auch er hatte schon vom gewaltsamen Tod der Erna Klingenschmied aus den Medien erfahren und hatte schon erwartet, dass die Polizei einige Fragen an ihn haben würde.

Er hatte Erna Klingenschmied vor etwa einem halben Jahr als „Kundin" über die Begleitagentur, für die er arbeitete, kennengelernt. Nach dieser ersten Begegnung hatte sie sich seine Telefonnummer geben lassen und ihn dann ohne Einschaltung der Begleitagentur noch zweimal telefonisch „gebucht". Sie war beide Male mit dem Zug nach Salzburg gefahren und hatte die ganze Nacht mit ihm in ihrem Hotelzimmer verbracht.

Als Steinlechner wissen wollte, was sie pro Nacht bezahlt hatte, wollte „Carlo" zunächst keine Auskunft geben. Nachdem ihm aber versichert wurde, dass die Agentur nichts darüber erfahren werde, sagte er Steinlechner, dass Erna Klingenschmied sich die beiden Nächte jeweils vierhundert Euro hatte kosten lassen. Die erste Nacht hatte sie über die Agentur abgerechnet und vermutlich deutlich mehr bezahlt.

Die Frage nach seiner letzten Begegnung mit Erna Klingenschmied konnte Schleiner leicht beantworten, weil er als, wie er selbst meinte, gewissenhafter „Geschäftsmann" über seine Einsätze genau Buch führte. Erstmals hatte er sie über Vermittlung seiner Agentur am 27. Dezember 2003, einem Samstag, auf dem Salzburger Bahnhof getroffen. Nach einem gemeinsamen Abendessen hatte sie ihm dann erklärt, dass sie auf einen Theaterbesuch oder ähnliches keinen Wert legte, sondern die Nacht mit ihm gemeinsam in ihrem Hotelzimmer zu verbringen gedachte. So war es dann auch geschehen.

Am nächsten Morgen hatte sie ihm zu verstehen gegeben, dass sie zwar bereit war für seine Leistungen zu zahlen, aber nicht auch noch die Kosten der Agentur tragen wollte. Bei weiteren Begegnungen würde sie nur noch ihn bezahlen und nicht mehr bei der Agentur anrufen. Er war damit einverstanden gewesen, nachdem sie ihm versichert hatte, dass die Agentur nichts davon erfahren werde.

Deshalb hatte sie ihn für die beiden weiteren Begegnungen direkt buchen können. Diese hatten am 24. Jänner 2004, wiederum einem Samstag, und am Sonntag, den 21. März 2004, stattgefunden. Auch diese beiden Nächte hatten sie im selben Hotel verbracht und sie hatte jeweils vierhundert Euro für Carlos Dienste bezahlt.

Für die Tatzeit hatte Schleiner ein Alibi.

Nach einem, wie er sagte, arbeitsreichen Winter hatte er sich einen zweiwöchigen Urlaub auf Teneriffa gegönnt. Er war am 26. April von Salzburg aus nach Teneriffa geflogen und in der Nacht zum 11. Mai nach Salzburg zurückgekehrt.

Schleiner erklärte sich bereit, die Bordkarten, die er sich nach jedem Urlaubsflug aufbewahrte und in sein Fotoalbum klebte, als Beweis zur Verfügung zu stellen. Steinlechner verzichtete aber darauf und ließ sich den Namen des Reisebüros geben, weil er die Angaben Schleiners auf diese Weise überprüfen wollte. Als Steinlechner ihn abschließend fragte, welche speziellen Vorlieben seine „Kundin" gehabt habe, wollte Schleiner nicht mit der Sprache herausrücken.

Steinlechner erklärte ihm, dass genau das bei seinen weiteren Ermittlungen eine Rolle spielte, was zwar nicht unbedingt stimmte, bei seinem Gesprächspartner aber doch wirkte. Er redete noch ein wenig um den Brei herum, bis endlich klar war, dass Erna eine besondere Vorliebe für Oralsex gehabt hatte und Carlo seine Dienstleistungen vorwiegend mit dem Kopf zwischen ihren imposanten Oberschenkeln hatte erbringen müssen.

Nach diesen nicht ganz neuen Erkenntnissen wollte Steinlechner das Telefonat mit Schleiner beenden, als dieser sagte: „Ich weiß nicht, ob es wichtig ist, aber bei ihrem Besuch am 24. Jänner hatte Erna eine Freundin mit. Für die habe ich dann am Abend vom Hotel aus noch einen Kollegen anrufen müssen, der sie dann betreut hat."

Steinlechner ahnte schon, was er nun zu hören bekommen würde, als er nach dem Namen der Freundin fragte, und drehte sich zur Seite, damit die Kollegen nicht mithören konnten, was Schleiner sagte.

„An ihr Aussehen kann ich mich nicht mehr erinnern, weil ich sie nur kurz gesehen habe, ich habe aber ihren Vornamen notiert, sie nannte sich Elvira."

Obwohl er damit gerechnet hatte, brachte Steinlechner diese Nachricht kurz aus der Fassung. Er war froh, dass Brauer schon vorher sein Büro verlassen hatte. Gapp hatte offensichtlich nichts mitbekommen.

Steinlechner informierte ihn über das, was er soeben erfahren hatte, ohne die Sache mit Elvira zu erwähnen, und ersuchte ihn, die Angaben Schleiners über seinen Urlaubsflug beim Reisebüro zu überprüfen. Schon nach wenigen Minuten kam Gapp mit dem Ergebnis zurück. Das Reisebüro hatte ihm bereitwillig Auskunft gegeben und die Angaben Carlos bestätigt.

Steinlechner ging dann noch zu Kofler, weil er die weiteren Schritte mit ihm besprechen wollte. Dabei kamen sie auch auf die geplante Rufdatenrückerfassung zu sprechen und Steinlechner machte keinen Hehl daraus, dass er sich davon nicht viel erwartete.

Seine Gespräche mit Elvira Rudig hatten neben viel Privatem doch auch seine Ermittlungen im aktuellen Fall zum Inhalt gehabt. So hatte er an seinen beiden Abenden mit ihr auch einiges über die eigenwilligen Telefongewohnheiten der Ermordeten erfahren.

Aus Angst davor, abgehört oder überwacht zu werden, hatte Erna Klingenschmied ihr Handy nur ungern benützt. Wann immer sie in der Nähe eines Festnetztelefons oder einer Telefonzelle war, hatte sie auf ihr Handy verzichtet. Auch bei ihren Aufenthalten in Elviras Café hatte sie deren Festnetztelefon benützt und dafür auch immer bezahlt. Sie hatte ihre Handynummer auch nur an ihre Tochter und Elvira weitergegeben und veranlasst, dass bei Telefonaten mit ihrem Handy ihre Nummer unterdrückt wurde.

Weder ihre beste Freundin Elvira noch ihre Tochter hatten ihr diese Bedenken gegen die Verwendung des Mobiltelefons ausreden können, obwohl sie öfter mit ihr darüber gesprochen hatten.

Es war daher anzunehmen, dass Erna Klingenschmied aus ihrer Sicht heikle Telefonate nicht mit dem Mobiltelefon geführt hatte und insbesondere keine für die weiteren Ermittlungen bedeutsamen Anrufe auf ihrem Handy eingegangen waren. Die beiden Ermittler waren sich aber einig, dass diese Überprüfungen trotzdem gemacht werden mussten, auch wenn die Erfolgsaussichten denkbar gering waren. Sie kamen daher überein, damit noch etwas zu warten.

Als die beiden gerade zum Mittagessen aufbrechen wollten, kam Brauer zu ihnen ins Büro und teilte Steinlechner mit, dass er einen Anruf von einer Auskunftsperson erhalten hatte. Es ging dabei um einen Vorfall vor einigen Wochen. Ein Zusammenhang mit dem Mord an Erna Klingenschmied war nicht auszuschließen. Näheres hatte Brauer noch nicht erfahren. Das wollte er bei einem Treffen am Nachmittag nachholen.

„Ist deine Auskunftsperson eventuell weiblichen Geschlechts?", fragte Steinlechner grinsend.

„Ja, aber sie wohnt nicht in Zirl und du musst dir also keine Sorgen machen", gab Brauer zurück und ging zur Tür. Mit einem Anflug von Verärgerung rief ihm Steinlechner noch nach: „Komm ja nicht ohne ausführlichen Aktenvermerk zurück!"

Beim Mittagessen wirkte Steinlechner an diesem Tag abwesend und unkonzentriert.

Elvira war also mit ihrer Freundin Erna Klingenschmied nach Salzburg gefahren und hatte sich für mehrere Hundert Euro einen Liebhaber für eine Nacht gekauft. Die Frau, die ihn von der ersten Begegnung an fasziniert hatte, in die er sich verliebt und mit der er zwei Liebesnächte verbracht hatte. Die Frau, mit der er sich eine dauerhafte Beziehung sehr gut vorstellen konnte.

Warum hatte sie ihm das nicht erzählt?

Welche Erlebnisse hatte sie noch mit Erna Klingenschmied geteilt? Was würde bei seinen Ermittlungen noch ans Tageslicht kommen?

Diese Fragen beschäftigten ihn so sehr, dass er ganz gegen seine sonstige Gewohnheit einen Teil seines Essens stehen ließ.

Eine halbe Stunde später war er auf dem Weg nach Zirl. Er wollte sofort mit Elvira sprechen, er wollte Antworten auf seine Fragen.

Auf der Fahrt sah er die Dinge dann schon wieder etwas anders. Er hatte ja in jungen Jahren die Dienste von Prostituierten schließlich auch manchmal in Anspruch genommen und ein Besuch am späten Abend in jenem Haus in der Nähe des Innsbrucker Hauptbahnhofes war noch gar nicht so lange her.

Elvira war eine leidenschaftliche Frau in den besten Jahren. Was war schon dabei, und was ging es ihn an?

Andererseits hatte sie ihm Informationen vorenthalten, die für seine Ermittlungen bedeutsam sein konnten. Es ging immerhin um Mord und im Extremfall hätten sie zum Täter führen können.

Elvira hatte befürchtet, dass diese Geschichte sie noch einholen würde.

Sie wusste, dass eine der Telefonnummern in Ernas Notizbuch die von Carlo war, und sie konnte sich ausrechnen, dass Steinlechner ihn ausfindig machen und befragen würde. Dass ihre Hoffnung, Carlo würde nur über seine Erlebnisse mit Erna sprechen und die Freundin, die bei einem Treffen mit von der Partie gewesen war, nicht erwähnen, sich nicht erfüllt hatte, wusste Elvira, als ihr Steinlechner nach einer recht unpersönlichen Begrüßung mit einer sehr „amtlichen" Miene gegenübersaß. Ihre Unsicherheit, die fragenden Blicke und die nicht zu übersehende Nervosität, während er sie mit undurchdringlicher Miene musterte, stimmten ihn sofort milde und er hätte sie lieber in die Arme genommen, als ihr peinliche Fragen zu stellen.

„Du weißt es also und bist jetzt sauer?"

„Ich bin nicht sauer, weil du einem Typen mehrere Hundert Euro bezahlt hast, damit er eine Nacht mit dir verbringt, ich bin sauer, weil du mir wichtige Informationen vorenthalten hast. Es geht hier nicht um dein Liebesleben, es geht um einen brutalen Mord und das Opfer war immerhin deine Freundin."

„Ich habe mir das nicht leicht gemacht, das kannst du mir glauben. Bei deinen ersten Besuchen hast du diesen eingebildeten Trottel mitgehabt, der ständig versucht hat, mit mir zu flirten. Ich hätte mir eher die Zunge abgebissen, als vor ihm über diese Sache zu reden. Dann bist du allein gekommen und ich konnte erst recht nicht mehr darüber reden. Ich denke, du weißt, warum. Außerdem habe ich gewusst, dass du ihr Notizbuch hast und dass dort die Telefonnummer ihres Bekannten eingetragen ist. Ich habe mir also ausrechnen können, dass du auch ohne mich auf ihn kommst.

Ich habe vorher niemals für Sex bezahlt und ich habe es auch bei dieser blöden Fahrt nach Salzburg, zu der Erna mich überredet hat, nicht vorgehabt. Wir haben dann aber ziemlich viel getrunken und Erna hat dann die Idee gehabt, auch für mich einen Typen in das Hotel zu bestellen. Er war nicht unsympathisch und hat einen knackigen Arsch gehabt und so ist es dann halt passiert.

Auch wenn du jetzt eine schlechte Meinung von mir hast und nichts mehr mit mir zu tun haben willst, bin ich froh, dass du es weißt, weil mich diese Geschichte in den letzten Tagen sehr belastet hat."

„Ich habe deswegen keine schlechte Meinung von dir und los wirst du mich wegen dieser Geschichte auch nicht. Aber ich erwarte von dir, dass du mir sofort bestätigst, dass ich auch einen knackigen Arsch habe."

Jetzt mussten beide lachen und Steinlechner hätte Elvira gerne in die Arme genommen. Es waren aber einige Gäste im Lokal und so begnügte er sich mit einem festen Händedruck, während sie Form und Festigkeit seines Hinterteils in den höchsten Tönen lobte.

13

Hildegard Brunner arbeitete halbtags in einem Supermarkt an der Kasse. Damit war sie versichert und erwarb sich außerdem einen bescheidenen Pensionsanspruch für ihre „alten Tage".

Nebenbei war sie seit zehn Jahren als Geheimprostituierte tätig. Ihr diskretes und vorsichtiges Vorgehen und der Umstand, dass sie ihrem Gewerbe fast ausschließlich außerhalb der Landeshauptstadt nachging, hatten dazu geführt, dass sie für die in diesem Bereich zuständigen Beamten der Innsbrucker Kripo ein „unbeschriebenes Blatt" geblieben war. Sie war nie von der Polizei behelligt worden und daher auch nie mit dem Gesetz in Konflikt geraten.

Sie wohnte in Innsbruck gemeinsam mit ihrer fast achtzigjährigen Mutter in einer kleinen Eigentumswohnung, in der sie nicht nur aus Rücksicht auf ihre Mutter niemals Freier empfing, selbst dann nicht, wenn sie einmal ausnahmsweise in Innsbruck tätig war.

Weil ihre Tarife nicht überhalten und ihre Leistungen für die Kunden mehr als zufriedenstellend waren, hatte sie im Laufe der Jahre eine stattliche Zahl von „Stammkunden" gewonnen, von denen ihr allerdings auch immer wieder einige wegstarben, weil sie sich speziell um das Wohlergehen von Männern in mittlerem und fortgeschrittenem Alter kümmerte.

Neue Kunden gewann sie hauptsächlich durch Mundpropaganda und sie zeigte sich ihren alten Stammkunden gegenüber auch oft mit einer „Gratisbehandlung" erkenntlich, wenn sie erfolgreich für sie Werbung gemacht hatten.

Fallweise schaltete sie auch Inserate in den diversen Bezirkszeitungen, wenn sie nicht ausgelastet war. Dabei bot sie natürlich nur „sinnliche Massagen für Herren jeden Alters" an und war bereit, sich gegen einen entsprechenden Aufpreis in jedem beliebigen Ort Tirols mit ihren Kunden zu treffen.

Je nach Wunsch des Freiers kam sie in dessen Haus oder Wohnung, fallweise auch in ein Hotel oder eine Pension, wobei sie bei ihren „Neuzugängen" ganz besondere Vorsichtsmaßnahmen traf. Immerhin hatte sie schon mehr als einmal davon gehört, dass ein angeblicher Freier statt der Brieftasche einen Dienstausweis gezückt hatte. Ein Fernsehbericht über Prostitution in Deutschland, in dem zu sehen war, wie Freier in Wohnmobilen bedient wurden, hatte sie schon vor längerer Zeit auf die Idee gebracht, ihre Dienste auch in einem Fahrzeug anzubieten.

Zunächst kaufte sie sich einen großen, siebensitzigen Pkw, der sich aber bald für ihre nicht mehr so gelenkigen Kunden als unbequem herausstellte. Daher leistete sie sich ein kleineres Wohnmobil, das von ihren Freiern sehr gut angenommen und schon nach wenigen Monaten zu ihrem hauptsächlichen Arbeitsplatz geworden war. Um nicht aufzufallen, stellte sie dieses Fahrzeug bei einem Bauern in der Umgebung von Innsbruck in einer unbenutzten Scheune ein und fuhr jeweils mit ihrem unscheinbaren Pkw dorthin und von dort wieder nach Innsbruck zurück. Den Bauern kannte sie schon seit ihrer Kindheit, ihre Eltern waren mit ihm befreundet gewesen. Er war schon längere Zeit verwitwet und nicht mehr der Jüngste, aber immer noch rüstig genug, dass sie die Miete in „Naturalien" bezahlen konnte.

Hildegard Brunner war 36 Jahre alt und seit mehr als zehn Jahren im Geschäft. Sie hatte sehr jung geheiratet und im Alter von 24 Jahren die Scheidung eingereicht.

Danach war sie wieder in die Wohnung ihrer Mutter eingezogen. Nach mehreren vergeblichen Versuchen auf dem Arbeitsmarkt hatte sie sich mit dem schlecht bezahlten Halbtagsjob im Supermarkt zufriedengegeben und war unter dem Einfluss einer Bekannten auf die Idee gekommen, als Masseurin zu arbeiten. Als Vorbereitung auf ihren Nebenberuf hatte sie auch einen Massagekurs absolviert.

Aus Massagen waren dann bald Erotikmassagen und schließlich Prostitution geworden, allerdings sehr vorsichtig und unaufdringlich und ohne Zutun eines Zuhälters.

Weil zu ihrer Zielgruppe vorwiegend Herren mittleren Alters und Senioren gehörten, bei denen nicht selten das Können mit dem Wollen nicht mehr so recht im Einklang stand, blieb es oft tatsächlich nur bei erotischen Massagen, die sie mit den optischen Reizen ihres sinnlichen, vollschlanken Körpers aufbesserte.

Damit solchen Kunden die Schmach ihrer Impotenz gelindert wurde, gestattete sie auch Berührungen und Handlungen, die sonst von Prostituierten zumindest zum Normaltarif nicht geduldet wurden.

Ein weiterer Unterschied zu den meisten ihrer Berufskolleginnen bestand darin, dass ihre Kunden sie oft auch in echter sexueller Erregung erleben durften, weil sie dann, wenn ihr danach war, auch gewillt war, das Angenehme mit dem Nützlichen zu verbinden.

Einen fixen Partner hatte sie seit ihrer Scheidung nicht mehr gehabt und es gab in ihrem Bekanntenkreis auch nur wenige, die wussten oder ahnten, wie sie den Großteil ihres Geldes verdiente.

Einer davon war der Kriminalbeamte Werner Brauer. Er hatte sie vor etwa vier Jahren kennengelernt, als er sie als Zeugin nach einem Verkehrsunfall mit Fahrerflucht befragt hatte. Ihre Aussage hatte ihn zwar nicht weitergebracht, es war ihm aber gelungen, sich mit ihr für den nächsten Tag zu verabreden und die folgende Nacht mit ihr zu verbringen.

Sie hatte auch in diesem Fall das Angenehme mit dem Nützlichen verbunden, weil es bei ihrer Tätigkeit sicherlich hilfreich sein konnte, einen Kriminalbeamten als guten Bekannten zu haben und dafür mit ihm ab und zu ins Bett zu gehen.

Natürlich hatte sie ihm nicht am ersten Abend gesagt, wie sie ihren Lebensunterhalt verdiente. Erst nach einigen weiteren Begegnungen hatte sich zwischen ihr und Brauer ein Vertrauensverhältnis entwickelt und sie hatte einige Andeutungen gemacht, die Brauer richtig zu deuten gewusst hatte. Später hatten sie dann ganz offen über alles gesprochen. Brauer hatte sich mit einer Geheimprostituierten eingelassen, was ihn aber nicht störte und auch nicht zum ersten Mal geschehen war.

In den folgenden Jahren hatte er ihr mehrmals kleine, allerdings nicht illegale Gefälligkeiten erwiesen und im Gegenzug von ihr die eine oder andere Information erhalten.

Ab und zu hatte es auch weiterhin intime Begegnungen gegeben, für die er als Freund des Hauses nichts bezahlen musste. Sie waren aber immer seltener geworden, weil Brauer die Abwechslung liebte und längst nach neuen Abenteuern Ausschau hielt. Brauer war daher überrascht, als er am Vormittag von ihr angerufen wurde. Sie sagte ihm nur, dass sie die Berichte in den Zeitungen und im ORF über den Mordfall Klingenschmied verfolgt hatte und dazu einen Hinweis geben könnte.

Sie vereinbarten für vierzehn Uhr ein Treffen in ihrer Wohnung, wo sie ungestört sein würden, weil ihre Mutter nicht im Haus war.

Als ihm Hildegard Brunner die Tür öffnete und er sie mit einer flüchtigen Umarmung begrüßte, merkte Brauer, dass sie sehr angespannt und nervös war. Sie war weniger sorgfältig geschminkt als üblich und in Jeans und Pullover, aber mit ihren üppigen Formen immer noch verführerisch genug, um Brauer auf andere Gedanken zu bringen.

Als er ihr ein Kompliment machen wollte, unterbrach sie ihn sofort und kam auf den Grund ihres Anrufes zu sprechen.

Brauer versprach ihr, ihre Informationen wie immer vertraulich zu behandeln. Sie war damit einverstanden, dass er sich Notizen machte und diese später zu einem Aktenvermerk verarbeitete, sie war aber nicht bereit, diesen zu unterschreiben. Brauer musste ihr auch versprechen, dass ihr Name nicht in dem Bericht vorkommen und auch später unter keinen Umständen preisgegeben werden durfte.

Er erklärte sich mit allem einverstanden und versicherte ihr, dass sie sich wie immer auf ihn verlassen könne, wenngleich er wusste, dass er damit Probleme bekommen konnte, wenn ihre Aussage in einem Gerichtsverfahren notwendig sein sollte.

Was Brauer in den folgenden neunzig Minuten erzählt bekam, klang sehr interessant. Ein Zusammenhang mit dem Mord an Erna Klingenschmied war nicht von der Hand zu weisen.

Brauer unterbrach daher den Redefluss seiner Bekannten immer wieder, wenn er auf etwas genauer eingehen wollte, und machte sich sehr ausführliche Notizen, aus denen er in seinem

Büro wegen der Bedeutung dieser Informationen eine Niederschrift, allerdings ohne Personaldaten und Unterschrift der Zeugin, verfassen wollte. An deren Stelle würde er lediglich das Wort „anonym" einsetzen.

Als Brauer zwei Stunden später auf dem Weg in sein Büro war, begegnete ihm Kofler, der ihm sagte, dass Steinlechner außer Haus war und am späteren Nachmittag nochmals auf die Dienststelle kommen wollte. Brauer war das sehr recht. So konnte er zuerst in Ruhe seine handschriftlichen Notizen zu Papier bringen, ehe er Steinlechner und den anderen Rede und Antwort stehen musste.

Als er sich an seinen Schreibtisch setzte, war ihm klar, dass sein Bericht jedenfalls umfangreiche Ermittlungen nach sich ziehen würde. Diese konnten sie zum Mörder der Erna Klingenschmied führen, sie konnten aber auch in einer Sackgasse enden. In einigen Tagen würden sie mehr wissen.

Nach seiner Rückkehr fand Steinlechner auf seinem Schreibtisch ein mehrseitiges Schriftstück vor. Brauer kam mit einem Becher Kaffee ins Büro und setzte sich ihm gegenüber, ohne ein Wort zu sagen, weil sein Chef gerade begonnen hatte, den Aktenvermerk zu lesen.

„Ich bin gelernte Heilmasseurin und biete über Inserate in einigen Zeitungen Erotikmassagen an. Weil ich normalerweise nur Männer in fortgeschrittenem Alter als Kunden akzeptiere, bleibt es in vielen Fällen tatsächlich bei sinnlichen Massagen. Deshalb sehe ich mich in erster Linie als Masseuse und nicht als Geheimprostituierte und bin auch noch nie vor der Exekutive wegen meiner Tätigkeit beanstandet worden. Meine Aussage mache ich anonym, weil ich für meine Tätigkeit keine Gewerbeberechtigung habe und auch nicht in den Verdacht der Geheimprostitution geraten möchte.

Weil unter meinen Kunden viele ältere Personen sind, biete ich meine Dienste mobil an. Ich besuche meine Kunden auf Wunsch in ihren Wohnungen oder in anderen Unterkünften.

Wenn das nicht möglich ist, massiere ich auch in einem Wohnmobil, das ich für meine Tätigkeit ausgerüstet habe.

Am 17. April dieses Jahres, einem Samstag, erhielt ich am Vormittag einen Anruf. Der Anrufer bezog sich auf ein von mir geschaltetes Inserat und wollte meine Dienste in Anspruch nehmen. Auf meine Frage nach seinem Alter sagte er nur, dass er nicht mehr der Jüngste sei. Er wünschte sich eine Erotikmassage, sagte das aber mit einem gewissen Unterton, sodass ich mich darauf einstellte, dass er mit einer Massage allein nicht zufrieden sein würde. Er wollte dann noch wissen, wie ich aussehe. Dabei schien es ihm besonders um meine Figur zu gehen und er war zufrieden, als ich ihm sagte, dass ich mit sinnlichen Rundungen ausgestattet bin und große Brüste vorzuweisen habe. Er akzeptierte den Preis von siebzig Euro für eine Stunde sofort und wir verabredeten uns für den Abend desselben Tages.

Er wollte mich weder in seiner Wohnung noch in einem Hotel haben. Ich sollte ihn in seinem Auto massieren. Weil ich das grundsätzlich nicht mache, bot ich ihm ein Treffen in dem Wohnmobil an. Er war damit sofort einverstanden und war auch bereit, die dreißig Euro zusätzlich zu bezahlen, die ich für das Wohnmobil verlange. Als Treffpunkt wünschte er sich einen Ort im Tiroler Oberland, weil er angeblich über den Arlberg nach Tirol kommen wollte. Ob das stimmte, weiß ich nicht. Er hat jedenfalls nicht wie ein Vorarlberger gesprochen, sondern eher so wie jemand aus dem Tiroler Unterland. Aber sicher bin ich mir da nicht. Er hatte aber keinen ausländischen Akzent, da bin ich mir sicher. Ich achte darauf ganz besonders, weil ich seit einem unguten Vorfall vor einiger Zeit keine Ausländer als Kunden mehr akzeptiere.

Ich schlug ihm dann den Parkplatz vor dem Schwimmbad in Haiming vor, weil ich dort die Gegend kenne und schon mehrmals gestanden bin. Er war damit einverstanden und ich wunderte mich noch darüber, dass er sich in der Gegend auskannte.

Er wollte das Treffen nach Mitternacht. Das lehnte ich ab, weil ich so spät nicht mehr arbeite, schon gar nicht an einem so abgelegenen Ort. Wir einigten uns auf zweiundzwanzig Uhr. Früher hatte er angeblich auf keinen Fall Zeit.

Als ich wenige Minuten vor zehn Uhr das Wohnmobil auf dem Parkplatz abstellte, stand etwa zwanzig Meter entfernt ein größeres Auto, möglicherweise ein Geländewagen. Wegen der Dunkelheit konnte ich nur die Umrisse sehen. Aussagen über die Marke, die Farbe oder das Kennzeichen kann ich nicht machen.

Als ich den Motor abgestellt hatte, stieg ein Mann aus dem anderen Auto und kam auf mich zu.

Noch ehe ich ihn genauer sehen konnte, forderte er mich auf, die Innenbeleuchtung, die ich zuvor eingeschaltet hatte, auszuschalten. Er wollte also nicht, dass ich sein Gesicht sehe. Das gab mir zu denken und ich wollte mein Pfefferspray, das ich für den Notfall immer bei mir habe, bereitlegen. Dabei stellte ich fest, dass ich es nicht in meiner Handtasche hatte, was mich noch mehr beunruhigte. Ich stieg dann aber trotzdem aus, öffnete die Seitentür und forderte den Mann, der schon unmittelbar neben dem Auto stand, auf, in das Wohnmobil zu steigen und auf der Liege Platz zu nehmen. Ohne dass ich ihn dazu auffordern musste, gab er mir sofort einen Einhundert-Euro-Schein, den er vermutlich schon in der Hand gehalten hatte.

Schon während ich sein Hemd aufknöpfte, erfasste er mit beiden Händen eine meiner Brüste und schob sie nach oben aus dem BH. Als ich ihn darauf aufmerksam machte, dass nur eine erotische Massage ausgemacht war und er auch nur dafür bezahlt hatte, bot er mir sofort weitere fünfzig Euro und wollte einen Geschlechtsverkehr. Ich war damit einverstanden, allerdings nur mit Präservativ, und übergab ihm einen solchen, den er sich sofort überstreifte.

Es kam dann zu einem ganz normalen Geschlechtsverkehr, wobei er wunschgemäß auf dem Rücken lag und ich mich auf ihn setzte. Das war für mich sehr unbequem, weil die Liege an der Seitenwand des Wohnmobils steht und ich daher kaum Platz hatte.

Während des Verkehrs hatte er seine Hände meist an meinem Gesäß. Er versuchte auch mehrmals, meine Brustwarzen zwischen die Lippen zu nehmen, was ich aber nicht zuließ.

Nach etwa fünfzehn Minuten, während derer er mich ohne Potenzprobleme mit kräftigen Stößen bearbeitete, hatte ich den Eindruck, dass er sich einem Samenerguss näherte, und verstärkte auch meine Bemühungen, weil ich bei der Sache kein gutes Gefühl hatte und ihn so bald als möglich loswerden wollte.

Plötzlich legte er dann aber seine beiden Hände um meinen Hals und drückte kräftig zu, ohne sein Stoßen zu unterbrechen.

Nach einer Schrecksekunde erfasste ich ihn mit beiden Händen an seinen Handgelenken und wollte seine Umklammerung lösen. Obwohl ich ziemlich kräftig bin und mit ganzer Kraft an seinen Händen zerrte, ließ er nicht los und ich begann um Luft zu ringen. In Panik riss ich meinen Oberkörper nach oben, um mich aus der Umklammerung zu befreien. Dabei stieß ich mit voller Wucht gegen das Autodach und mir wurde schwarz vor den Augen.

Als ich wieder zu mir kam, war es dreiundzwanzig Uhr zehn.

Demnach dürfte ich fast eine Stunde bewusstlos gewesen sein. Ich war allein im Auto, die Tür war geschlossen, das Auto meines Freiers war nicht mehr da. Von meinen Sachen fehlte nichts, auch das Geld war noch in meiner Handtasche.

Trotz der Schmerzen am Hinterkopf und leichter Schwindelanfälle fuhr ich unverzüglich zurück.

Ich hatte eine große Beule, aber keine blutende Verletzung. An meinem Hals waren noch einige Tage die Spuren der Umklammerung zu sehen, sodass ich nur mit Halstuch aus dem Haus gehen konnte.

Als ich am Tag nach diesem Vorfall in meinem Wohnmobil nach dem verschwundenen Pfefferspray suchte, fand ich auf der Liege einen kleinen, schwarzen Plastikstreifen mit aufgedruckten Zahlen und Buchstaben, der auf einer Seite so aussah, als ob er abgebrochen wäre. Ich bin mir fast sicher, dass dieser Gegenstand von diesem Kunden stammt, weil ich mein Wohnmobil nach jedem Einsatz reinige und den Bezug auf der Liege wechsle.

Andere Gegenstände hat mein unbekannter Kunde nicht in meinem Auto hinterlassen.

Ich habe mit niemandem über diesen Vorfall gesprochen und wollte auch nicht die Polizei einschalten. Ich habe in der Zwischenzeit mein Wohnmobil mehrmals gründlich gereinigt. Spuren dürften daher keine mehr zu finden sein.

Es ist mir nicht möglich, den Mann näher zu beschreiben, weil ich ihn ja nicht bei Licht gesehen habe. Er dürfte aber kaum größer als ich sein, also nicht viel mehr als einen Meter siebzig.

Er war jedenfalls schlank und ohne Bierbauch. Das kann ich gut beurteilen, weil ich ja auf ihm gesessen bin. Von seinem Gesicht habe ich nicht viel gesehen, weil es im Wohnmobil an der Stelle, wo er mit seinem Kopf gelegen ist, fast ganz dunkel war.

Ich bin mir aber sicher, dass er keine Glatze hatte. Sein Gesicht dürfte eher schmal gewesen sein. Sonst ist mir nichts Besonderes aufgefallen.

Wie schon gesagt, wollte ich aus naheliegenden Gründen nicht zur Polizei gehen.

Erst als ich in der Zeitung von dem Mord an der Frau aus Seefeld las und das Foto von ihr sah, kam mir der Gedanke, dass es einen Zusammenhang zwischen dem Mord und meinem Erlebnis geben könnte. Die Frau ist ja erwürgt worden, sie war mollig wie ich und die Polizei sucht nach dem Fahrer eines hellen Geländewagens.

Der Polizist, mit dem ich heute gesprochen habe, hat mir zugesichert, dass meine Aussage vertraulich behandelt wird und nicht in den Akten aufscheint. Falls noch weitere Fragen an mich notwendig sein sollten, bin ich bereit, sie diesem Polizisten zu beantworten. Sonst möchte ich von der Polizei nicht behelligt werden."

Als Steinlechner die Niederschrift gelesen hatte, nahm er das kleine Plastikstück in die Hand, das Brauer in der Zwischenzeit auf den Schreibtisch gelegt hatte, und sah es sich genau an.

Auf dem schwarzen, etwa einen Zentimeter breiten Plastikstreifen war eine Kombination aus Buchstaben und Zahlen aufgedruckt.

„Es könnte sich hier um einen abgerissenen Anhänger von einem Autoschlüssel handeln. Bei Neuwagen ist meist am Reserveschlüssel so ein Anhänger mit Code angebracht", sagte Brauer.

„Hoffentlich hast du recht, denn wenn das ein Code ist, dann finden wir auch heraus, wer deine Masseuse gewürgt hat", antwortete Steinlechner mit einem spöttischen Grinsen.

Obwohl Brauer in den letzten Jahren nie von seiner Bekanntschaft mit einer Geheimprostituierten erzählt hatte, konnte sich Steinlechner leicht zusammenreimen, was es mit dieser „Auskunftsperson" auf sich hatte.

Brauer hatte schon oft Informationen von Auskunftspersonen erhalten, deren Identität er nicht preisgeben wollte. Wenn er irgendwo in einer verfänglichen Situation mit einer Frau angetroffen worden war, hatte er das gerne als Treffen mit einer Konfidentin oder eben Auskunftsperson dargestellt. Und wenn ihm das keiner glaubte, so hatte er damit auch kein Problem, weil er seinen Ruf als Weiberheld ja genoss und daher auch pflegen musste.

Trotz seiner spöttischen Bemerkung, die Brauer nicht weiter störte, war Steinlechner anzusehen, dass er diesen neuen Hinweis sehr ernst nahm und schon über die weiteren Schritte nachdachte. Als er gerade Koflers Telefonnummer wählen wollte, kam dieser zu ihnen ins Büro.

Steinlechner übergab ihm die Niederschrift und Kofler las sie in aller Ruhe durch. Auch er war der Meinung, dass der Plastikstreifen von einem Autoschlüssel stammen könnte. Er wollte sich sofort darum kümmern und wusste schon, an wen er sich dabei wenden würde.

Steinlechner und Brauer setzten ihre Besprechung in einem nahe gelegenen Gasthaus bei einem Bier und einer Portion Sauerfleisch fort. Dabei versuchte Steinlechner, Näheres über Brauers Bekannte zu erfahren, und versprach ihm hoch und heilig, sie aus den weiteren Ermittlungen herauszuhalten und ihre Aussage notfalls als anonyme Mitteilung zu behandeln.

Brauer gab ihm dann die gewünschten Informationen, weil er seinen Kollegen lange genug kannte, um zu wissen, dass er zu seinem Wort stehen würde.

Als Steinlechner nach diesem langen Arbeitstag und der kurzen Nacht davor endlich in seiner Wohnung war, erreichte ihn noch ein Anruf aus Zirl, der seine ohnehin nicht schlechte Stimmung so sehr anhob, dass er sich augenblicklich ein Bier aus dem Kühlschrank holte und zumindest einige Zeit nicht über schwarze Plastikstreifen, mollige Prostituierte und erotische Massagen nachdachte.

14

Am nächsten Morgen sprach Steinlechner nur sehr allgemein von einem neuen Hinweis, dem er mit seinen Mitarbeitern nachgehen werde. Weiteren Fragen des Abteilungsleiters dazu wich er aus.

Auch Kofler erwähnte in seinem Bericht nichts von den Ermittlungen, die er noch am Abend angestellt hatte, weil er gemerkt hatte, dass Steinlechner den aktuellen Hinweis nicht vor der ganzen Abteilung ausbreiten wollte.

Brauer war wegen einer Sitzung des Fachausschusses nicht anwesend, wollte aber bis spätestens zehn Uhr wieder in seinem Büro sein.

Kofler überraschte Steinlechner dann in dessen Büro, als er ihm sagte, dass der Plastikstreifen tatsächlich vom Schlüssel eines Autos stammte. Bei dem Fahrzeug handelte es sich um einen VW Touareg. Diese Information hatte Kofler von einem Angestellten eines Autofahrerclubs erhalten, mit dem er sich am Vorabend noch getroffen hatte und der für ihn auch feststellen wollte, an welchen Händler das betreffende Fahrzeug ausgeliefert worden war.

Wenig später bekam Kofler dann den Anruf und erfuhr, dass dieses Auto im August 2003 an einen VW-Händler in Kirchbichl übergeben worden war. Dazu bekam er Motor- und Fahrgestellnummer und die Information, dass es sich um ein weißes Auto handelte.

Den Namen des Käufers hatte Koflers Informant allerdings nicht herausbekommen.

Als Steinlechner und Brauer zwei Stunden später beim Autohaus Gatt in Kirchbichl eintrafen und nach dem Chef fragten, wurden sie zu einem älteren, korpulenten Mann geführt, der an einem Schreibtisch zwischen verschiedenen ausgestellten VW-Modellen saß.

Fünfzehn Minuten später hatten die beiden Ermittler einen Kaffee aus dem Automaten getrunken und einen Zettel mit Namen und Adresse des Käufers erhalten.

Die firmeneigene EDV hatte auch die Information geliefert, dass der Käufer dieses Autos inzwischen ein weiteres Auto derselben Marke und desselben Typs gekauft hatte. Allerdings mit deutlich mehr PS und nicht mehr weiß, sondern silberfarben.

Diese Information hätte der Autohändler auch ohne Hilfe der EDV liefern können. Der Käufer war schon seit längerer Zeit bei ihm Kunde und ihm daher persönlich bekannt. Deshalb wusste er auch, dass der erste Touareg von seinem Kunden schon nach wenigen Monaten privat verkauft worden war.

Grund für diesen schnellen Wechsel war angeblich gewesen, dass der Käufer häufig mit einem schweren Anhänger unterwegs war und sich deshalb für ein stärkeres Auto entschieden hatte.

An wen sein Kunde das erste Auto verkauft hatte, konnte der Händler nicht sagen, er selbst hatte mit dem Verkauf jedenfalls nichts zu tun gehabt, obwohl er das Auto, wie er selbst sagte, gerne eingetauscht hätte, weil es leicht zu verkaufen gewesen wäre.

Kurze Zeit später machten sich Steinlechner und Brauer auf den Weg in den idyllisch gelegenen Ort Oberau, wo sie den Gastwirt Anton Perner nach Namen und Adresse des neuen Besitzers des weißen VW Touareg fragen wollten.

Auf der Fahrt von Kirchbichl nach Oberau kam es zwischen Brauer und seinem Chef zu einem heftigen Wortwechsel. Dass daraus kein richtiger Streit wurde, war vermutlich nur darauf zurückzuführen, dass sie vorher in Oberau ankamen.

Brauer hatte am Morgen an einer Sitzung des Fachausschusses der Personalvertretung teilgenommen. Dabei war auch die Besetzung einer wichtigen Planstelle zur Sprache gekommen. Das Innenministerium hatte bei der Besetzung dieses Postens nicht den Beamten ernannt, der vom Landesgendarmeriekommando dafür vorgeschlagen worden war. Weil sich auch der Fachausschuss für den übergangenen Beamten ausgesprochen und Brauer sich in dieser Sache besonders engagiert hatte, äußerte er sich gegenüber Steinlechner empört über das Vorgehen des Ministeriums. Für ihn war klar, dass die guten Beziehungen des bestellten Beamten zu einigen Politikern und seine Funktion als Gemeinderat in seiner Heimatgemeinde zu dieser Entscheidung geführt hatten, und er äußerte sich auch sehr abfällig über dessen Fähigkeiten. Der übergangene Beamte wurde als SPÖ-nah eingeschätzt und war deshalb von Brauer und seiner Fraktion ganz besonders unterstützt worden. Deshalb empfand Brauer diese Entscheidung als persönliche Niederlage. Dazu kam noch, dass er aufgrund falscher Informationen sich seinem Schützling gegenüber sehr optimistisch gegeben und von einer „gemähten Wiese" gesprochen hatte. In seinem Zorn äußerte er sich dann noch sehr negativ über den amtierenden Innenminister und dessen Mitarbeiter.

Steinlechner, der selbst keiner der großen Parteien nahestand, hatte in all den Jahren die Erfahrung gemacht, dass es für öffentlich Bedienstete und leider auch für solche im Bereich der Exekutive noch nie ein Nachteil gewesen war, wenn sie als Sympathisanten oder Mitglieder derjenigen Partei eingeschätzt wurden, die gerade den zuständigen Minister stellte.

Wenn es nach ihm gegangen wäre, dann wäre immer der Beamte zum Zug gekommen, der für die jeweilige Planstelle am besten geeignet war.

So war es aber leider nicht.

Steinlechner konnte sich noch sehr gut daran erinnern, wie vor einigen Jahren unter damals roten Innenministern bei Postenbesetzungen vorgegangen worden war und welche Rolle sein Kollege Brauer und dessen Fraktion damals gespielt hatten.

Nur der Umstand, dass damals eine große Koalition regierte, hatte dazu geführt, dass wenigstens ab und zu auch ein Bewerber von der anderen Fraktion zum Zug gekommen war.

Daran erinnerte Steinlechner seinen Kollegen, als dieser sich allzu heftig über das „Gesindel" im Ministerbüro aufregte. Die Diskussion ging ihm zusehends auf die Nerven, weil Brauer nochmals auf den seiner Meinung nach zu Unrecht bestellten

Beamten zu sprechen kam und diesem Unfähigkeit und Faulheit unterstellte. Das war Steinlechner dann aber zu viel, weil er den betreffenden Kollegen lange und gut kannte und daher wusste, dass Brauer in seiner Einschätzung nicht mehr sachlich, sondern höchst unfair war.

Weil er sich über Brauer ärgerte und diesem Ärger Luft machen wollte, erinnerte er ihn an einen Vorfall, der zwar schon einige Zeit zurücklag, aber immer noch geeignet war, Brauers Blutdruck innerhalb von Sekunden auf Werte jenseits von zweihundert zu treiben.

Damals hatte es im sozialdemokratisch besetzten Innenministerium zusätzlich einen für Personalangelegenheiten zuständigen, ebenfalls sozialdemokratischen Staatssekretär gegeben.

Balthasar Dreier war aus für viele unverständlichen Gründen zum Staatssekretär berufen worden. Er war ein eher schlichter Typ, der in politischer Hinsicht vorher kaum aufgefallen war.

Auch seine letzte politische Funktion als Landtagsvizepräsident hatte ihn nicht für die Aufgaben eines Staatssekretärs im Innenministerium qualifiziert. Irgendwann hatte er ein Studium abgeschlossen, was man ihm aber nicht ansah.

Bemerkenswert an ihm waren jedenfalls seine Trinkfestigkeit und der Umstand gewesen, dass er als Single mutterseelenallein in einem Vierkanthof im Waldviertel gewohnt und dort in seiner Freizeit Karpfen gezüchtet hatte.

Schon bei seinem Antrittsbesuch in Tirol hatte er mit einigen Personalvertretern seiner Fraktion ausgiebig gezecht und dabei Brauer näher kennengelernt. Bei der Verabschiedung hatte er zu Brauer und den wenigen noch verbliebenen Zechkumpanen dann gesagt, dass sie sich jederzeit vertrauensvoll an ihn wenden könnten, wenn sie ein Anliegen haben sollten.

Brauer hatte dann bald darauf für einen langjährigen Freund, der seiner Fraktion nahestand und sich um einen freien Dienstposten beworben hatte, bei Dreier interveniert, obwohl er wusste, dass sein Kandidat von allen Bewerbern am wenigsten geeignet war. Er war dann mit der Zusage von Wien heimgefahren, dass er von einer Entscheidung in seinem Sinn ausgehen könne.

Brauer hatte auf diese Zusage vertraut und mit seinem Schützling schon die bevorstehende Bestellung gefeiert. Zudem hatte er im Kreis seiner Personalvertreterkollegen von seinem guten Draht geschwärmt, den er nunmehr in das Innenministerium zu haben glaubte.

Wenige Tage später hatte er dann erfahren müssen, dass nicht der von ihm befürwortete Beamte, sondern der Kandidat der anderen Fraktion zum Zug gekommen war.

Brauer hatte zuerst an einen Irrtum geglaubt und im Büro Dreiers angerufen. Als er ihn nach mehreren vergeblichen Versuchen endlich doch sprechen hatte können, war er kurz abgefertigt worden mit der Begründung, dass es eben andere Prioritäten und vorher unbekannte „faktische Zwänge" gegeben hätte.

Später hatte Brauer dann erfahren, dass der schwarze Obmann des Fachausschusses dem Staatssekretär eine Zustimmung seiner Fraktion in einer anderen Sache in Aussicht gestellt und ihm in einer langen nächtlichen Sitzung die entsprechende Zusage abgerungen hatte, nicht ohne darauf hinzuweisen, dass seine Fraktion immerhin die Mehrheit im Zentralausschuss hatte und er sich notfalls auch an den Minister wenden könnte.

Brauer hatte diesen Vorgang als persönliche Niederlage betrachtet und aus Frust darüber seine Funktion im Fachausschuss zurückgelegt. Erst bei der nächsten Wahl hatte er sich wieder aufstellen lassen, weil die Funktion eines Personalvertreters ja auch ihre Vorteile hatte.

Balthasar Dreier war bald darauf als Staatssekretär abgelöst und in den Bundesrat entsorgt worden, wo er dann als sozialdemokratischer Landwirtschaftssprecher noch einige wenig beachtete Reden gehalten hatte, ehe er endgültig von der politischen Bühne verschwunden war und sich wieder voll und ganz seinen geliebten Karpfen hatte widmen können.

Die Stimmung zwischen Steinlechner und Brauer war also eher frostig, als sie ihr Dienstauto auf dem Parkplatz vor dem Gasthof Perner in Oberau parkten.

Obwohl sie sich mit ihren Dienstmarken vorstellten, war der Wirt zunächst misstrauisch und wunderte sich darüber, dass die Polizei sich für sein ehemaliges Auto und dessen neuen Besitzer interessierte. Steinlechner hatte sich für diese Frage schon eine passende Antwort überlegt.

Er erzählte dem Wirt von einem Verkehrsunfall mit Fahrerflucht, der sich angeblich in Innsbruck zugetragen hatte und an dem ein weißes Auto dieser Marke und dieses Typs beteiligt gewesen sein sollte. In diesem Zusammenhang würden alle Besitzer eines weißen VW Touareg in Tirol überprüft.

Diese Auskunft schien Perner zufriedenzustellen und er gab den beiden Ermittlern die gewünschten Informationen. Er hatte das Auto dem Besitzer einer Fremdenpension in Garmisch verkauft.

Diesen, einen gebürtigen Tiroler, hatte er vor fünf oder sechs Jahren während eines Urlaubsaufenthaltes in Mexiko kennengelernt, als sie zufällig im selben Hotel gewohnt hatten und sich dabei über den Weg gelaufen waren. Seither hatten sie einen losen Kontakt gehalten und sich einige Male in der Zwischensaison gegenseitig besucht.

Der Mann hieß Rudolf Hausegger, war um die fünfzig Jahre alt und nach Meinung Perners unverheiratet. Zumindest hatte er das von sich behauptet.

Er stammte aus dem Tiroler Ort Dormitz und hatte von einer Tante vor längerer Zeit eine baufällige Fremdenpension in der Lessingstraße in Garmisch-Partenkirchen geerbt und modernisiert.

Im Parterre des Hauses hatte er eine Konditorei eröffnet.

Steinlechner wollte von Perner dann noch wissen, wie der Verkauf des Autos abgewickelt worden war, und ließ sich die Details dazu genau schildern. Als er erfuhr, dass das Fahrzeug nach dem Kauf noch einige Tage in Perners Garage gestanden hatte, ehe Hausegger es abgeholt und mit einem deutschen Kennzeichen versehen nach Deutschland überstellt hatte, schien er genug erfahren zu haben und erklärte dem Wirt, dass er jetzt ausschließen könne, dass dieses Auto an dem Verkehrsunfall in Innsbruck beteiligt gewesen sei. Mehrere Zeugen hatten angeblich übereinstimmend einen VW Touareg mit Tiroler Kennzeichen gesehen.

Steinlechner hatte sich diese Version zurechtgelegt, weil er annehmen musste, dass Perner mit seinem Bekannten Kontakt aufnehmen und ihm erzählen würde, dass die Polizei sich über ihn und sein Auto erkundigt hatte. Dafür gab es nun keinen triftigen Grund mehr. Selbst wenn Perner seinen Bekannten trotzdem informierte, musste dieser nicht unbedingt Verdacht schöpfen, weil die Sache ja erledigt schien.

Dass Hausegger die Erkundungen über sein Fahrzeug, wenn er doch davon erfuhr, mit dem Vorfall in Haiming in Verbindung brachte und auf diese Weise vorzeitig gewarnt wurde, war nach Meinung von Steinlechner wenig wahrscheinlich, zumal inzwischen mehr als vier Wochen vergangen waren und Hausegger ja nicht wissen konnte, wo er den Plastikanhänger seines Autoschlüssels verloren hatte, wenn er das überhaupt bemerkt hatte.

Auf der Rückfahrt von Oberau nach Innsbruck entspannte sich die Stimmung zwischen Steinlechner und Brauer bald. Es gab einen sehr interessanten Ansatzpunkt für weitere Ermittlungen und viel zu besprechen.

Am späteren Nachmittag versammelte Steinlechner wieder einmal seine Mannschaft, bestehend aus Brauer, Gapp und Kofler, in seinem Büro. Nachdem er Kofler und Gapp über die neuen Erkenntnisse informiert hatte, zog er wieder einmal mit einem seiner ausführlichen Monologe Bilanz:

„Wir wissen also jetzt, wer vor einem Monat in Haiming eine Prostituierte beim Geschlechtsverkehr gewürgt hat. Sie hatte eine ähnliche Figur wie unser Mordopfer, der Täter hat einen weißen Geländewagen gefahren und er hat Tiroler Wurzeln und kennt sich in der Gegend jedenfalls sehr gut aus.

Einen weiteren Bezug zu unserem Mord gibt es derzeit nicht. Er sitzt in Deutschland, was die Ermittlungen nicht gerade erleichtert. Den Angriff auf die Prostituierte könnten wir ihm vielleicht beweisen, aber nur, wenn wir die Identität des Opfers preisgeben und damit riskieren, dass die Dame ihre Aussage ändert oder überhaupt nichts mehr sagt.

Selbst wenn wir ihm diesen Vorfall nachweisen, wird er sich auf ein Liebesspiel ohne Verletzungs- oder gar Tötungsabsicht ausreden, was ihm vor Gericht sicher abgenommen würde.

Den Mordversuch können wir uns also abschminken. Daher sollten wir uns gut überlegen, wie wir weiter vorgehen."

Diese Einschätzung Steinlechners teilten auch die anderen Teilnehmer seiner Runde. Es erschien daher auch wenig sinnvoll, schon zu diesem Zeitpunkt die deutschen Kollegen einzuschalten. Steinlechner wollte sich zunächst selbst ein Bild von Rudolf Hausegger machen und ihm einen Besuch in der Konditorei abstatten. Offiziell würde er Ermittlungen im Tiroler Oberland führen. Dass diese Ermittlungen im benachbarten Bayern stattfanden, sollte außer den Teilnehmern an dieser Besprechung niemand erfahren.

Steinlechner wusste, dass er sich mit diesem Vorgehen leicht Schwierigkeiten einhandeln konnte, er hatte aber mit offiziellen Ermittlungen im benachbarten Ausland schon sehr negative Erfahrungen gemacht und wollte das Risiko auf sich nehmen.

Brauer machte dann aber einen Vorschlag, der Steinlechner sofort überzeugte.

Beim Ermittlungsbereich „Umweltkriminalität" war seit einigen Jahren eine junge Kriminalbeamtin tätig, die schon mehrmals an Brauer als Personalvertreter herangetreten war, weil sie eine Verwendung in einem anderen Ermittlungsbereich, am liebsten in dem von Steinlechner geführten, anstrebte und mit den Aufgaben, die sie derzeit zu erfüllen hatte, nicht glücklich war.

Sie hatte für diese und die nächste Woche Urlaub, wollte diesen aber in Innsbruck verbringen.

Warum Brauer darüber so gut informiert war, wurde zum Gegenstand einiger spöttischer Fragen, die er mit einem unverschämten Grinsen und dem Hinweis, dass er schließlich Personalvertreter sei und sich um die Probleme der Mitarbeiter kümmere, beantwortete.

Brauer war überzeugt davon, dass sie gerne bereit sein würde, in ihrer Freizeit als eine Art verdeckte Ermittlerin nach Garmisch zu fahren und sich in der Konditorei Hausegger umzusehen, wie Steinlechner es vorgehabt hatte.

Die junge Frau hieß Doris Klammer, war gebürtige Kärntnerin, hatte ein hübsches, rundliches Gesicht und eine recht üppige Figur, die ihr unter ihren Kollegen den Spitznamen „Bomber" eingetragen hatte.

Wenn Hausegger tatsächlich eine Schwäche für mollige Frauen hatte, so war sie für den geplanten Einsatz geradezu ideal geeignet, weil es ihr sicher leichtfallen würde, mit ihm in Kontakt zu treten und einiges zu erfahren, was für die weiteren Ermittlungen interessant sein konnte.

Steinlechner war daher sofort einverstanden, als Brauer den Vorschlag machte, sie zu einer Unterredung in ein nahe gelegenes Café zu bitten, und wunderte sich auch nicht mehr darüber, dass Brauer ihre Telefonnummer in seinem Handy gespeichert und nach wenigen Minuten die Verabredung mit ihr getroffen hatte.

Doris Klammer erschien bekleidet mit einer dünnen Jacke und einer schwarzen Hose, die so eng saß, dass Steinlechner sich fragte, ob sie überhaupt ohne fremde Hilfe hineingekommen war. Wenn nicht, dann musste es außer Brauer noch einen anderen Mann geben, denn Brauer hatte er in den letzten Stunden ja ständig unter Kontrolle gehabt.

Die junge Frau war sofort einverstanden und geradezu begeistert von ihrer Aufgabe. Sie war gerne bereit, den einen oder anderen Tag ihres Urlaubs zu opfern und mit ihrem privaten Pkw nach Garmisch zu fahren und sie hörte aufmerksam zu, als ihr Steinlechner sagte, wie sie sich verhalten sollte.

Nach einer knappen Stunde hatte er ihr erklärt, worauf es ihm ankam, und dabei mehrmals betont, dass sie sich nur umsehen und nicht aktiv ermitteln sollte. Auch durfte sie vorläufig weder mit Berufskollegen noch mit Außenstehenden über die Dinge reden, von denen sie gerade erfahren hatte.

Gapp hatte inzwischen über Internet festgestellt, dass die Konditorei Hausegger täglich von neun bis zweiundzwanzig Uhr geöffnet hatte. Ruhetag war der Sonntag.

Der „Einsatz" konnte daher am nächsten Tag starten.

Während Brauer und die frisch angeworbene verdeckte Ermittlerin noch im Lokal blieben, verabschiedete sich Steinlechner mit den Worten: „Viel Glück und auf keinen Fall ein Risiko."

Er hatte noch am selben Abend seinen „Einsatz" vor sich, setzte sich in sein Auto und fuhr nach Zirl.

Zufällig trug auch Elvira an diesem Abend eine dunkle Hose, die ihre perfekte Figur unterstrich.

Als sie mit dem Rücken zu ihm stand, verglich er ihre Rundungen mit denen, die er vor einer Stunde in Innsbruck zu Gesicht bekommen hatte.

Was er sah, gefiel ihm eindeutig besser, obwohl er in jungen Jahren auch mit molligen Frauen aufregende Nächte verbracht hatte.

15

Als Doris Klammer am nächsten Tag gegen Mittag in Garmisch ankam, war sie gut auf ihre Aufgabe vorbereitet. Einen Einsatz dieser Art hatte es für sie bisher nicht gegeben.

Schon bei ihrer Entscheidung für den Polizeiberuf hatte sie sich zum Ziel gesetzt, möglichst schnell zur Kriminalabteilung zu kommen. Unter dem Einfluss diverser Krimi-Serien im Fernsehen, wo immer öfter auch erfolgreiche Hauptkommissarinnen innerhalb von neunzig Minuten die schwersten Straftaten aufklärten, war sie von Anfang an bestrebt gewesen, ihr Ziel möglichst schnell zu erreichen. Schneller als die meisten ihrer Kollegen und Kolleginnen hatte sie die notwendigen Ausbildungsschritte hinter sich gebracht und sie war noch keine dreißig Jahre alt, als ihr Wunsch in Erfüllung ging.

Die folgenden Jahre waren dann etwas ernüchternd verlaufen. Keine Mörder, keine spektakulären Einsätze mit gezogener Waffe und nicht allzu viele Erfolgserlebnisse, zumindest nicht von der Sorte, wie Doris sie sich erträumt hatte.

Dass man sie jetzt für diese heikle Aufgabe benötigte, ausgerechnet in dem Ermittlungsbereich, der sie am meisten interessierte, sah sie als große Chance, die sie unbedingt nützen wollte. Sie opferte daher gerne ihre Freizeit, stellte ihr Auto zur Verfügung und machte sich auch über die Benzinkosten keine Gedanken.

Wenn sie jetzt einen guten Job machte und womöglich gar zur Klärung eines Mordes beitragen konnte, dann hatte sie einen Fuß in der Tür und würde bald zu Steinlechners Team gehören.

Auf dem Stadtplan hatte sie den Weg zur Lessingstraße eingezeichnet. Sie parkte ihren Kleinwagen aber in einiger Entfernung und ging die letzten Meter zu Fuß.

Brauer hatte ihr am Vorabend nach dem Abgang von Steinlechner noch einige Tipps gegeben, mit denen dieser sicher nicht einverstanden gewesen wäre.

Sie war sorgfältig frisiert, deutlich, aber nicht aufdringlich geschminkt und hatte ihre üppigen Rundungen in einen engen, dunklen Rock gezwängt, der nicht bis zu ihren wohlgeformten Knien reichte.

Ihr erstes „Opfer" wurde ein bayrischer Briefträger, der gerade aus seinem Handwagen die Post für das nächste Haus heraussuchte, als sie ihr Auto einparkte und ausstieg.

Damit sie überhaupt aus dem kleinen Fahrzeug herauskam, musste sie ihren engen Rock weit hinaufziehen und sich mit einer Drehung aus dem Autositz herauswinden.

Weil sie den Briefträger nicht gesehen hatte, tat sie das in aller Ruhe und mit weit gespreizten Beinen und gönnte damit dem Postmann unfreiwillig einen ausgiebigen Blick auf ihre strammen Schenkel und das knappe weiße Höschen. Der unterbrach seine Tätigkeit und sah ihr nach, bis sie um die nächste Hausecke verschwunden war, und es war fraglich, ob an diesem Tag alle Poststücke auch in die richtigen Postkästen eingeworfen wurden.

Das Haus mit der Aufschrift „Frühstückspension Hausegger" war größer, als Doris Klammer vermutet hatte, ein älteres, vierstöckiges Gebäude, das aber erst vor wenigen Jahren gründlich renoviert worden war und einen sehr gepflegten Eindruck machte.

Das Lokal mit der Aufschrift „Café – Konditorei" im Parterre war nicht unbedingt modern, aber doch sehr geschmackvoll eingerichtet und fast leer, als Doris Klammer sich an einen Tisch am Fenster setzte.

Im Gastraum waren zu diesem Zeitpunkt nur zwei Angestellte tätig, eine etwa zwanzigjährige Kellnerin, die gerade dabei war, an einem der Tische zu kassieren, und eine ältere, schlanke Frau, die hinter der Theke mit einer stattlichen Auswahl an Torten, Kuchen und Gebäck stand. Ein männlicher Angestellter war nicht zu sehen und auch an den beiden Tischen, die besetzt waren, saß kein Mann, auf den die sehr vagen Informationen, die Doris über das Aussehen ihrer „Zielperson" hatte, gepasst hätten.

Die junge Kriminalistin, die sich nichts mehr wünschte, als ein möglichst umfangreiches Ermittlungsergebnis mit nach Hause zu bringen, befürchtete schon, dass sie umsonst nach Garmisch gefahren sein könnte.

Sie würde sich jedenfalls einige Stunden im Lokal aufhalten und holte sich vom Zeitschriftenständer die Bildzeitung und einige Illustrierte. Als sie bei der Kellnerin einen „verlängerten Braunen" bestellen wollte, erntete sie allerdings einen fragenden Blick. Nach einigem Hin und Her blieb ihr schließlich die Wahl zwischen einem Kännchen Kaffee oder einem Espresso und sie musste sich zudem noch die schnippische Meldung der Kellnerin gefallen lassen, dass man ja in Bayern und nicht in Österreich sei.

Das Kännchen enthielt dann zwei große Tassen eines ziemlich dünnen Filterkaffees und war nicht dazu angetan, die Laune der ungeduldigen Ermittlerin zu heben. Der Kuchen, den sie sich an der Theke ausgesucht hatte, war aber sehr gut, was über den fast durchsichtigen Kaffee hinwegtröstete.

Die Kaffeemenge war es dann auch, die sie schon nach einer halben Stunde veranlasste, die Toiletten aufzusuchen. Auf dem Weg dorthin kam sie an einer halb geöffneten Tür vorbei. Ein kurzer Blick genügte. Der Raum diente als Küche; Koch oder Köchin waren aber nicht an der Arbeit, jedenfalls nicht in dem Bereich, den sie einsehen konnte.

Doris musste über eine Stiege in den Keller gehen, wo sich die sehr modern ausgestatteten, gepflegten Toilettenräume befanden. Weiters gab es im Keller noch Sauna, Solarium und Dampfbad, mit originellen Symbolen für die Gäste kenntlich gemacht, und ganz hinten einen weiteren Treppenaufgang, der vermutlich in den Teil des Hauses führte, in dem die Räumlichkeiten der Frühstückspension untergebracht waren.

Doris überlegte kurz, ob sie nicht „irrtümlich" die andere Treppe nehmen sollte, entschied sich dann aber dagegen, weil sie sich ja auf keinen Fall auffällig verhalten sollte.

Als sie auf dem Rückweg in das Lokal wieder an der Küche vorbeiging, stand die Tür vollständig offen. Am Herd hantierte ein Mann, den sie aber zunächst nur von hinten sah. Er schien ihre Schritte gehört zu haben, drehte sich um und grüßte Doris, die schon fast an der Küchentür vorbei war, mit einem freundlichen „Guten Tag".

Als sie sich umdrehte und seinen Gruß erwiderte, stand vor ihr ein Mann mittleren Alters. Er fragte sie, ob sie ein Zimmer haben wolle. Als sie dies verneinte und ihn überrascht anschaute, erklärte er ihr, dass das Personal im Café die Gäste, die ein Zimmer in seiner Pension mieten wollten, meist zu ihm in die Küche schickte.

Damit war für Doris klar, dass sie Rudolf Hausegger gegenüberstand.

Sie hatte also ihre „Zielperson" gefunden und diese versuchte sogar, sie in ein Gespräch zu verwickeln. Sie wechselten einige belanglose Sätze, ehe Doris wieder an ihren Tisch im Café zurückkehrte.

Ihr war nicht entgangen, wie er sie gemustert hatte, und sie hoffte, dass er bald im Lokal auftauchen würde.

Es dauerte dann tatsächlich keine zehn Minuten, bis er in den Gastraum kam. Er wechselte einige Worte mit der Frau hinter der Kuchentheke und der Kellnerin, ehe er auf einer Runde durch das Lokal scheinbar zufällig an den Tisch zu Doris kam und sie fragte, ob sie noch Wünsche habe, obwohl noch eine halbe Tasse von dem sehr durchsichtigen Kännchenkaffee vor ihr stand.

„Ich habe bei Ihrer Kellnerin einen verlängerten Braunen bestellt, und weil es den nicht gibt, habe ich mich für das Kännchen entschieden. Das nächste Mal werde ich doch lieber einen Espresso bestellen", sagte Doris mit einem kritischen Blick auf den Rest in ihrer Tasse.

„Ich stamme ja selbst aus Tirol und weiß, was man dort unter einem großen oder verlängerten Braunen versteht. In letzter Zeit wird mir aber auch in den Tiroler Fremdenverkehrsorten immer öfter der von Ihnen nicht sehr geschätzte Kännchenkaffee angeboten", sagte Hausegger mit einem Lächeln.

Sie unterhielten sich dann noch einige Zeit über die unterschiedlichen Kaffeegewohnheiten von Österreichern und Deutschen.

Doris, die vor ihrer Abfahrt nach Garmisch nichts gegessen hatte, war trotz des Kuchens, den sie zum Kaffee bestellt hatte, inzwischen hungrig geworden und fragte den Wirt, der immer noch neben ihrem Tisch stand, nach der Speisekarte.

Neben den wenigen Speisen wie Toast, Gulaschsuppe und Würstel, die man üblicherweise in Lokalen dieser Art bekam, gab es auch noch Pizza und Kaiserschmarrn.

„Wir sind ein Café und haben daher keine große Speisekarte, dafür kocht der Wirt aber persönlich", sagte Hausegger und Doris entschied sich für einen Schinken-Käse-Toast.

Nachdem Hausegger in die Küche geeilt war, hatte sie Zeit, sich ihre weiteren Schritte zu überlegen. Es war ihr natürlich nicht entgangen, dass sie auf ihn genau so wirkte, wie ihre beiden Kollegen das erhofft hatten. Er hatte ja auch bei seinem Treffen mit der Geheimprostituierten in Haiming eine Vorliebe für Frauen mit üppigen Formen erkennen lassen und schien überhaupt hinter jedem Rock her zu sein, wenn Maße und Gewicht seinen Vorlieben entsprachen.

Obwohl Doris gerne schlanker gewesen wäre und immer wieder mit den verschiedensten Abmagerungskuren versuchte, dieses Ziel zu erreichen, war sie heute sehr zufrieden mit ihrer Figur, weil ihre Aufgabe dadurch sehr erleichtert wurde. Sie konnte davon ausgehen, dass Hausegger versuchen würde, ihr näherzukommen, und würde so tun, als ob auch sie interessiert wäre, obwohl er ihr ausgesprochen unsympathisch war, und das nicht nur wegen der Informationen, die sie über ihn hatte.

Sie war nicht verwundert, als er ihr schon nach zehn Minuten ihren Toast persönlich an den Tisch brachte und ihr ein kleines Bier auf Kosten des Hauses mitservierte, das sie gar nicht bestellt hatte. Als kleine Wiedergutmachung wegen des Kännchenkaffees, wie er sagte.

Er ließ sie zwar alleine, während sie aß, blieb aber im Raum und machte sich hinter der Theke zu schaffen.

In der Küche hätte er allerdings auch nichts zu tun gehabt, denn inzwischen waren außer Doris nur noch fünf weitere Gäste im Lokal, die sich mit Kuchen und Getränken begnügten.

Als die Kellnerin nach dem Essen den Teller abgeräumt hatte, stand Hausegger schon wieder vor Doris und fragte sie, ob er sich ein wenig zu ihr setzen dürfe. Er durfte und Doris vermittelte ihm den Eindruck, dass sie erfreut über seine Gesellschaft war. Er holte sich noch schnell ein Glas Wein von der Theke und setzte sich ihr gegenüber an den Tisch.

Im Laufe der nächsten Stunde erfuhr er von Doris, dass sie in Innsbruck in einem Supermarkt arbeitete, unverheiratet war und heute einen Einkaufsbummel in Garmisch gemacht hatte, weil ihr von einer Freundin Garmisch als interessante Einkaufsstadt empfohlen worden war.

Sie erfuhr von ihm neben dem, was sie schon von Steinlechner und Brauer wusste, dass er in seiner Jugend in Tirol eine Lehre als Koch in einem Hotel absolviert und in der Folge in mehreren Hotels als Koch gearbeitet hatte, ehe ihm eine Schwester seiner Mutter die Pension in Garmisch vererbt hatte. Das Café hatte dann er erst vor einigen Jahren eröffnet. Außerdem erwähnte er auch, dass er in Tirol zwar keine nahen Verwandten mehr hatte, aber doch fallweise nach Innsbruck fuhr und dass er von einem Tiroler Bekannten ein Auto gekauft hatte.

Während ihres Gespräches flirtete er ganz offen mit Doris.

Sie sprachen dann noch einige Zeit über Belangloses, ehe Hausegger endgültig zur Sache kam. Er wollte sie zu einem abendlichen Treffen überreden und bot ihr an, nach Innsbruck zu kommen. Dort wollte er mit ihr gepflegt zu Abend essen und bei einer guten Flasche Wein weiterplaudern. Darauf ließ sich Doris aber vorerst nicht ein. Sie ließ jedoch durchblicken, dass „aufgeschoben nicht aufgehoben" sei und sie ohnedies in nächster Zeit nochmals nach Garmisch kommen würde. Als er sie nach ihrer Telefonnummer fragte, zögerte sie einen Moment, weil sie nicht so recht wusste, wie sie sich verhalten sollte. Sie gab ihm dann die Nummer von ihrem privaten Zweithandy. Dieses, ein älteres Modell von einem Wertkartenhandy, verwendete sie seit Monaten nur noch fallweise für eigene Anrufe, weil sie noch ein Gesprächsguthaben hatte, das sie nicht verfallen lassen wollte. Sie konnte es also jederzeit abschalten, wenn sie von ihm nicht erreicht werden wollte.

Er gab ihr einen mehrseitigen Prospekt, auf dem für seine Pension und das „Café mit dem reichhaltigen Angebot an Kuchen" geworben wurde und dem sie seine Telefonnummer entnehmen konnte.

Obwohl das nicht von ihr erwartet wurde und Steinlechner ihr diese Idee vermutlich ausgeredet hätte, hatte Doris noch vor Antritt ihrer Fahrt nach Garmisch beschlossen, ein Foto von Rudolf Hausegger zu beschaffen und zu diesem Zweck ihre Digitalkamera mitgenommen.

Bisher hatte sie aber keine Gelegenheit gehabt, unauffällig ein Foto von ihm zu machen. Das erübrigte sich jetzt, weil Hausegger auf dem Werbeprospekt zweimal abgebildet war, auf der Vorderseite hinter seiner imposanten Kuchentheke und ein weiteres Mal in seiner hochmodernen Sauna.

Weil er während des Gespräches mit ihr mehrere Zigaretten rauchte, wollte sie bei Gelegenheit eine der Kippen aus dem Aschenbecher nehmen und so Material für einen DNA-Vergleich beschaffen. Bisher hatte es dazu aber keine Gelegenheit gegeben.

Mit der Begründung, dass sie nun ihren Einkaufsbummel fortsetzen wolle, rief Doris die Kellnerin herbei und zahlte, während er immer noch bei ihr am Tisch saß. Als sie aufstand und sich vom Wirt verabschiedete, räumte die Kellnerin mit dem Geschirr auch den Aschenbecher mit den Zigarettenkippen ab. Auf die DNA ihres Tatverdächtigen würden die Ermittler also noch warten müssen. Das war aber nicht weiter schlimm, weil es im aktuellen Fall kein Spurenmaterial gab, mit dem man hätte vergleichen können.

Nachdem er aber Raucher war und offensichtlich keinen Verdacht geschöpft hatte, war Doris sicher, dass sie bei Bedarf bei einem weiteren Treffen ohne große Probleme Vergleichsmaterial würde liefern können.

Hausegger ging mit Doris bis vor die Tür und verabschiedete sich dort nochmals, nicht ohne erneut zu erwähnen, dass er sie gerne wiedersehen würde und auch jederzeit für einen gemeinsamen Abend nach Innsbruck kommen werde. Auch wenn er sich damit abfinden musste, dass sie nicht sofort zu einer Verabredung bereit war, konnte er aus ihrer Reaktion doch entnehmen, dass sie beim nächsten Versuch wahrscheinlich nicht mehr Nein sagen würde. Er schaute ihr daher recht zufrieden und erwartungsvoll nach, bis sie aus seinem Blickfeld verschwunden war.

Es war kurz vor siebzehn Uhr, als Brauers Handy klingelte und Doris sich bei ihm meldete. Er saß zu diesem Zeitpunkt bei Steinlechner im Büro, weil beide schon recht ungeduldig auf den Anruf warteten.

Da es im Mordfall Klingenschmied derzeit abgesehen von der Aktion in Garmisch nicht viel zu ermitteln gab, hatte Brauer an einem anderen noch nicht abgeschlossenen Fall gearbeitet.

Steinlechner hatte am Vormittag Karin Klingenschmied aufgesucht und sie gefragt, ob sie mit dem Namen Rudolf Hausegger etwas anfangen könne. Hausegger war in Tirol zwar ein recht häufiger Schreibname und Karin kannte auch einige Personen mit diesem Namen, ein Rudolf Hausegger war ihr aber nicht bekannt.

Ähnlich hatte sich auch Elvira Rudig geäußert, die er am Vorabend mit dieser Frage konfrontiert hatte.

Erna Klingenschmied hatte ihrer Tochter und ihrer besten Freundin gegenüber diesen Namen nie erwähnt.

Auf der Rückfahrt von Seefeld hatte Steinlechner sich dann dazu entschlossen, dem Leiter der Kriminalabteilung von den neuen Erkenntnissen und dem inoffiziellen Einsatz der Doris Klammer zu berichten. Oberst Baumann fragte zwar zunächst etwas ärgerlich, warum er davon erst jetzt erfuhr. Steinlechner begründete die verspätete Information damit, dass dieses Vorgehen auf Informationen beruhte, die erst seit vierundzwanzig Stunden bekannt waren, und dass er bisher einfach keine Gelegenheit und Zeit für ein Gespräch gehabt hatte. Sehr glaubwürdig war das zwar nicht, aber der Abteilungsleiter wollte keinen Streit mit einem seiner besten Ermittler und gab sich damit zufrieden. Das hatte Steinlechner auch erwartet, und er war nicht überrascht, als Baumann ihm die volle Unterstützung zusagte, allerdings mit dem Zusatz, dass Steinlechner allein die Verantwortung dafür hatte und er selbst von der Sache offiziell nichts wusste.

Steinlechner ersuchte Baumann dann noch um Vertraulichkeit und versicherte ihm, dass er ihn laufend über neue Ergebnisse informieren werde.

Als Doris den beiden neugierigen Kollegen wenige Minuten später im selben Lokal wie am Vortag gegenüberstand, war sie noch in ihrer „Einsatzadjustierung", was ihr nicht nur eindeutige Blicke, sondern auch eine anzügliche Bemerkung von Brauer eintrug, die sie aber mit einem Lächeln zur Kenntnis nahm.

Man konnte Doris ansehen, dass sie ziemlich aufgeregt war. Ohne dass man sie dazu auffordern musste, erzählte sie ausführlich von ihren Erlebnissen in Garmisch. Am Ende ihrer Erzählung, die nur einmal durch eine Zwischenfrage Brauers unterbrochen wurde, legte sie den Prospekt vor Steinlechner hin und die beiden konnten sich erstmals ein Bild von Rudolf Hausegger machen.

Dem Foto nach war er ein unscheinbarer Mann, schlank, nicht besonders kräftig, um die fünfzig Jahre alt, mit brünettem, seitlich nach hinten gekämmtem Haar.

Doris, die selbst einen Meter fünfundsechzig groß war, glaubte, dass er maximal zehn Zentimeter größer war, also etwa 175 Zentimeter. Ihr war noch aufgefallen, dass er ein eher nervöser Typ war, der ständig auf seinem Sessel herumrutschte, als er ihr gegenübersaß.

Mit einem Grinsen meinte Brauer, dass diese Nervosität vielleicht mit ihrem kurzen Rock zu tun gehabt haben könnte. Doris musste lachen und schlug instinktiv ein Bein über das andere, was dazu führte, dass die beiden Männer ihr gegenüber vorübergehend nicht mehr ganz bei der Sache waren und sich tiefer in ihre Sessel gleiten ließen.

Jedenfalls wussten sie nun, wie der Mann aussah, der vor nicht allzu langer Zeit beinahe eine Prostituierte erwürgt hätte und aus mehreren Gründen auch für den Mord an Erna Klingenschmied infrage kam. Die beiden Ermittler kamen überein, dass Doris vorerst kein zweites Mal nach Garmisch fahren sollte, weil derzeit keine neuen Erkenntnisse zu erwarten waren und ein baldiger weiterer Besuch ihn vielleicht doch misstrauisch machen konnte. Einen Zigarettenstummel von ihm würde Doris auch später jederzeit beschaffen können, wenn es etwas zu vergleichen gab. Für den Fall, dass er sich telefonisch meldete, sollte Doris ihm zwar Hoffnungen auf ein Treffen machen, ihn aber hinhalten.

Steinlechner bedankte sich dann noch bei Doris und sagte ihr, dass er den Abteilungskommandanten informiert hatte, sonst aber niemand von ihrem Einsatz wusste. Er kündigte ihr auch an, dass sie diesen und allfällige weitere Urlaubstage gutgeschrieben und ihre Spesen ersetzt bekommen würde.

Was ihr Brauer dann noch versprach, erfuhr Steinlechner nicht mehr, weil er bald darauf aufbrach, während die anderen beiden noch keine Anstalten dazu machten.

Steinlechner fuhr in seine Wohnung, holte eine schon vorher gepackte Reisetasche ab und machte sich in bester Laune auf den Weg nach Zirl.

Der nächste Tag war ein Feiertag, den er mit Elvira verbringen wollte. Sie hatte ihre Gäste darüber informiert, dass ihr Café an diesem Tag ausnahmsweise geschlossen bleiben würde.

Die beiden wollten einen Ausflug nach Bregenz machen und dort einen gemeinsamen Tag verbringen. Laut Prognose konnten sie auch mit schönem Frühlingswetter rechnen.

Elvira hatte dieser Fahrt nur unter der Bedingung zugestimmt, dass er vor der Abfahrt Dienst- und Privathandy in ihrer Wohnung zurückließ und an diesem Tag nicht erreichbar war, was Steinlechner zwar ungern, aber schließlich doch akzeptiert hatte, weil er erkannt hatte, dass sie es ernst meinte. Er hatte daher Brauer darüber informiert, dass er an diesem Tag nicht erreichbar sein würde, und er hatte auch die erwartete anzügliche Bemerkung einstecken müssen.

Jetzt freute er sich aber auf einen schönen gemeinsamen Tag und die beiden Nächte davor und danach mit dieser aufregenden Frau.

16

Wenn es das Idealbild eines Urlaubers im Bundesland Tirol aus der Sicht der Tourismuswirtschaft gibt, so kam diesem Otto Biefke aus Deutschland sehr nahe. Seit nunmehr siebenundzwanzig Jahren kam er schon Jahr für Jahr als Urlauber nach Tirol, immer in dieselbe kleine Pension in Sautens am Eingang des Ötztales.

Von Anfang an begeistert von Land und Leuten wollte er nur noch hier seinen Urlaub verbringen und er hatte das Glück, dass auch seine Frau keine Sehnsucht nach anderen Urlaubsdestinationen hatte.

Vor drei Jahren hatte ihn seine Firma im bayrischen Kulmbach unerwartet früh in die Pension verabschiedet und seit damals kam er mehrmals im Jahr und verbrachte neben einem vierwöchigen Urlaub im Sommer noch einige verlängerte Wochenenden in seinem geliebten Sautens.

Nach fünfundzwanzig Jahren Urlaub im selben Ort hatte man ihm im Rahmen einer Gästeehrung mit Blasmusik und Schuhplattlern die silberne Ehrennadel für treue Gäste samt Urkunde überreicht und er war fest entschlossen, auch die goldene nach weiteren fünfundzwanzig Jahren in Empfang zu nehmen, auch wenn er dann schon Mitte achtzig sein würde.

Natürlich war er im Laufe der Jahre immer wieder einmal auf seinen Namen angesprochen worden, insbesondere damals, als eine sehr bekannte Fernsehserie über das Verhältnis zwischen Einheimischen und deutschen Urlaubsgästen im österreichischen Fernsehen gelaufen war.

Otto Biefke war derlei anzügliche Bemerkungen schon aus seiner bayrischen Heimat gewohnt, wo sein Schreibname ja auch in gewisser Weise belastet war.

Wenn er in seinem Urlaubsort, wo ihn nach all den Jahren schon viele kannten, wegen seines Namens gehänselt wurde, so reagierte er meistens in Anspielung auf jene Fernsehserie mit den Worten: „Immer noch besser als Sattmann", und wies noch darauf hin, dass er sich im Unterschied zum klassischen Piefke ja mit weichem B schrieb.

Diesmal hatte Otto Biefke nicht nur seine Frau Hildegard, sondern auch seine zwei Enkelinnen, acht und zehn Jahre alt, mit nach Tirol genommen, wo sie gemeinsam das verlängerte Wochenende über Christi Himmelfahrt verbringen wollten, während ihre Tochter und der Schwiegersohn am Gardasee urlaubten. Den Feiertag mit strahlend schönem Frühlingswetter wollte er für einen Ausflug nützen, der über das Kühtai und das Sellraintal nach Innsbruck führen sollte. Nach einem Mittagessen in der Landeshauptstadt stand noch ein ausgiebiger Stadtbummel auf dem Programm, mit Besichtigung einiger Sehenswürdigkeiten, die Otto Biefke und seine Frau schon oft gesehen hatten und heute ihren Enkelinnen zeigen wollten. Die beiden Mädchen waren noch nie in Innsbruck gewesen und freuten sich ganz besonders auf das „Goldene Dachl", von dem ihnen die Großeltern erzählt hatten.

Es war etwa elf Uhr, als Otto Biefke sein Auto kurz vor dem Ort Kühtai neben der Straße abstellte. Er kannte diese Stelle schon von früheren Ausflügen und wollte sich auf einer Bank, die wenige Meter von der Straße entfernt in der Wiese stand, mit seiner Frau für eine halbe Stunde in die Sonne setzen. Keine fünfzig Meter hinter seinem Sitzplatz lag in einer Senke noch meterhoch Schnee, die Reste einer Lawine, die an dieser Stelle Jahr für Jahr abging und oft auch die Straße verschüttete.

Während ihre Großeltern auf der Bank saßen und die Gesichter in die Sonne hielten, erkundeten die beiden Mädchen die Umgebung und standen bald vor den Resten der Lawine, wo sie mit einem Ast in dem sulzigen, mit Steinen und Holz durchsetzten Schnee herumstocherten.

Dabei kam plötzlich ein schwarzer Damenschuh mit halbhohem Absatz zum Vorschein. Als eines der beiden Mädchen dann den Schnee unter dem Schuh wegkratzte, blieb dieser in seiner Stellung und es kam ein schwarzes Etwas zum Vorschein, an dem der Schuh steckte.

In Panik rannten die Mädchen zu den Großeltern und die Ältere rief vor Aufregung keuchend: „Opa, Opa, da liegt jemand im Schnee."

An der Tonlage und den erschrockenen Gesichtern seiner Enkelinnen erkannte Otto Biefke sofort, dass es sich nicht um einen ihrer Scherze handeln konnte, und ließ sich die Stelle zeigen.

Nach wenigen Minuten, in denen er vorsichtig den Schnee entfernte, sah Otto Biefke, dass hier tatsächlich ein Mensch unter dem Schnee lag.

Vor ihm lag ein Bein, das jetzt bis zum Knie freigelegt war, in einem schwarzen Strumpf steckte und einen Damenschuh trug.

Als ihn seine Frau, die inzwischen neben ihm stand, aufforderte, nicht mehr weiter zu graben und die Polizei zu verständigen, nahm er sofort sein Mobiltelefon aus der Tasche und wählte die Nummer seines Vermieters, die er gespeichert hatte.

Schon wenige Minuten später erhielt Otto Biefke einen Anruf von einem Beamten des Gendarmeriepostens Ötz und wurde aufgefordert, nichts mehr anzurühren und in der Nähe des Fundortes auf die Gendarmerie zu warten.

Es dauerte dann fast eine Stunde, bis zwei Gendarmen in Uniform eintrafen und sich von Otto Biefke den Fundort zeigen ließen. Während einer der beiden, ein erfahrener Alpingendarm, sofort mit einer Lawinenschaufel zu graben begann, ließ sich der zweite Beamte kurz schildern, wer die Leiche gefunden hatte, und notierte sich Namen und Urlaubsadresse von Otto Biefke.

Obwohl Frau Biefke mit den Mädchen längst im Auto saß und möglichst schnell weg wollte, blieb ihr Mann noch einige Zeit stehen und beobachtete, wie die beiden Gendarmen eine Frau aus dem Schnee ausgruben, in das üppige Gras vor den Schneeresten legten und vom anhaftenden Schnee befreiten.

Vor ihnen lag die steif gefrorene Leiche einer relativ korpulenten Frau, die eng am Kopf anliegenden oder angefrorenen Haare waren kurz und hell. Soweit man das beim momentanen Zustand der Leiche sagen konnte, war sie vollständig bekleidet, mit grauem Rock, dunkler Jacke und schwarzer Strumpfhose. An einem Fuß trug sie einen schwarzen Damenschuh mit halbhohem Absatz, der zweite Schuh fehlte.

Während der jüngere Gendarm dann vom Dienstwagen aus die notwendigen Verständigungen durchführte, sah sich der andere die Fundstelle genauer an. Schon beim Ausgraben hatte er den Eindruck gewonnen, dass die Tote nicht in der Lawine selbst gelegen hatte. Dieser Eindruck verstärkte sich bei näherer Betrachtung. Die Tote hatte vermutlich schon im Schnee gelegen, bevor die Lawine abgegangen war.

Der zuständige Sprengelarzt, der auch verständigt worden war, war sehr schnell an der Fundstelle, weil er zufällig in der Gegend war und nur wenige Minuten zu fahren hatte. Schon vor dessen Eintreffen waren dem einen Gendarmen die dunklen Flecken am Hals der Toten aufgefallen, die nach dem Abtauen der letzten Schneereste nach und nach sichtbar wurden und auf die er den Arzt sofort aufmerksam machte.

Mit dem Vorbehalt, dass er kein Gerichtsmediziner sei, äußerte auch der Arzt nach eingehender Untersuchung des Halses der Toten den Verdacht, dass sie erwürgt oder zumindest vor ihrem Tod gewürgt worden sein könnte.

Der ältere der beiden Gendarmen setzte sich daraufhin sofort mit der schon vorher verständigten Kriminalabteilung in Verbindung, informierte über die neuesten Erkenntnisse und erhielt den Auftrag, bei der Leiche zu bleiben, den Fundort abzusichern und nichts mehr zu verändern.

Wenn ein wunderschöner Frühlingstag zufällig auch noch ein Feiertag ist und obendrein auf einen Donnerstag fällt, was die Möglichkeit eines verlängerten Wochenendes eröffnet, so ist es nicht einfach, die erforderlichen Beamten für einen Einsatz der Kriminalabteilung aufzutreiben. Nach einer Stunde war es dann doch so weit, dass sich Brauer und Kofler mit zwei Mitarbeitern aus Koflers Gruppe in Richtung Kühtai auf den Weg machten.

Neben Steinlechner waren auch Gapp und die anderen Beamten seines Ermittlungsbereiches nicht zu erreichen gewesen.

Dafür war Dr. Burger von der Gerichtsmedizin trotz des schönen Wetters und des Feiertages im Institut anwesend und als Erster zum Fundort der Leiche aufgebrochen. Er wurde dann aber noch aufgehalten und traf gleichzeitig mit den Ermittlern der Kriminalabteilung dort ein.

Wie immer beschränkte sich Dr. Burger auf eine kurze Besichtigung der Leiche, wobei er allerdings den Druckstellen am Hals besondere Aufmerksamkeit schenkte. Auch er war der Meinung, dass die Frau gewürgt worden war. Ob das aber für sie tödlich gewesen war oder ob eine andere Ursache für ihren Tod vorlag, konnte er nicht beurteilen, was diesmal niemanden wunderte, weil die Leiche immer noch steif gefroren war. Er wollte auch keine Vermutung darüber äußern, wie lange die Tote schon an der Fundstelle gelegen sein konnte, und machte darauf aufmerksam, dass dies bei einer Lagerung in gefrorenem Zustand auch nach der Obduktion schwer genug sein würde. Die Obduktion würde frühestens am nächsten Tag stattfinden, weil die Leiche erst aufgetaut werden musste.

Kofler hatte in der Zwischenzeit mit seinen Mitarbeitern und den beiden Beamten vom Gendarmerieposten Ötz begonnen, die Stelle, an der man die Leiche aus dem Schnee gegraben hatte, nach Aufnahme der notwendigen Fotos genau zu untersuchen.

Auch für ihn war bald klar, dass die Frau nicht von der Lawine an diese Stelle transportiert worden war, sondern dass sie im Schnee gelegen oder eingegraben gewesen sein musste, bevor die Lawine abgegangen war.

Schon nach kurzer Suche wurden etwa einen Meter von der Stelle entfernt, an der die Tote gelegen war, der zweite Schuh und eine Handtasche gefunden. Auch das sprach eindeutig dafür, dass die Tote nicht von der Lawine an die Fundstelle transportiert worden sein konnte.

Die Handtasche war ein Billigprodukt aus Fernost und enthielt neben den üblichen Gegenständen wie Papiertaschentüchern, Kaugummi, Kamm, Zigaretten und Schminkutensilien einen

Reisepass, zwei Fotos, eine Packung Streichhölzer mit einer Werbeaufschrift und einen Schlüssel.

Laut Reisepass handelte es sich bei der Toten um eine Lara Pommert, 1960 in Hamburg geboren und in Berlin wohnhaft.

Kofler betrachtete den Pass von allen Seiten und schien gewisse Zweifel an der Echtheit zu haben, die sich einige Stunden später bei genauerer Untersuchung bestätigen sollten.

Die Frau auf dem Passfoto hatte ein rundes, hübsches Gesicht und kurze, weißblonde Haare. Eine Ähnlichkeit mit dem Gesicht der Leiche war nicht zu übersehen.

Auch die beiden Fotos zeigten dieselbe Frau; auf dem einen stand sie hinter einer Bar, auf dem anderen war sie im Freien vor dem Eingang eines Hotels zu sehen. Von der Aufschrift über dem Hoteleingang war nur das Wort „KURZ" zu lesen.

Aussagekräftiger war die Streichholzpackung mit der Aufschrift „Panoramahotel Kurz, Sölden".

Es gab also eine Verbindung zwischen der Toten und diesem Hotel, in dem sie möglicherweise gearbeitet hatte.

Als der Wagen der Bestattung eintraf, um die Leiche im Auftrag von Dr. Burger in die Gerichtsmedizin abzutransportieren, durchsuchte Kofler noch die beiden Taschen an der Jacke der Toten, allerdings ohne Ergebnis. Seine beiden Mitarbeiter hatten die Untersuchung des Fundortes abgeschlossen. Weitere Gegenstände oder Spuren hatten sie nicht gefunden.

Nach dem Abtransport der Leiche fuhr Kofler mit einem seiner Mitarbeiter nach Innsbruck zurück.

Brauer und der zweite Beamte aus Koflers Mannschaft fuhren nach Sölden.

Gegen siebzehn Uhr standen sie vor dem Panoramahotel Kurz. Das Hotel war geschlossen, auf dem riesigen Parkplatz davor stand kein einziges Auto. Deshalb fuhr Brauer zum Gendarmerieposten Sölden, wo man sofort wusste, wie der Besitzer dieses Hotels zu erreichen war.

Der Mann am Telefon schien nicht sehr erfreut, als Brauer sich vorstellte und ankündigte, dass er ihn dringend sprechen müsse, und wollte wissen, was denn so dringend war.

Als Brauer ihm sagte, dass es um Lara Pommert ging, war er dann aber sehr kooperativ und innerhalb von zehn Minuten auf der Dienststelle.

Der kleine, untersetzte Mann, der vor Brauer stand, war nervös und gab Brauer sofort nach der Begrüßung zu verstehen, dass er nicht in Anwesenheit der örtlichen Gendarmen mit ihm sprechen wollte. Als Erwin Kurz dann mit den beiden Ermittlern aus Innsbruck alleine war, stellten sich bald die Gründe für seine Hektik heraus.

In den ersten Jännertagen des vergangenen Winters, also mitten in der Hochsaison, hatte sich ein Angestellter durch einen Sturz schwer verletzt und Kurz hatte dringend Ersatz für den Barkeeper in der hoteleigenen Nachtbar gebraucht. Auf mehrere Anzeigen hin hatte sich dann Lara Pommert als Einzige bei ihm im Hotel vorgestellt und noch am selben Tag in der Bar zu arbeiten begonnen. Sie hatte allerdings darauf bestanden, dass er sie schwarz beschäftigte und daher auch besser bezahlte. In der Notsituation und angeblich ganz und gar gegen seine sonstigen Prinzipien hatte er sich darauf eingelassen und mit ihr vereinbart, dass sie bis zum Ende der Saison unangemeldet in der Bar arbeiten würde.

Ihre Arbeit hatte sie sehr gut gemacht und es war nie ein Zweifel darüber aufgekommen, dass sie tatsächlich „vom Fach" war, wie sie bei ihrer Vorstellung im Hotel mehrmals betont hatte. Schon nach wenigen Tagen hatte sie die Bar und die Gäste voll im Griff und so mancher männliche Gast verbrachte mehr Zeit bei ihr an der Theke, als es seiner weiblichen Begleitung recht war. Ihre üppigen Formen und ihre lockeren Sprüche kamen jedenfalls sehr gut an und Kurz war mit seiner neuen Barfrau recht zu frieden.

Am Abend des 25. Jänner war sie dann nicht zur Arbeit erschienen und es hatte sich herausgestellt, dass sie das Hotel vermutlich nach der Sperrstunde in der Nacht zum 25. Jänner heimlich verlassen hatte. Ihr Zimmer im Personalhaus war leer, sie musste mit einem Koffer und einer Reisetasche abgereist sein, wie sie auch angekommen war. Vom Personal hatte niemand etwas von ihrer Abreise mitbekommen. Den Schlüssel zu ihrem Zimmer hatte sie vermutlich mitgenommen.

Erst nachdem er das alles erzählt hatte, wollte Kurz dann wissen, warum er über Lara Pommert befragt wurde.

Brauer, dem das seltsam vorkam, fragte ihn: „Was glauben Sie, warum wir uns nach ihr erkundigen?"

Die Antwort war dann für die beiden Ermittler überraschend. Die Frau von Erwin Kurz war die Schwester eines Gendarmeriebeamten, der beim Bezirksgendarmeriekommando in Imst arbeitete. Sie und Erwin Kurz standen kurz vor der Scheidung, bei der auch ein von Frau Kurz vermutetes Verhältnis ihres Ehemannes mit Lara Pommert eine Rolle spielte. Deshalb glaubte er, dass ihn seine Noch-Ehefrau mit Hilfe ihres Bruders angezeigt hatte und nun gegen ihn ermittelt wurde, weil er sie schwarz in seinem Hotel beschäftigt hatte.

Auf Brauers Frage, ob er tatsächlich ein Verhältnis mit Lara Pommert gehabt hatte, verneinte Erwin Kurz entrüstet und stellte den Verdacht seiner Frau als eines der vielen Hirngespinste dar, mit denen sie ihn in ihrer Eifersucht seit Jahren traktierte.

Erst jetzt sagte ihm Brauer, dass Lara Pommert einige Stunden zuvor tot aufgefunden worden war.

Seine Reaktion war nicht leicht einzuschätzen. Er wirkte zwar sehr erschrocken, nicht aber erschüttert, wie es zu erwarten gewesen wäre, wenn zwischen ihm und der Frau eine engere Bindung bestanden hätte.

Brauer stellte ihm dann noch einige Fragen und kündigte an, dass er unter Umständen später noch weitere Fragen haben würde. Kurz war mit allem einverstanden und versicherte, dass er in nächster Zeit in seinem Haus in Sölden erreichbar sein würde.

Den Schlüssel aus der Handtasche der Toten erkannte er eindeutig als ihren Zimmerschlüssel.

Als Brauer und sein Begleiter auf der Dienststelle in Innsbruck eintrafen, war es fast einundzwanzig Uhr. Kofler hatte auf ihn gewartet und teilte ihm mit, dass der bei der Toten gefundene Reisepass gefälscht war. Auf kurzem Weg hatte er auch herausfinden können, dass es weder in Hamburg noch in Berlin eine Lara Pommert gab.

Mit einer gewissen Schadenfreude wählte Brauer nun die Nummer von Steinlechners Diensthandy.

Steinlechner und Elvira hatten am Vortag den Abend in ihrem Café verbracht. Obwohl er ahnte, dass sie ihn in der folgenden Nacht wieder ziemlich fordern würde, hatte er sie gebeten, den Wecker auf sieben Uhr zu stellen, damit sie den freien Feiertag ausgiebig nützen konnten. Trotz der halbstündigen Verzögerung beim Aufstehen, zu der sich Steinlechner gerne überreden ließ, saßen sie vor neun Uhr in seinem Auto und fuhren über den Arlberg nach Vorarlberg und weiter nach Bregenz.

Es wurde ein schöner und erholsamer Tag mit Stadtbesichtigung, einem ausgiebigen Spaziergang am See und einem Mittagessen, ganz nach Steinlechners Geschmack. All das hatten sie bisher nicht gemeinsam machen können und sie genossen es deshalb ganz besonders.

Auf der Rückfahrt sprachen beide begeistert über diesen schönen Tag und machten Urlaubspläne für den kommenden Sommer.

Beide hatten schon seit Jahren keinen längeren Urlaub mehr gemacht. Diesmal sollten es mindestens drei Wochen werden, wahrscheinlich irgendwo an der Adria.

Steinlechner wusste wohl, dass er sich mit einem dreiwöchigen Urlaub viel vornahm und dass ihm seine Arbeit schon oft einen Strich durch solche Pläne gemacht hatte.

Ab jetzt sollte das aber anders werden.

Sein Stellvertreter Brauer hatte sicher nichts dagegen, wenn er einmal selbstständig arbeiten konnte; er war ein guter, erfahrener Ermittler und zweifellos in der Lage, Steinlechner für die Dauer eines Urlaubes zu vertreten.

Nach der Ankunft in Zirl saßen die beiden gerade im Wohnzimmer, wo Elvira ein großes Bier vor Steinlechner hingestellt hatte, als sein Handy läutete. Ihrem Wunsch, das Mobiltelefon erst am nächsten Morgen wieder einzuschalten, hatte er nach einigem Zögern dann doch nicht entsprochen, zumal er schon den ganzen Tag ein schlechtes Gewissen gehabt hatte, weil er nicht erreichbar gewesen war.

Brauer eröffnete das Gespräch mit der scheinheiligen Frage, ob er hoffentlich nicht bei einer wichtigen Tätigkeit störe, und wurde von Steinlechner ziemlich barsch aufgefordert, zur Sache zu kommen. Nach wenigen Minuten war dieser dann über die Ereignisse des Tages in groben Zügen informiert. Sein „Liebesurlaub" war zu Ende.

Elvira, der er nur sagte, dass es einen neuen Fall gab, reagierte sehr verständnisvoll und begnügte sich damit, ihn dazu zu überreden, dass er wenigstens sein Bier noch austrank. Sie hatte ihn beim Telefonieren beobachtet und wusste, dass er sicher nicht wegen eines unbedeutenden Vorfalles angerufen worden war.

Er leerte sein Bierglas in wenigen Zügen und saß eine halbe Stunde später Brauer und Kofler in seinem Büro gegenüber.

Die beiden begannen mit ihren Berichten, wurden aber nach wenigen Sätzen von Steinlechner unterbrochen, der vorschlug, die Unterredung im nahe gelegenen Stammgasthaus fortzusetzen, weil er hungrig war und noch etwas essen wollte.

„Ja, hat sie dir nichts zum Essen gegeben?", fragte Brauer spöttisch.

In ruhigem Ton, aber doch ärgerlich, antwortete Steinlechner: „Wenn du Trottel mich eine halbe Stunde später angerufen hättest, wäre ich jetzt schon satt. Aber wer weiß, was du in der Zwischenzeit für Blödsinn gemacht hättest."

Brauer schluckte diese sehr rüde Antwort, ohne mit einer Wimper zu zucken. Er wusste, dass er Steinlechner innerhalb kurzer Zeit zweimal provoziert hatte und dieser auf derlei Anspielungen, wenn es um Elvira Rudig ging, manchmal auch allergisch reagierte.

Die Verärgerung Steinlechners war aber wie weggeblasen, als er zehn Minuten später eine ordentliche Portion Bauernschmaus vor sich stehen und ein großes Bier schon zur Hälfte geleert hatte. Brauer lag schon wieder eine spöttische Bemerkung auf der Zunge, er beherrschte sich diesmal aber, in Erinnerung an die Zurechtweisung, die er zuvor erhalten hatte.

Als Steinlechner mit seinen beiden Kollegen kurz vor Mitternacht das Lokal verließ, war er bis ins Detail über alles informiert und hatte die weiteren Schritte für den nächsten Tag festgelegt.

Kofler würde versuchen, Näheres über die Frau, die sich vor ihrem Tod Lara Pommert genannt hatte, herauszufinden und dann bei der Obduktion anwesend sein.

Steinlechner und Brauer wollten nach den notwendigen Meldungen und Verständigungen im Ötztal weiter ermitteln.

Die Presse hatte bisher nur eine knappe Mitteilung darüber erhalten, dass nahe Kühtai in einer Lawine eine tote Frau gefunden worden war, mit unbekannter Identität und Todesursache. Diese Nachricht hatte auch keine besonderen Aktivitäten bei den Medien ausgelöst, was darauf schließen ließ, dass auch Reporter manchmal Wert auf ein freies, langes Wochenende legten. Brauer hatte allerdings auch vermieden, den Mordverdacht im Funk zu erwähnen, und den beiden Gendarmen am Tatort eingeschärft, über die Spuren am Hals der Toten nichts zu sagen.

Wenn sich bei der Obduktion das herausstellen sollte, was aufgrund der Spuren am Hals der Toten naheliegend war, würde Steinlechner für den Abend des kommenden Tages eine Pressekonferenz ansetzen.

17

Am nächsten Tag hatte Steinlechner eine längere Unterredung mit dem Abteilungskommandanten, der sich die Ereignisse des Vortages genau schildern ließ. Bei seinem Bericht vor versammelter Mannschaft hatte Steinlechner nur von einem vagen Hinweis darauf, dass die in der Nähe von Kühtai gefundene Frau eines gewaltsamen Todes gestorben sein könnte, gesprochen. Oberst Baumann, der seinen Ermittler gut kannte, wollte wissen, ob diese Einschätzung realistisch war oder Steinlechner sich absichtlich so vorsichtig geäußert hatte, weil er vermeiden wollte, dass die ganze Abteilung von einem weiteren Mord ausging und so womöglich auch die Medien schon jetzt mehr erfuhren, als sie vor der geplanten Pressekonferenz wissen sollten.

Dieser erwähnte nochmals die Spuren am Hals der Toten, zu denen es aber bisher nur Vermutungen gab. Die Lage der Leiche und die Bekleidung sprachen nicht unbedingt für einen Unfall. Auch über einen möglichen Zusammenhang mit dem Fall Erna Klingenschmied wurde gesprochen, wobei Steinlechner sich nicht festlegen wollte, aber doch einräumte, dass es Parallelen gab. Immerhin waren beide Frauen von ähnlicher Statur und, wenn sich der Verdacht auf Tod durch Erwürgen als richtig herausstellen sollte, auf gleiche Weise ums Leben gekommen.

Baumann wollte über alle wichtigen Ergebnisse informiert werden und an der Pressekonferenz teilnehmen, wobei er darauf hinwies, dass diese so rechtzeitig angesetzt werden sollte, dass sie bis neunzehn Uhr dreißig zu Ende sein würde.

Er hatte nämlich für diesen Abend Theaterkarten für sich und seine Gattin, die er keinesfalls verfallen lassen wollte.

Nach dem Ende der Unterredung suchte Steinlechner Kofler auf, der gemeinsam mit Brauer schon auf ihn wartete. Kofler hatte wieder einmal ganze Arbeit geleistet und seine Drähte zu deutschen Kollegen zum Glühen gebracht.

Lara Pommert hieß ursprünglich Larissa Krakov und stammte aus Polen. Sie war als Tochter einer deutschstämmigen Familie aufgewachsen, im Jahr 1991 dann nach Deutschland gekommen und hatte in Berlin einen Mann namens Werner Heuer geheiratet. Die Ehe war aber schon nach einem halben Jahr wieder geschieden worden. Die Frau, die neben ihrer Muttersprache Deutsch noch perfekt polnisch und sehr gut russisch sprach, hatte in der Zwischenzeit eine Reihe von Betrügereien begangen, wobei sie unter den Namen Krakov und Heuer, aber auch unter dem Falschnamen Pommert und einigen weiteren Falschnamen aufgetreten war und auch über die passenden Dokumente verfügt hatte. Wegen ihrer Sprachkenntnisse und der meist sehr gut gefälschten Dokumente, die man bei ihr gefunden hatte, war sie auch als mögliche Mitarbeiterin eines östlichen Geheimdienstes gehandelt worden. Beweise hatte es dafür aber nie gegeben.

Sie wurde von der deutschen Polizei auch als Geheimprostituierte geführt und hatte sich in diesem Zusammenhang neben zwei Betrugs-Vorstrafen auch eine wegen Beischlafdiebstahl eingehandelt. Seit Mitte 2003 war sie in Deutschland nicht mehr auffällig gewesen und auch nicht mehr polizeilich gemeldet, zumindest nicht unter den Namen, die sie bis dahin verwendet hatte.

In Österreich war gegen sie, soweit Kofler das bisher feststellen konnte, unter keinem der bekannten Namen ermittelt worden.

Als Steinlechner und Brauer beim Bezirksgendarmeriekommando Imst eintrafen, wurden sie vom Bezirksgendarmeriekommandanten und seinem Mitarbeiter Kajetan Walch erwartet.

Von Walch erhofften sich die beiden Ermittler Informationen über den Hotelier Erwin Kurz, er war nämlich der Schwager, von dem Kurz am Vortag gesprochen hatte.

Steinlechner nutzte die Gelegenheit und informierte den sicher nicht zufällig anwesenden Bezirksgendarmeriekommandanten über den Leichenfund im Kühtai. Auch diesmal äußerte er sich sehr vorsichtig, wobei er nur allgemein von möglichen Spuren sprach, die auf Fremdverschulden, also Mord hindeuteten.

Weil der Bezirksgendarmeriekommandant von seinen Mitarbeitern schon vorinformiert war und die Würgemale am Hals der Toten ansprach, ging Steinlechner dann doch darauf ein und betonte, dass es sich um Vermutungen handelte und dass nach dem Auftauen und der dann möglichen Obduktion erst eine eindeutige Aussage zu diesen Spuren möglich sein werde.

Im Gespräch mit Walch erfuhren sie dann weniger als erhofft. Er war bemüht, sich als objektiv darzustellen, und betonte mehrmals, dass er mit seinem Schwager nie einen Streit gehabt habe und die Geschichten von dessen ehelichen Verfehlungen ausschließlich aus den Erzählungen seiner Schwester kenne. Mit Erwin Kurz hatte er angeblich nie viel Kontakt gehabt und über die Vorgänge im Hotel wusste er kaum Bescheid. Seine Schwester war schon vor einem Monat aus der Wohnung in Sölden ausgezogen und hatte die Scheidung eingereicht. Sie hatte eine Wohnung in Imst gemietet. Kinder hatte das Ehepaar Kurz keine.

Als Steinlechner und Brauer vor der Wohnungstür der Erika Kurz standen und klingelten, trat nach wenigen Sekunden eine schlanke Frau, dunkelhaarig und Mitte vierzig, vor sie und bat sie in ihre Wohnung.

Wie erwartet war sie von ihrem Bruder schon vorgewarnt worden. Vom Tod der Lara Pommert wusste sie schon und sie kommentierte ihn mit den Worten: „Nicht schade um diese Schlampe."

Im folgenden Gespräch erfuhren die Ermittler, dass Frau Kurz die Bardame, die unter dem Namen Lara Pommert im Hotel ihres Mannes einige Wochen gearbeitet hatte, selbst nur zwei- oder dreimal gesehen und so gut wie nicht gekannt hatte. Ihre Informationen hatte sie von der Angestellten Maria Probst bezogen, die neben Pommert in der Hotelbar gearbeitet hatte. Von ihr wusste Erika Kurz, dass die angebliche Frau Pommert sich in den wenigen Wochen ihrer Tätigkeit in der Bar mit mehreren Männern „angefreundet" hatte, dass sie auch mehrfach Verabredungen getroffen hatte und dass auch Erwin Kurz sich sehr um seine neue Bardame gekümmert hatte. Sie war es auch gewesen, die den Chef einmal aus dem Zimmer der Lara hatte kommen sehen, was sie als enge Vertraute der Chefin auch sofort berichtet hatte.

Für Steinlechner und Brauer war offenkundig, dass Erika Kurz nur wusste, was sie von ihrer Informantin erfahren hatte. Die Frage, ob sie selbst Wahrnehmungen gemacht habe, verneinte sie.

Nach einer kurzen Mittagspause im vorderen Ötztal standen Brauer und Steinlechner vor dem Wohnhaus ihrer nächsten Zeugin. Maria Probst hatte eine Wohnung im Haus ihrer Eltern in Längenfeld und war auch schon vorgewarnt, als Steinlechner und Brauer sie aufsuchten.

Sie hatte Zeit gehabt, sich für den Besuch zweier Kriminalisten, den sie recht aufregend fand, zurechtzumachen, und entsprach voll und ganz den Erwartungen, die insbesondere Brauer an eine Bardame hatte. Schlank, aber mit imposanter und auch gekonnt präsentierter Oberweite, Ende zwanzig, ein hübsches Gesicht, silbergrau gefärbte, sehr kurz geschnittene Haare und ein Rock, der deutlich über dem Knie endete. So saß sie den beiden Ermittlern in ihrem geschmackvoll eingerichteten Wohnzimmer gegenüber. Brauer, der nicht zufällig ihr gegenüber auf der bequemen Sitzecke Platz genommen hatte, überließ Steinlechner die Befragung und warf immer wieder einen Blick auf ihre wohlgeformten Beine, die sie in regelmäßigen Abständen übereinander schlug, wobei er jedes Mal versuchte, einen Blick auf ihr „Darunter" zu erhaschen.

Auch Steinlechner war beeindruckt, was aber nichts daran änderte, dass er sofort zur Sache kam. Er ermittelte schließlich in einem Mordfall und saß möglicherweise einer sehr wichtigen Auskunftsperson gegenüber.

Maria Probst war eine von vier Angestellten in der hauseigenen Bar des Panoramahotel Kurz in der vergangenen Wintersaison gewesen. In den knapp drei Wochen, während denen die angebliche Lara Pommert in der Bar gearbeitet hatte, waren neben

Probst noch zwei jüngere Männer aus dem Osten Deutschlands als Bedienung in der Bar tätig gewesen, die inzwischen nach Deutschland zurückgekehrt waren. Maria Probst und ihre neue Kollegin hatten in den drei Wochen zwar Nacht für Nacht gemeinsam in der Bar gearbeitet und beide im Angestelltentrakt jeweils ein Zimmer bewohnt, waren sich aber trotzdem relativ fremd geblieben.

Die Zusammenarbeit hatte sehr gut geklappt, allerdings war die Neue zumindest nach Meinung von Maria Probst nicht in allen Belangen so routiniert, wie das von einer erfahrenen Bardame erwartet werden konnte.

Dafür hatte sie aber sehr gut mit Männern umgehen und sie zu beträchtlichen Umsätzen und entsprechendem Trinkgeld animieren können.

Trotz oder gerade wegen ihrer sehr kräftigen Figur hatte sie auf viele Männer sehr anziehend gewirkt und es war Maria Probst auch nicht entgangen, dass sie mehrmals Verabredungen für ihre Freizeit getroffen hatte.

Nach ihrer Meinung war der Chef vom ersten Tag an hinter ihr her gewesen, mehrmals hatte sie die beiden in einen Nebenraum der Bar verschwinden sehen und einmal war er am Nachmittag aus ihrem Zimmer gekommen. Maria Probst war davon überzeugt, dass die beiden sich nicht nur einmal im Zimmer der angeblichen Lara getroffen hatten.

Auch die beiden Deutschen hatten den Chef mehrmals aus ihrem Zimmer kommen sehen und sie hatten Maria auch erzählt, dass Lara manchmal gegen Mittag von Männern abgeholt worden und mit ihnen weggefahren war. Maria Probst selbst hatte solche Treffen nie mitbekommen, weil sie ihr Zimmer nur zum Ausschlafen nach der Sperrstunde benützte und die freie Zeit bis zum Abend meist in ihrer Wohnung in Längenfeld verbrachte.

Vom Verschwinden ihrer Kollegin hatte Maria nichts mitbekommen.

Eines Tages Ende Jänner war die Neue nicht mehr zur Arbeit erschienen und Maria Probst hatte mehr als zwei Wochen mit den beiden Deutschen allein die Arbeit in der Bar bewältigen müssen.

„Können Sie sich noch an einen der Männer erinnern, mit denen die Pommert sich verabredet hat oder um die sie sich ganz besonders gekümmert hat?", wollte Steinlechner dann noch wissen.

„Das ist jetzt fast vier Monate her, an ein Gesicht kann ich mich nicht erinnern, aber einer ist mehrmals gekommen und immer bei Lara an der Bar gestanden. Ein Älterer, der den Chef gut kannte, aber wie er ausgesehen hat, weiß ich nicht mehr."

„Danke, Frau Probst, dass Sie sich Zeit für uns genommen haben. Falls Ihnen noch etwas einfallen sollte, rufen Sie uns bitte an", sagte Steinlechner abschließend. Als er ihr seine Karte geben wollte, kam ihm Brauer zuvor und drückte ihr seine Karte in die Hand. Steinlechner konnte ein Grinsen nicht unterdrücken, als er sagte: „Ja, wenn Ihnen noch etwas einfällt, rufen Sie meinen Kollegen an, er hat mehr Zeit zum Telefonieren."

Als sie wenig später im Auto saßen und in Richtung Sölden fuhren, meinte Brauer: „Wenn du willst, kannst du ja richtig nett sein", und er hoffte sehr, dass dieser beeindruckenden Bardame vielleicht doch noch etwas einfallen würde.

Erwin Kurz war schon am Vorabend von Brauer ersucht worden, sich am nächsten Tag für eine mögliche weitere Befragung bereitzuhalten, und daher nicht überrascht, als sich Brauer telefonisch bei ihm meldete und ihn bat, zu seinem Hotel zu kommen. Steinlechner wollte sich selbst ein Bild von Kurz und von dem letzten Arbeitsplatz der Toten machen. Zudem gab es einige Fragen, die er Kurz stellen wollte.

Die beiden Ermittler wurden schon erwartet und auf ihren Wunsch hin von Kurz in die im Keller des Hauses gelegene Hotelbar geführt. Es stellte sich heraus, dass das zweite Foto aus der Handtasche der Toten tatsächlich in der Bar aufgenommen worden war. Auf Vorschlag des Hoteliers fand die weitere Unterredung dann in einem kleinen Büro neben der Rezeption statt, das von ihm benützt wurde, wenn das Hotel in Betrieb war.

Steinlechner kam wieder in seiner sehr direkten Art gleich zur Sache und überraschte Kurz mit der Aussage: „Dass Sie mit der Lara Pommert nichts gehabt haben, glauben wir Ihnen nicht mehr. Wir wissen, dass Sie mehrmals am Nachmittag aus Ihrem Zimmer gekommen sind. Oder wollen Sie uns erzählen, dass Sie nur mit ihr über die Arbeit in der Bar geredet haben?"

„Ich weiß, woher der Wind weht, aber wenn ich jedes Mal, wenn ich mit einer Angestellten allein in einem Raum bin, auch mit ihr schlafen würde, dann hätte ich ein ziemlich anstrengendes Leben", antwortete Kurz erstaunlich ruhig.

Steinlechner und Brauer glaubten ihm nicht und gaben ihm das auch eindeutig zu verstehen, er blieb aber dabei, kein Verhältnis mit der Frau gehabt zu haben, und stellte das Ganze als Intrige seiner Frau und ihrer Verbündeten Maria Probst dar.

Am letzten Abend vor dem Verschwinden von Pommert war er gegen Mitternacht angeblich letztmalig kurz in der Bar gewesen und dann allein schlafen gegangen.

Wegen der Eheprobleme mit seiner Frau hatte er schon seit einigen Monaten ein Zimmer im Hotel bewohnt und sein Wohnhaus, in dem damals noch seine Frau gewohnt hatte, nur betreten, wenn triftige Gründe das notwendig gemacht hatten.

Bei dieser letzten Begegnung war ihm an Lara Pommert nichts aufgefallen. Danach hatte er sie angeblich nicht mehr gesehen. An den Ablauf des folgenden Tages konnte sich Kurz nach fast vier Monaten nicht mehr erinnern. Jedenfalls war sie am Abend nicht zur Arbeit erschienen und eine Nachschau im Zimmer hatte ergeben, dass sie heimlich abgereist war. Im Zimmer waren keine persönlichen Gegenstände zurückgeblieben.

Bei diesem Stand der Befragung schaltete sich Brauer ein: „Wir haben erfahren, dass die Frau Kontakte und Verabredungen mit mehreren Männern hatte, einer davon soll ein guter Bekannter von Ihnen gewesen sein und öfter an der Theke bei ihr gestanden sein."

Kurz musste nicht lange nachdenken, ehe er sagte: „Ja, der ist damals oft gekommen, ein guter Bekannter, der selbst zwei Hotels in Seefeld hat."

„Er heißt nicht zufällig Ferdinand Grumser?", fragte Steinlechner.

„Genau so heißt er, aber wieso fragen Sie mich, wenn Sie es ohnehin schon von meiner Frau oder der Probst erfahren haben?"

Steinlechner ging auf diese Frage nicht weiter ein und wollte wissen, was sich zwischen Grumser und der Bardame abgespielt hatte. „Ich habe ihn selbst nur einmal getroffen und eine halbe Stunde mit ihm geplaudert. Dass ihm die Pommert gefallen hat, war nicht zu übersehen. Von den anderen Besuchen hat mir das Personal erzählt. Ob sie sich in ihrer Freizeit getroffen haben, weiß ich nicht. Ich habe ihn seit damals nicht mehr gesehen."

Steinlechner gab sich damit zufrieden und verabschiedete sich von Kurz mit dem üblichen Hinweis, dass er sich wieder melden würde, wenn noch Fragen auftauchen sollten.

Es war inzwischen schon nach fünfzehn Uhr und höchste Zeit, wenn die Pressekonferenz so rechtzeitig angesetzt werden sollte, dass der Chef mit seiner Gattin noch ins Theater kam.

Die beiden hatten das Ortsende von Sölden noch nicht erreicht, als Steinlechners Handy klingelte und Kofler sich bei ihm meldete. Laut Dr. Burger konnte die Obduktion erst am nächsten Tag stattfinden, weil die Leiche noch nicht vollständig aufgetaut war. Steinlechner war darüber nicht unglücklich. So konnte er ohne Hektik weiter ermitteln. Dass die Frau ermordet worden war, stand auch nach den bisherigen Erkenntnissen so gut wie fest und die Presse konnte mit dem Hinweis auf die Obduktion am nächsten Tag mit einer knappen Information abgespeist werden. Er ersuchte Kofler, sich darum zu kümmern und den Chef über die neue Lage zu informieren.

Steinlechner wurde also nicht dringend in Innsbruck gebraucht und das gab ihm Gelegenheit, sich den Fundort der Leiche kurz anzusehen, nicht weil er befürchtete, dass etwas übersehen worden war, sondern weil er sich einfach selbst einen Überblick verschaffen wollte.

Nachher fuhren er und Brauer wieder in Richtung Ötz zurück und über den Haiminger Sattel zur „Jagdhütte" des Ferdinand Grumser.

Vor dieser sehr stattlichen Hütte stand dann tatsächlich sein Auto und Steinlechner konnte sich des Eindrucks nicht erwehren, dass er schon erwartet wurde.

Auch die Überraschung, mit der Grumser auf die Nachricht von Lara Pommerts Tod und den Grund der Befragung reagierte, wirkte unecht, sodass Steinlechner davon ausging, dass Grumser von Kurz informiert worden war.

Grumser gab sich betont locker und bot den beiden Ermittlern sogar ein Getränk an, was sie aber ablehnten. Seine Antwort auf die Frage nach seiner Beziehung zu Lara Pommert schien gut überlegt und vorbereitet: „Bei einem zufälligen Besuch habe ich die Bardame kennengelernt. Sie war sehr sympathisch und man konnte sehr gut mit ihr reden. Ich bin dann noch zwei- oder dreimal in der Bar gewesen und habe jedes Mal an der Theke mit ihr geplaudert. Einmal war auch der Kurz dabei, den ich schon sehr lange kenne. Außerhalb der Bar habe ich sie nie getroffen oder gesehen."

Nach diesem erstaunlichen Monolog hatte Steinlechner keine weiteren Fragen mehr. Er hatte diesen Typen schon bisher nicht gemocht und nach dieser Begegnung mochte er ihn noch weniger.

Nach der Rückkehr auf die Dienststelle fiel die obligate Besprechung diesmal eher kurz aus. Am nächsten Tag würden Steinlechner und Kofler an der für neun Uhr am Vormittag angesetzten Obduktion teilnehmen und dann das weitere Vorgehen besprechen.

Steinlechners Wege führten ihn an diesem Tag nochmals in Richtung Westen, allerdings nur bis Zirl, wo er inzwischen schon so weit heimisch war, dass er sich sein Bier selbst zapfen durfte.

18

Es war sehr ruhig in den Räumlichkeiten der Kriminalabteilung an diesem 22. Mai, einem Samstag. Außer dem Fall Klingenschmied und dem aktuellen Fall Pommert, beide im Tätigkeitsbereich Steinlechners, gab es keine brandaktuellen, gröberen Kriminalfälle, die eine Anwesenheit an einem Samstag, noch dazu innerhalb eines langen Wochenendes, erforderlich gemacht hätten.

Als Steinlechner kurz vor acht Uhr eintraf, waren Kofler und Brauer noch nicht auf der Dienststelle. Noch ehe er sich einen Kaffee vom Automaten holen konnte, erhielt er einen Anruf von Dr. Burger, der ihm ankündigte, dass er wie geplant um neun Uhr mit der Obduktion beginnen werde. Das war aber nicht der eigentliche Grund seines Anrufes. Er hatte schon am Vortag die Leiche der Frau entkleiden und die Kleider trocknen lassen. Außerdem hatte er die Hände näher besichtigt und unter zwei Fingernägeln Gewebereste gefunden. Weil die Hände und insbesondere die Fingernägel sonst außerordentlich sauber und gepflegt waren, vermutete der Gerichtsmediziner, dass die Frau erst kurz vor ihrem Tod eine andere Person, möglicherweise ihren Mörder gekratzt haben könnte.

An der Unterhose der Toten waren nach der Trocknung mehrere helle Flecken sichtbar geworden. Eine vorläufige Untersuchung hatte ergeben, dass die Gewebereste unter den Fingernägeln menschlichen Ursprungs waren. Bei den Verunreinigungen am Höschen handelte es sich ohne Zweifel um Sperma.

Es gab also zweierlei Spuren, die für einen DNA-Vergleich geeignet waren, und Dr. Burger wollte wissen, ob es schon Verdächtige gab.

Steinlechner berichtete in kurzen Worten von dem ehemaligen Chef der Toten und ihren anderen Bekanntschaften, er erwähnte aber nicht, dass unter diesen auch ein Mann war, der im Zusammenhang mit dem Mord an Erna Klingenschmied eine Rolle spielte.

Dr. Burger erklärte sich bereit, mit den erforderlichen Untersuchungen sofort zu beginnen, wenn er noch am selben Tag das Material für den Vergleich mit seinen Spuren bekommen würde. Ein Ergebnis war in diesem Fall im Laufe des folgenden Montags zu erwarten.

So machten sich eine halbe Stunde später Kofler und Brauer auf den Weg ins Oberland, mit dem Auftrag, den Hotelier Kurz und seinen alten Bekannten Ferdinand Grumser zur freiwilligen Abgabe von Mundhöhlenabstrichen aufzufordern und das Material nach der Rückkehr unverzüglich bei der Gerichtsmedizin abzuliefern.

Die tote Frau, die nackt vor Dr. Burger, seinen beiden Gehilfen und Steinlechner auf dem blitzsauberen Metalltisch lag, war korpulent, hatte aber erstaunlich schlanke Beine, die nicht so recht zum Rest des Körpers passten. Immerhin hatte Dr. Burger ein Gewicht von neunundsiebzig Kilogramm bei einer Körpergröße von 167 Zentimetern festgestellt.

Das aufgedunsene Gesicht mit den halb geöffneten Augen hatte nicht mehr viel Ähnlichkeit mit dem hübschen, runden Gesicht, das auf den beiden Fotos zu sehen war. Auch die kurzen, weißblond gefärbten Haare waren nicht mehr sorgfältig frisiert wie auf den Fotos, sondern klebten in feuchten Strähnen am Kopf. Mit Ausnahme eines schmalen, dunklen Streifens, der die untere Hälfte einer senkrechten Narbe zum Teil verdeckte, waren ihre Schamhaare abrasiert.

Während Dr. Burger mit der Obduktion begann, versuchte Roman Steinlechner sich vorzustellen, wie diese Frau zu Lebzeiten neben ihrer Kollegin Maria Probst, mit der sie außer der Frisur und der Haarfarbe kaum etwas gemeinsam hatte, in der Bar hinter der Theke gestanden und mit den Männern geflirtet hatte.

Zwei Stunden später wusste Steinlechner all das, was er für seine weiteren Ermittlungen wissen musste.

Die Frau mit dem Falschnamen Lara Pommert war erwürgt worden. Abgesehen von den Würgemalen und mehreren dazu passenden Verletzungen gab es keine weiteren Auffälligkeiten und auch keinen Hinweis auf eine ernsthafte Erkrankung. Dafür gab es aber Hinweise auf häufigen Geschlechtsverkehr in verschiedenen Varianten, was auf Prostitution oder zumindest auf ein überaus intensives und abwechslungsreiches Sexualleben hindeutete.

Der Zustand der Leber ließ auf erheblichen Alkoholkonsum schließen.

Die Narbe unterhalb des Nabels war Folge einer Operation, bei der die Gebärmutter entfernt worden war.

Als Steinlechner wieder in seinem Büro eintraf, war es fast zwölf Uhr und höchste Zeit für eine Mittagspause, zumal das Frühstück in Zirl an diesem Tag ausgefallen war. Bevor er, vom Hunger getrieben, seinen Schreibtisch verlassen konnte, meldete sich Brauer aus dem Ötztal. Sie hatten zuerst Grumser in seiner Jagdhütte aufgesucht und waren wenig freundlich empfangen worden. Grumser hatte wissen wollen, ob er dazu verpflichtet werden konnte, sich eine Speichelprobe entnehmen zu lassen. Brauer hatte ihm die weiteren Schritte erklärt, die notwendig sein würden, wenn er nicht freiwillig dazu bereit wäre, und dann noch ganz beiläufig darauf hingewiesen, dass in diesem Fall die Vertraulichkeit gegenüber seiner Familie, auf die Grumser ja so viel Wert legte, möglicherweise nicht gewahrt werden konnte. Er beeilte sich dann aber mit der Feststellung, dass er damit nicht drohen wolle. Immerhin habe Grumser ja dringend um Diskretion gebeten.

Die Botschaft war angekommen und Grumser hatte sich von Kofler anstandslos die Speichelprobe entnehmen lassen. Seinen Blicken und dem Schweigen, mit dem er die beiden Besucher von da an gestraft hatte, hatten sie entnehmen können, wie wütend er gewesen war und wie sehr der herrische alte Mann sich hatte bemühen müssen, die Beherrschung nicht zu verlieren.

Auf Brauers freundliches „Auf Wiedersehen" hatte er nur „hoffentlich nicht so bald" gebrummt und die Tür hinter den beiden zugeschlagen. „Das war aber nicht die feine englische Art", hatte Kofler gesagt, als sie wieder im Auto gesessen hatten.

„Aber wirksam und außerdem habe ich ja nichts Unwahres gesagt", hatte Brauer grinsend gemeint.

Brauer und Kofler wollten nach der Mittagspause sofort Kurz aufsuchen, bei dem sie sich schon telefonisch angekündigt hatten.

Steinlechner nützte die Zeit bis zur Rückkehr seiner beiden Kollegen für erforderliche Berichterstattungen, er schrieb eine ausführliche Pressemeldung, die eine mündliche Information der Medien ersetzen oder zumindest verkürzen sollte, und führte ein langes Telefonat mit Oberst Baumann.

Der Chef der Kriminalabteilung ließ sich nur sehr selten an einem Tatort blicken und schaltete sich so gut wie nie in die Ermittlungen ein.

Er wollte aber auch an Wochenenden informiert werden, wenn es um wichtige Angelegenheiten ging, besonders wenn die Presse informiert wurde. Auch diesmal würde er sich auf Begrüßung, Verabschiedung und einige einführende Worte beschränken.

Auf Steinlechners Anregung, dass an einem Samstag am Abend, noch dazu innerhalb eines langen Wochenendes, die mündliche Information der Presse durch einen ausführlichen Pressebericht ersetzt werden könnte, weil ohnedies kein großer Andrang zu erwarten war, reagierte Baumann kurz angebunden mit den Worten: „Das kann man bei einem Mordfall nicht machen. Immerhin haben wir jetzt zwei ungeklärte Morde."

Der Zeitpunkt für die mündliche Information der Medien wurde für achtzehn Uhr festgelegt.

Kurz war auch nicht begeistert, als er zur Abgabe einer Speichelprobe aufgefordert wurde. Er kannte sich mit diesen Dingen nicht aus und hatte offenbar noch nicht viele Krimis im Fernsehen gesehen. Kofler erklärte ihm in aller Ruhe, wozu die Probe notwendig war, und wies darauf hin, dass seine Speichelprobe ja auch dazu führen konnte, dass er als Täter nicht mehr infrage kam und daher auch nicht mehr behelligt werden musste. Kurz wollte dann noch wissen, womit man seinen Speichel denn vergleichen werde, erhielt darauf allerdings nur eine sehr allgemein gehaltene Antwort, mit der er sich aber zufriedengab. Er hatte jetzt keine Einwände mehr, und als sich die beiden Ermittler verabschiedeten, beteuerte er nochmals, dass er ein reines Gewissen, nichts zu verbergen und nichts mit dem Tod der Frau zu tun habe.

Nach ihrer Rückkehr saßen Kofler, Brauer und Steinlechner in dessen Büro beisammen. Die beiden Speichelproben waren schon bei der Gerichtsmedizin.

Steinlechner wollte so schnell wie möglich auch Vergleichsmaterial von Rudolf Hausegger beschaffen und ersuchte Brauer, mit Doris Klammer Kontakt aufzunehmen. Diesmal wunderte er sich nicht mehr, dass Brauer die Kollegin schon nach wenigen Minuten erreichte, allerdings nicht in ihrer Wohnung, sondern im Haus ihrer Eltern in Kärnten.

Wegen einer dringenden familiären Angelegenheit konnte sie erst am Abend des nächsten Tages nach Innsbruck zurückfahren. Steinlechner hätte sie zwar lieber schon am nächsten Tag nach Garmisch geschickt, fand sich dann aber doch damit ab, dass sie erst am Montag ihren neuen Verehrer, der sie in der Zwischenzeit schon mehrmals angerufen hatte, in Garmisch aufsuchen würde. Alles Weitere wollte er mit ihr dann am Montag vor der Abfahrt besprechen.

Für Steinlechner war es nun wieder Zeit für eine seiner berüchtigten „kurzen Zusammenfassungen", die dann oft sehr lange dauerten. Diesmal fasste er sich allerdings kürzer, weil nicht mehr viel Zeit bis zur Presseinformation blieb und er sich noch vorbereiten wollte.

Sie hatten also jetzt zwei Mordfälle.

Beide Opfer waren korpulent, sie waren auf nahezu identische Art ums Leben gekommen und sie hatten beide Verbindung zu Ferdinand Grumser gehabt.

Weitere Parallelen gab es nicht.

Der Zeitraum, der zwischen diesen beiden Morden lag, war nicht genau bekannt, betrug aber wohl mehrere Monate.

Zudem gab es noch den Vorfall mit der Prostituierten in Haiming. Auch sie war von ähnlicher Statur und gewürgt worden. In diesem Fall stand der Täter mit Rudolf Hausegger so gut wie fest.

Eine Verbindung zwischen ihm und den beiden Mordopfern gab es zumindest aus derzeitiger Sicht nicht. Im Unterschied zum ersten Mord hatte ihnen der aktuelle Fall zwei Spuren beschert, die für eine DNA-Auswertung geeignet waren. Es gab schon Vergleichsmaterial von Ferdinand Grumser und Erwin Kurz. Beide hatten das zweite Opfer gut gekannt, bei Kurz konnte man davon ausgehen, dass er mit der Frau ein Verhältnis gehabt hatte, auch wenn er das bisher nicht zugegeben hatte. Vom dritten Verdächtigen würde man in zwei Tagen auch Material für einen DNA-Abgleich haben.

Die weiteren Ermittlungsschritte waren von den Ergebnissen, die ihnen Dr. Burger liefern sollte, abhängig und konnten also erst am kommenden Montag festgelegt werden. Deshalb kamen Steinlechner und seine beiden Kollegen überein, den morgigen Sonntag als freien Tag zu genießen und die Ermittlungen erst am Montag fortzusetzen.

Zu seiner Überraschung stand Steinlechner dann gemeinsam mit seinem Chef doch mehr als einem Dutzend Medienleuten gegenüber, die trotz der ausführlichen schriftlichen Information, die ihnen ausgehändigt wurde, jede Menge Fragen hatten. Wie immer war Steinlechner mit Detailinformationen zurückhaltend, damit nicht alle Einzelheiten, die außer den Ermittlern nur der Täter wissen konnte, in den Medien breitgetreten wurden. Relativ ausführlich äußerte er sich zur Person des letzten Opfers. Er sprach allerdings nur allgemein von Spuren, die noch auszuwerten waren, und ließ sich dazu nicht mehr entlocken, obwohl dies versucht wurde. Auch die Parallelen zum Mordfall Klingenschmied waren ein Thema. Steinlechner wies auf die ähnliche Statur und den Tod durch Erwürgen in beiden Fällen hin, davon, dass beide zu ein und derselben Person Kontakt gehabt hatten, sagte er nichts.

Als alle Fragen beantwortet waren, richtete Oberst Baumann die obligatorische Bitte um Mitwirkung an die Tiroler Bevölkerung. Beide gemeinsam gaben dann noch eine kurze Stellungnahme für das regionale Fernsehen ab und baten nochmals die Tirolerinnen und Tiroler um „sachdienliche" Hinweise.

Oberst Baumann erklärte dann noch, dass alle Hinweise bei Bedarf vertraulich behandelt würden und jede Wahrnehmung wichtig sein konnte, selbst wenn sie für den Betreffenden zunächst nicht so aussah.

Der Abteilungsleiter, der also auch mit ein paar Sätzen im Fernsehen zu sehen sein würde, war mit dem Lauf der Dinge so zufrieden, dass er Steinlechner auf ein Bier im Aufenthaltsraum einlud, was bei ihm nicht oft vorkam. Sie tranken dann sogar noch ein zweites Bier, allerdings diesmal als Gegeneinladung auf Kosten von Roman Steinlechner.

Zu den beiden gesellte sich dann noch der „siamesische Zwilling" des Abteilungskommandanten, der Obmann des Dienststellenausschusses der Personalvertretung, Chefinspektor Erich Baumann.

Der Personalvertreter hatte an einer Besprechung teilgenommen, zu der ein ehemaliger Kriminalbeamter aus der Steiermark, der jetzt im Büro des Innenministers werkte und sich gerade in Tirol aufhielt, geladen hatte.

Von da an drehte sich am Tisch alles nur noch um diese Besprechung. Erich Baumann berichtete freudig erregt von den Informationen, die er heute erhalten hatte, schwärmte von den ausgezeichneten Kontakten und vom hervorragenden Gesprächsklima, das er zu den wichtigen Leuten im Innenministerium aufgebaut hatte, insbesondere zu seinem heutigen Gesprächspartner, der im Ministerium vorwiegend für die Belange der Bundesgendarmerie zuständig war.

Als dann auch noch die geplante Zusammenlegung von Polizei und Gendarmerie und die Errichtung des neuen Landeskriminalamtes zur Sprache kamen und von Baumann als Meilenstein bezeichnet wurden, nahm Steinlechner einen letzten, langen Schluck aus seinem Bierglas und suchte das Weite.

Wegen einer Familienfeier, die Elvira in ihrem Lokal viel Arbeit und einen langen Arbeitstag, aber auch einen guten Umsatz brachte, waren sie übereingekommen, dass Steinlechner erst am Sonntag wieder zu ihr nach Zirl kommen sollte.

Deshalb parkte er vor seiner Wohnung und ging in sein Stammlokal, weil er keine Lust zum Kochen hatte und sein Hunger schon wieder beträchtlich war.

Am nächsten Tag nutzte er die freie Zeit für einen schon überfälligen Wohnungsputz, den er nicht weiter aufschieben konnte, weil Elvira den Wunsch geäußert hatte, in der kommenden Woche ihren freien Abend mit ihm in Innsbruck zu verbringen und in seiner Wohnung zu übernachten. Bisher hatten ihre Treffen immer nur in Zirl stattgefunden und es war nicht verwunderlich, dass sie wissen wollte, wie ihr neuer Partner wohnte. Steinlechner wollte sich natürlich als ordnungsliebender Bewohner einer sauberen Wohnung präsentieren, räumte zusammen und putzte bis zum Abend.

Sein Putzstress war dann auch dafür verantwortlich, dass er diesmal entgegen seiner sonstigen Gewohnheit nicht auch an seinem freien Tag auf einen Kurzbesuch auf der Dienststelle auftauchte.

Besonderes Augenmerk legte er auch darauf, alle Relikte, die von seiner langjährigen Partnerin noch in der Wohnung waren und die ihn bisher nicht gestört hatten, in mehrere Müllsäcke zu packen und in seinem Kellerabteil zu deponieren. Elvira wusste zwar von seiner früheren Beziehung, sie wäre aber wohl doch nicht sehr begeistert gewesen, wenn sie im Bettzeugraum ein Nachthemd vorgefunden oder im Bad auf Haarspray und Lockenwickler ihrer Vorgängerin gestoßen wäre. Als er dann endlich nach Zirl aufbrach, hinterließ er eine blitzsaubere Wohnung, in der nichts darauf hindeutete, dass hier jemals eine Frau übernachtet oder gar ständig gewohnt hatte.

Der Abend im Café Rudig verlief dann zumindest vor Mitternacht nicht so, wie Steinlechner sich das vorgestellt hatte.

Meist war an Sonntagen im Lokal wenig los und Elvira hatte schon daran gedacht, sich einen zweiten Ruhetag zu genehmigen. Diesmal war das Lokal aber fast voll und sie hatte wenig Zeit für ihren liebsten Gast. Als sie sich dann endlich für einige Minuten zu ihm gesetzt hatte, bekam er einen Anruf von Doris Klammer, die ihm mitteilen wollte, dass sie in Innsbruck eingetroffen und für ihren Einsatz am nächsten Tag bereit war. Sie hatte in der Zwischenzeit noch einen Anruf von Hausegger erhalten und einen Besuch in Garmisch für den kommenden Montag in Aussicht gestellt.

Steinlechner verabredete mit ihr ein Treffen in einem Café in der Nähe der Dienststelle um neun Uhr am nächsten Tag. Er wollte sie nicht auf der Dienststelle haben, weil ihr Einsatz auch jetzt noch nicht allgemein bekannt werden sollte.

Elvira, die noch neben ihm saß, hatte mit weiblicher Intuition oder aber nur mit ihrem ausgezeichneten Gehör mitbekommen, dass er mit einer Frau telefoniert hatte, und fragte nach dem Grund des Anrufes.

„Ich habe mit einer jungen Kollegin telefoniert, die den Spitznamen Bomber hat", sagte Steinlechner mit unverschämtem Grinsen und einer Geste, die als Hinweis auf kräftige Brüste verstanden werden konnte.

Elvira schien das nicht wirklich lustig zu finden und kümmerte sich wieder um ihre Gäste.

Steinlechner erhielt dann aber noch einen weiteren Anruf, diesmal von Brauer, der ihm mitteilte, dass Maria Probst sich gemeldet hatte, weil ihr noch etwas im Zusammenhang mit ihrer ehemaligen Kollegin in der Bar eingefallen war.

„Du hast sie natürlich nicht gefragt, was ihr noch eingefallen ist, weil du das unbedingt mit ihr persönlich besprechen willst?", fragte Steinlechner leicht ärgerlich wegen dieser weiteren Störung. Brauer ging aber nicht auf seinen Ton ein und blieb sachlich. „Am Telefon wollte sie nicht darüber reden und sie hat morgen sowieso einen Arzttermin in Hall. Ich möchte mich mit ihr um neun treffen und daher erst nachher auf die Dienststelle kommen, wenn du mich nicht für etwas anderes brauchst."

Steinlechner war einverstanden und erzählte Brauer noch kurz vom Anruf, den er vorher erhalten hatte, bevor er das Gespräch beendete.

Elvira ließ ihn noch einige Zeit alleine an seinem Tisch dunsten, ehe sie sich wieder zu ihm setzte. Obwohl es sie angeblich gar nicht interessierte, ließ sie sich dann gerne den Grund für den Anruf der Kollegin erklären und es wurde doch noch ein schöner Abend.

19

Die Unterredung mit Doris Klammer dauerte diesmal nicht lange. Steinlechner erzählte ihr in verkürzter Form, was sie über den zweiten Mord wissen musste. Als er auf die an der Leiche gesicherten Spuren zu sprechen kam, wusste Doris sofort, was jetzt von ihr erwartet wurde. Sie musste Material für einen DNA-Vergleich besorgen. Beide gingen sie davon aus, dass es nicht schwer sein würde, eine oder noch besser einige Zigarettenstummel unauffällig mitzunehmen. Doris hatte ja bei ihrem ersten Besuch festgestellt, dass Hausegger ein starker Raucher war, und es war daher anzunehmen, dass er auch heute in ihrer Anwesenheit rauchen würde.

Steinlechner erinnerte sie eindringlich daran, dass sie bei ihrem Vorgehen vorsichtig sein und ihn auf keinen Fall misstrauisch machen sollte. Wenn sich keine günstige Möglichkeit ergeben sollte, musste Doris eben auf eine spätere Gelegenheit warten und unverrichteter Dinge nach Innsbruck zurückfahren. Er schärfte seiner verdeckten Ermittlerin dann noch ein, sich mit Hausegger nur in seinem Lokal zu treffen und sich auf keinen Fall in seine Privaträume locken oder zu einer Fahrt mit dem Auto überreden zu lassen. Als Steinlechner dann noch hinzufügte: „Komm ja nicht auf die Idee, sein Sperma für den DNA-Vergleich zu beschaffen", war das als Scherz gemeint und Doris verstand es auch so. Trotzdem konterte sie mit der Aussage: „Keine Sorge, er ist mir nicht nur unsympathisch, sondern auch viel zu alt. Wer weiß, ob er überhaupt noch in der Lage ist, Sperma abzuliefern." Beide lachten, als Steinlechner scheinbar entrüstet feststellte, dass Hausegger jünger als er selbst war, und Doris erwies sich ein weiteres Mal als schlagfertige junge Frau mit der Antwort: „Aber er schaut viel älter aus."

Sie vereinbarten dann noch, dass sich Doris heute nur so lang wie unbedingt nötig in Garmisch aufhalten und ihm ein Treffen in Innsbruck in Aussicht stellen sollte, aber ohne einen fixen Termin. Nach ihrer Rückkehr wollte Steinlechner sofort erfahren, wie es gelaufen war.

Es war Rudolf Hausegger anzusehen, dass er schon sehnsüchtig auf ihr Eintreffen gewartet hatte, als er sie mit den Worten: „Hallo Doris, schön, dass du da bist" begrüßte. Sie waren bei ihren Telefonaten in der Zwischenzeit zum Du übergegangen.

Doris trug heute keinen kurzen Rock, sondern eine dunkle Hose und eine Jacke. Ihre ansprechenden Rundungen kamen deshalb aber nicht weniger gut zur Geltung.

Auch diesmal waren nur wenige Gäste im Lokal, was Doris ihre Aufgabe erleichtern würde. Sie bestellte wieder Kaffee und Kuchen, der Kaffee wurde diesmal aber vom Chef persönlich zubereitet und kam dem, was Doris unter einem großen Braunen verstand, schon wesentlich näher. Er brachte ihn ihr auch persönlich und setzte sich zu ihr an den Tisch. Nach einigen belanglosen Sätzen kam er wieder auf ein mögliches Treffen mit Doris am Abend zu sprechen und sie sagte ihm zu, im Laufe der Woche mit ihm in Innsbruck essen zu gehen, ohne sich auf einen bestimmten Tag festzulegen.

Er war damit sofort einverstanden und Doris hatte den Eindruck, dass er ohnehin lieber in Innsbruck als in Garmisch mit ihr ausgehen wollte.

Doris war dann eine halbe Stunde allein, weil er in der Küche zu tun hatte, und vertrieb sich die Zeit mit einer Zeitung. Nach seiner Rückkehr fragte er sie, ob sie Hunger habe und er ihr etwas zum Essen machen solle, und Doris lehnte mit der Begründung ab, dass sie gerade beim Abnehmen sei und schon einen Kuchen gegessen habe.

„Wo willst du denn abnehmen? Schade um jedes Kilo", sagte er mit einem unverschämten Blick auf ihre Brust. „Aber ich werde jetzt aufpassen müssen, dass ich nicht zu viel zunehme, seit zwei Tagen rauche ich nicht mehr und habe den ganzen Tag Hunger."

Im ersten Moment dachte Doris nicht daran, was das für ihr weiteres Vorgehen bedeutete, und lobte ihn für seinen vernünftigen Entschluss. Erst dann wurde ihr bewusst, dass sie keine Zigarettenkippen von ihm würde einsammeln können und ihr Vergleichsmaterial auf andere Weise beschaffen musste.

An diese Möglichkeit hatten weder sie noch Steinlechner gedacht und daher hatten sie auch nicht über Alternativen gesprochen. Trotzdem war für Doris schnell klar, dass sie nun versuchen musste, an Haare von ihrer Zielperson zu kommen. Aber wie?

Er hatte brünette, mittellange Haare mit ersten grauen Strähnen, an den Seiten noch dicht, oben schon etwas schütter. Sicher verlor er so wie jeder Mensch Haare, die auf seiner Kleidung im Nacken- und Schulterbereich zu finden sein mussten. Aber wie sollte sie an diese kommen? Selbst wenn sie ihm scheinbar hilfsbereit ein Haar vom Pullover klauben konnte, wie konnte sie es unauffällig an sich bringen und nach Möglichkeit in einen Plastikbeutel stecken?

Weil sie in Ruhe überlegen wollte, suchte sie die Toiletten im Keller auf. Im Vorbeigehen wollte sie gerade einen Blick in die Küche werfen, als eine stämmige Frau mit Kopftuch und einem überaus stark ausgeprägten dunklen Damenbart und Putzutensilien auftauchte und in der Küche verschwand.

„Das Leben ist hart für eine Frau mit Bart."

Diesen blöden Spruch hatte Doris erst vor einigen Tagen von einer Bekannten gehört und er fiel ihr beim Anblick der rassigen Putzfrau wieder ein und erheiterte sie derart, dass sie beinahe laut aufgelacht hätte.

Hausegger hatte also neben den beiden Angestellten im Lokal noch eine weitere. „An ihr wird er sich wohl nicht vergreifen", dachte Doris, aber ganz sicher konnte man auch da nicht sein; die Figur passte immerhin und vielleicht hatte er ja eine geheime Vorliebe für Damenbart. Damit konnte sie allerdings nicht dienen.

Im Bereich zwischen dem Eingang in das Lokal und der Küchentür gab es eine breite Garderobe für die Gäste. Dort hatte Doris einen weißen Arbeitsmantel hängen gesehen. So einen hatte

Hausegger bei ihrer ersten Begegnung mit ihm auch getragen. Allerdings trugen auch die beiden Angestellten in der Konditorei solche Mäntel, und ehe sie nicht mit Sicherheit wusste, dass das der Arbeitsmantel von Hausegger war, machte es keinen Sinn, ihn nach Haaren abzusuchen. Es wäre auch ziemlich riskant gewesen, weil er jederzeit aus dem Lokal kommen und in Richtung Küche gehen konnte.

Als Doris auf dem Rückweg von den Toiletten war, hatte sie einen Plan. Ihr war eingefallen, dass Hausegger ihr mehrmals von seinem im vergangenen Herbst gekauften VW-Geländewagen erzählt hatte. Er schien mächtig stolz auf dieses Auto zu sein, das er angeblich fast neu und doch weit unter dem Neupreis von einem Bekannten erstanden hatte.

Aus eigener Erfahrung wusste Doris, dass sich auf der Rückenlehne und ganz besonders auf den Nackenstützen immer wieder Haare ansammelten. Sie wollte daher versuchen, ihn dazu zu bringen, dass er ihr sein geliebtes Auto vorführte.

Dass sie dabei mit ihm vermutlich in eine Garage gehen musste und damit eine der Vorsichtsmaßnahmen, die ihr Steinlechner mit auf den Weg gegeben hatte, nicht beachten würde, war ihr bewusst, aber in diesem Fall nicht zu vermeiden. Außerdem war Hausegger ja eher schmächtig und sie war gewarnt und hatte auch einiges über Selbstverteidigung gelernt. Ob sie aber Gelegenheit haben würde, nach Haaren zu suchen und sie unauffällig an sich zu bringen, war fraglich. Versuchen musste sie es auf jeden Fall und sie würde dabei den Rat von Steinlechner beherzigen und nichts riskieren.

Nach ihrer Rückkehr in das Lokal kam Hausegger sofort wieder zu Doris an den Tisch und sie lenkte das Gespräch geschickt auf sein Auto.

Weil Doris sich unwissend stellte und angeblich nicht wusste, wie so ein VW Touareg aussah, reagierte er ganz in ihrem Sinne und wollte ihr das Auto sofort zeigen.

An der Rückseite des Hauses war eine geräumige Garage angebaut, die etwa zehn Autos Platz bot. In einem als „privat" gekennzeichneten Bereich parkten die beiden Autos des Hausherrn, ein alter, blauer BMW und der weiße VW, den Hausegger ihr voller Stolz vorführte. Als er ihr die luxuriöse Innenausstattung zeigte, kam Doris eine Idee und sie sagte: „In diesem Auto gibt es sicher auch eine kleine Bar mit gekühlten Getränken. Ich stelle mir das geil vor, in den breiten Ledersitzen zu sitzen und während der Fahrt ein Glas Sekt zu schlürfen."

Es gab allerdings nur ein Kühlfach und eine Halterung für zwei Becher. Das Kühlfach war nicht in Betrieb und beherbergte eine Sonnenbrille und einige andere Utensilien. Getränke waren nicht im Auto gelagert.

Das wollte Hausegger aber ändern, wenn er einmal mit Doris eine längere Fahrt machen würde.

Doris hatte ihn aber auf eine Idee gebracht. Die Möglichkeit, mit ihr heute in der abgeschiedenen Garage etwas zu trinken und ihr dabei ein wenig näherzukommen, war verlockend, zumal er den Eindruck hatte, dass Doris einer weiteren Annäherung nicht abgeneigt war.

Mit den Worten: „Wir können es ja ausprobieren, ich bin gleich wieder da", ließ er Doris allein im Auto zurück.

Als er nach einigen Minuten mit einer Flasche Sekt im Kübel und zwei Gläsern zurückkam, hatte Doris nicht nur einige Haare vom Fahrersitz in einer Plastiktüte in ihrer Handtasche verwahrt, sie hatte auch mehrere Zigarettenkippen aus dem Aschenbecher genommen, den er zum Glück noch nicht entleert hatte. Die Haare stammten ziemlich sicher von ihm, die Zigarettenstummel konnte allerdings auch ein Beifahrer oder eine Beifahrerin hinterlassen haben.

Obwohl Doris am liebsten sofort mit ihrer Beute nach Innsbruck zurückgekehrt wäre, musste sie ihr Spiel jetzt weiterspielen, damit er nicht misstrauisch wurde. Sie trank mit ihm ein Glas Sekt und lenkte das Gespräch wieder auf das Auto, während er gerne auf andere Dinge zu sprechen gekommen wäre. Als er einen Arm um ihre Schultern legte, ließ sie das noch zu, als er sie dann aber an sich zog und zu küssen versuchte, wehrte sie ihn mit den Worten: „Das geht mir zu schnell" sanft, aber doch entschieden ab.

Doris war angenehm überrascht, weil er seine Annäherungs-versuche sofort einstellte und auf den gemeinsamen Abend in Innsbruck zu sprechen kam, der für die nächsten Tage geplant war. Nach einem zweiten Glas Sekt wies Doris dann darauf hin, dass sie ja noch mit dem Auto fahren musste und aufbrechen wollte.

Hausegger war mit allem einverstanden, ihren Kaffee und Kuchen durfte sie aber nicht bezahlen, weil sie „Gast des Hauses" gewesen war.

Auf der Rückfahrt telefonierte Doris mit Steinlechner, der sehr erleichtert war, als er vom erfolgreichen Abschluss ihres Einsatzes hörte. Er ersuchte sie, direkt zum Gebäude der Gerichtsmedizin zu fahren, wo er auf sie warten wollte.

Steinlechner hatte ihr Kommen bei Dr. Burger angekündigt. Weil Dr. Burger wegen einer Vorlesung selbst nicht kommen konnte, wurden sie aber von einem jüngeren Gerichtsmediziner empfangen, den Steinlechner noch nicht kannte. Doris erzählte kurz, wie sie zu den Proben gekommen war, dass sie sowohl Haare als auch Zigarettenkippen mit bloßen Händen anfassen hatte müssen, weil es zu riskant gewesen wäre, die dafür mit-geführten speziellen Handschuhe anzuziehen, und dass sie nicht mit Sicherheit davon ausgehen konnten, dass die Zigaretten-kippen tatsächlich von Hausegger stammten.

Allerdings war Hausegger bis vor zwei Tagen starker Raucher gewesen, was dafürsprach, dass zumindest ein Teil der insgesamt vier sichergestellten Kippen von ihm stammte.

Der junge Mitarbeiter von Dr. Burger machte sich ausführ-liche Notizen. Wie viel Zeit die Untersuchung in Anspruch nehmen würde, konnte er nicht sagen. Das wollte Steinlechner Dr. Burger selbst fragen, wenn er um siebzehn Uhr mit ihm tele-fonierte, weil zu diesem Zeitpunkt die Auswertung des Spuren- und Vergleichsmaterials vorliegen sollte.

Die Zeit bis kurz vor siebzehn Uhr verbrachten Steinlechner und die inzwischen sehr hungrige Doris in einer ihr bekannten Pizzeria, wo man auch um diese Tageszeit aus einem Sortiment von mindestens dreißig Pizzen auswählen konnte, von denen keine im Durchmesser kleiner als vierzig Zentimeter war. Steinlechner lobte seine verdeckte Ermittlerin für ihren Einsatz und ihr kluges Vorgehen und bedankte sich mehrmals bei ihr. Auf das Risiko, das sie in Kauf genommen hatte, als sie mit ihrem Verehrer alleine in seine Garage gegangen war, ging er mit keinem Wort ein.

Bis zur Rückkehr von Doris hatte der Tag für Steinlechner nicht viel Neues gebracht. Brauer hatte sein Treffen mit der Bardame Maria Probst wie erwartet sehr ausgedehnt und war erst kurz vor Mittag auf die Dienststelle gekommen. Maria Probst hatte sich an eine Wahrnehmung erinnert, die sie wenige Tage vor dem Verschwinden von „Lara Pommert" gemacht hatte.

Sie hatte an diesem Tag um die Mittagszeit an einer Straßenkreuzung mitten in Imst auf einen Bekannten gewartet, mit dem sie verabredet war und mit dem sie nach Längenfeld zurückfahren wollte. Dabei war ihr ein silberfarbener Geländewagen aufgefallen, weil auf dem Beifahrersitz eine Frau gesessen hatte, die entweder Lara gewesen war oder ihr zumindest sehr ähnlich gesehen hatte. Sie schloss nicht aus, dass es ein Auto der Marke Mercedes gewesen war, konnte das aber auch nicht bestätigen.

Am Abend hatte sie ihre Kollegin darauf angesprochen und die hatte behauptet, den ganzen Tag geschlafen zu haben und nicht in Imst gewesen zu sein.

Natürlich dachten Steinlechner und Brauer sofort an ihren „speziellen Freund" Ferdinand Grumser, der behauptet hatte, die Bardame nie außerhalb ihres Arbeitsplatzes gesehen zu haben. Es handelte sich aber nur um Vermutungen und es wäre zumindest zu diesem Zeitpunkt wenig sinnvoll gewesen, ihn darauf anzusprechen.

Steinlechner hatte dann mehrmals mit Dr. Burger telefoniert, der aber erst um siebzehn Uhr ein erstes Ergebnis der DNA-Auswertung liefern wollte.

Als sich Dr. Burger dann endlich meldete, saßen neben Steinlechner auch Kofler, Brauer und Gapp im Büro.

Er hatte aber erst ein Teilergebnis: Das Gewebe unter den Fingernägeln der Toten stammte weder von Kurz noch von

Grumser. Ob einer der beiden sein Sperma in ihrem Höschen hinterlassen hatte, wollte Dr. Burger in einer Stunde mitteilen. Aus der Stunde wurden dann mehr als neunzig Minuten. Trotzdem warteten alle vier gespannt auf seinen Anruf.

In diesem Fall gab es eine Übereinstimmung.

Das Sperma stammte von Erwin Kurz.

Die Auswertung des Vergleichsmaterials, das von Doris Klammer beschafft worden war, war auch schon im Gange. Ein Ergebnis war frühestens am Nachmittag des folgenden Tages zu erwarten.

Dieses Ergebnis kam für Steinlechner und seine Kollegen nicht ganz unerwartet. Sie hatten Kurz zuletzt ohnehin nicht mehr geglaubt, dass er mit der später Ermordeten kein Verhältnis gehabt hatte, wie er immer wieder beteuerte, und er hatte auch gute Gründe gehabt, das nicht zuzugeben. Immerhin lebte er in Scheidung und ein nachgewiesener Ehebruch war dabei sicher kein Vorteil.

Die vorliegenden Ergebnisse passten aber irgendwie nicht zusammen.

Man musste davon ausgehen, dass sie jemanden – vermutlich ihren Mörder – kurz vor ihrem Tod oder im Todeskampf so heftig gekratzt hatte, dass unter zwei Fingernägeln Gewebe zurückgeblieben war. Dass die Gewebereste von einem früheren Vorfall stammten, war so gut wie auszuschließen, weil ihre Fingernägel ansonsten sehr sauber und gepflegt gewesen waren.

Ob ihr Mörder mit ihrem fluchtartigen Verlassen des Hotels, in dem sie immerhin gut verdient hatte, zu tun hatte, oder ob sie ihm nur zufällig begegnet war, war nicht bekannt.

Jedenfalls musste sie kurz vor ihrer „Flucht" noch mit ihrem Chef intim gewesen sein und sie hatte ihre Wäsche noch nicht gewechselt, als sie zu einem anderen Mann oder einer Frau ins Auto gestiegen war. Auch das passte nicht ins Bild, weil sie allgemein als attraktiv und überaus gepflegt beschrieben wurde.

Als ausgewiesener Experte brachte Brauer die Sache auf den Punkt: „Eine schnelle Abschiedsnummer mit ihrem großzügigen Chef, während der Neue schon mit laufendem Motor vor dem Hotel wartet, wer denkt da noch an ein frisches Höschen?"

Steinlechner wollte diese Erörterungen nicht weiter vertiefen und beendete die Unterredung. Er wollte am nächsten Tag gemeinsam mit Brauer nach Sölden fahren und mit Erwin Kurz über dessen Samen im Unterhöschen seiner ehemaligen Bardame ein ausführliches Gespräch führen. Alles Weitere würde vom Ergebnis des zweiten DNA-Vergleichs abhängen.

Kofler sollte nochmals Kontakt mit den deutschen Kollegen aufnehmen, weil es bisher nicht möglich gewesen war, Angehörige des zweiten Mordopfers ausfindig zu machen und zu verständigen.

20

Mit Zustimmung des Abteilungsleiters, der über den aktuellen Stand der Ermittlungen schon informiert war, fuhren Steinlechner und Brauer am nächsten Tag schon vor der Frühbesprechung in Richtung Sölden ab. Steinlechner wollte ab Mittag wieder in seinem Büro sein, damit er auf das Ergebnis des DNA-Tests sofort reagieren konnte, wenn dieses den Verdacht auf Hausegger erhärten sollte. Auch Doris Klammer war sozusagen in Alarmbereitschaft.

Steinlechner hatte im Lauf der Jahre mehr als einmal feststellen müssen, wie schwierig und zeitaufwendig es war, einen Fall zu bearbeiten, wenn der Verdächtige in Deutschland oder gar Italien wohnte und jeder Schritt einvernehmlich mit den ausländischen Polizeidienststellen oder Behörden und in Anwesenheit ihrer Vertreter gesetzt werden musste. Oft waren dabei auch unterschiedliche Rechtssysteme zu beachten, wie etwa der Umstand, dass in Italien ein Tatverdächtiger im Beisein eines Staatsanwalts befragt werden musste, während ein Zeuge von der Polizei selbstständig vernommen werden konnte.

Steinlechner hatte auch jenen schon längere Zeit zurückliegenden Mordfall immer noch in unguter Erinnerung, der für ihn und seine Mitarbeiter eindeutig geklärt gewesen war, in Deutschland dann aber mit einem Freispruch geendet hatte.

Damals waren seine Ermittlungen dermaßen erschwert und verzögert worden, dass die Beweislage dem deutschen Gericht letztendlich nicht für eine Verurteilung gereicht hatte.

Aus diesem Grund hatte Steinlechner jetzt mit Hilfe seiner „verdeckten Ermittlerin" die nötigen Vorkehrungen getroffen.

Wenn alles klappte, würde er seinen Tatverdächtigen im eigenen Zuständigkeitsbereich in Gewahrsam nehmen.

Dass dieses Vorgehen nicht unproblematisch war, wusste Steinlechner natürlich auch. Immerhin war ihm seit einer Woche bekannt, dass Hausegger in Tirol eine Frau beinahe erwürgt hätte, und es bestand zumindest theoretisch die Möglichkeit, dass er es inzwischen ein weiteres Mal versucht hatte oder gerade dabei war.

Andererseits war aber auch nicht sicher, ob das, was sie Hausegger bisher nachweisen konnten, also der Vorfall in Haiming, für eine Festnahme ausgereicht hätte, wenn die Ermittlungen gemeinsam mit den Kollegen in Deutschland geführt worden wären.

Steinlechner hatte dieses Vorgehen mit Brauer und Kofler ausführlich durchgesprochen, letztlich trug aber er die Verantwortung.

Gemeinsam waren sie übereingekommen, Hausegger nach Tirol zu locken, sobald die Gerichtsmedizin ihr Ergebnis abgeliefert hatte. Gab es eine Übereinstimmung, so war er zumindest für den zweiten Mord dringend tatverdächtig. Gab es keine Übereinstimmung, kam er als Mörder der Barfrau mit dem Falschnamen Lara Pommert wohl kaum noch infrage.

Es war dann aber jedenfalls an der Zeit, ihn mit seinem Würgeangriff auf eine Prostituierte zu konfrontieren. Wenn man den Angaben des Opfers Glauben schenkte, hatte er sich in diesem Fall zweifellos strafbar gemacht. Brauer hatte der Prostituierten allerdings versprochen, dass ihr Name nicht genannt werden sollte. Wie sie damit umgehen sollten, wusste Steinlechner selbst noch nicht. Es war auch fraglich, ob sie zu einer offiziellen Aussage bereit sein würde.

Wenn Hausegger tatsächlich nach Tirol kam, weil er sich mit Doris treffen wollte, so war anzunehmen, dass er seinen VW Touareg fuhr, weil er auf das Auto besonders stolz war und damit seiner neuen Bekannten sicher imponieren wollte.

Und auf das Innere dieses Autos wollte Kofler mit seinen Mitarbeitern einen besonders genauen Blick werfen, in der Hoffnung, Spuren vom Mord an Erna Klingenschmied zu finden.

Erwin Kurz erwartete die beiden Ermittler auf dem Parkplatz vor seinem Hotel und ging mit ihnen, wie schon beim letzten Mal, in sein Büro neben der Rezeption. Auch diesmal hatte Brauer ihm am Vortag den Besuch angekündigt. Kurz hatte natürlich wissen wollen, worum es ging, aber nur die Auskunft erhalten, dass noch einige Fragen zu klären seien.

Steinlechner wählte diesmal wieder den direkten Weg und eröffnete die Befragung mit den Worten: „Herr Kurz, jedes Mal, wenn wir Sie danach gefragt haben, ob Sie mit Ihrer Bardame ein Verhältnis gehabt haben, haben Sie das bestritten. Jetzt frage ich mich, wie es dann möglich ist, dass wir Ihr Sperma auf der Unterhose der Dame gefunden haben."

Kurz wirkte nicht überrascht. „Ich habe schon erwartet, dass Sie mir das heute vorhalten werden. Wenn Sie sich nicht für heute angekündigt hätten, wäre ich zu Ihnen gekommen. Ein befreundeter Anwalt, der für mich die Scheidung eingereicht hat, hat mir das geraten, nachdem ich ihm alles erzählt habe. Es tut mir leid, dass ich Sie angelogen habe. Ich habe nichts Verbotenes getan und Ihnen nur deshalb nicht die Wahrheit gesagt, weil ich Nachteile im Scheidungsverfahren befürchte. Es geht dabei um sehr viel Geld und ich weiß heute noch nicht, ob ich nach der Scheidung das Hotel werde behalten können."

Nach dieser Einleitung, die er sich wohl vorher zurechtgelegt hatte, erzählte er freimütig von seinen Erlebnissen mit der Frau und lieferte den erstaunten Ermittlern dann noch ein Alibi für den Zeitraum, in dem sie seiner Meinung nach ums Leben gekommen war.

Dass er nach dem Ergebnis des DNA-Vergleichs als Mörder der Bardame kaum noch infrage kam, wusste er zu diesem Zeitpunkt noch nicht.

Angeblich waren er und Lara sich schon nach wenigen Tagen nähergekommen und hatten bis zu ihrem Verschwinden in der Nacht zum 25. Jänner etwa fünf- bis siebenmal Geschlechtsverkehr gehabt, mit einer Ausnahme immer in ihrer Freizeit und in ihrem Zimmer.

Geld hatte sie von ihm keines verlangt, beteuerte er fast entrüstet auf eine Frage von Brauer.

An die letzte Nacht erinnerte er sich ganz genau.

Weil er am nächsten Tag schon um fünf Uhr am Morgen mit dem Auto zu einer Veranstaltung nach Klagenfurt hatte fahren wollen, hatte er sich am Abend für einige Stunden in seinem Büro hingelegt und war erst nach Mitternacht wieder munter geworden. In der Bar war zu später Stunde immer noch sehr viel Betrieb gewesen und so hatte er dort bis zur Sperrstunde um circa drei Uhr dreißig ausgeholfen und dann gemeinsam mit den Angestellten abgerechnet.

Nachdem alle anderen gegangen waren, hatten er und Lara dann angeblich noch ein Glas Sekt getrunken. Dabei hatte sie begonnen, seinen Gürtel zu öffnen, und es war zu einem Geschlechtsverkehr gekommen.

Auf Frage von Brauer, der in Angelegenheiten dieser Art immer besonders penibel ermittelte, erfuhren sie dann noch Näheres über diesen Akt. Lara hatte mit dem Rücken an die Bar gelehnt auf einem Barhocker gesessen, während ihr Chef stehend seine spontan geweckte Lust an ihr gestillt hatte. Nach Meinung von Kurz war Lara leicht alkoholisiert gewesen, wie meist nach zehn oder mehr Stunden Arbeit hinter der Theke. Sonst war ihm an ihr nichts Besonderes aufgefallen, sie hatten sich verabschiedet wie immer und er hatte sie nachher nie mehr gesehen und wusste daher auch nicht, wann sie das Hotel oder ihr Zimmer verlassen hatte.

Kurz war aber davon überzeugt, dass die Frau das Hotel noch in der Nacht, also entweder vor ihm oder zwischen fünf und sieben Uhr, verlassen haben musste, weil sie sonst seiner Meinung nach nicht mehr ungesehen das Zimmer und das Hotelgelände hätte verlassen können.

Er selbst hatte dann gerade noch Zeit gehabt zu duschen und sich umzuziehen und war pünktlich um fünf Uhr abgefahren.

„So viel Zeit hat sich Ihre Freundin nicht mehr genommen, sie hatte noch das Höschen mit Ihrem Samen an, als sie umgebracht wurde", sagte Brauer.

„Das passt überhaupt nicht zu ihr. Sie war immer sehr gepflegt, aber mir fällt da etwas ein, vielleicht gibt es dafür eine Erklärung."

Nach diesen Worten griff Kurz nach seinem Handy und wählte eine Nummer, die er offensichtlich gespeichert hatte. Steinlechner und Brauer, die neben ihm standen, bekamen nur mit, dass er vermutlich mit einer Angestellten sprach und dass es um Wäsche ging, was der Hotelier ihnen nach seinem Telefonat auch mitteilte.

Die Angestellte war in der hoteleigenen Wäscherei beschäftigt und hatte ihm das bestätigt, woran sich Kurz zuvor nicht mehr mit Sicherheit hatte erinnern können.

Im Hotel Kurz hatten die Angestellten die Möglichkeit, ihre eigene Wäsche in der Wäscherei abzugeben. Nach dem Verschwinden der Bardame war ein Sack mit Wäsche von ihr, die gewaschen, aber noch nicht gebügelt worden war, in einem Arbeitszimmer im Angestelltentrakt zurückgeblieben. Dort war er dann stehen geblieben, bis ihn eine Angestellte am Ende der Saison in einen Müllcontainer entsorgt hatte. Vielleicht hatte sie also gar kein frisches Höschen mehr gehabt.

Erwin Kurz legte Steinlechner dann noch seine Jahresmautkarte für die Brenner-Autobahn und die Rechnung hin, aus der hervorging, dass er sie am 25. Jänner 2004, um sechs Uhr siebenunddreißig und neunzehn Sekunden gelöst hatte.

Obwohl Steinlechner wusste, dass Kurz als Mörder schon aus anderen Gründen nicht mehr infrage kam, kündigte er ihm an, dass er seine Angaben noch überprüfen und sich bei Bedarf nochmals mit ihm in Verbindung setzen würde.

Auch diesmal bat der sehr erleichterte Hotelier um Diskretion, nicht ohne wiederum darauf hinzuweisen, dass er einen Schwager bei der Gendarmerie hatte.

Auf der Rückfahrt legten die beiden Ermittler im vorderen Ötztal noch eine Kaffeepause ein, die durch einen Anruf unterbrochen wurde. Brauer konnte zwar nicht hören, worum es ging, Steinlechner schien aber ziemlich aufgeregt. Nach dem Ende des Gesprächs sagte er zu Brauer: „Das war die erste gute Nachricht des Tages, noch so eine und wir haben ihn."

Karin Klingenschmied hatte angerufen und war zu Gapp verbunden worden. Ihre Mitteilung hatte es in sich: Weil Steinlechner sie vor einigen Tagen gefragt hatte, ob ihr der Name Rudolf Hausegger etwas sage, hatte sie heute in den alten Unterlagen nachgesehen und dabei herausgefunden, dass in den Jahren von 1973 bis 1975 ein Rudolf Hausegger aus Dormitz im Hotel ihrer Eltern als Kochlehrling gearbeitet hatte.

Er war Jahrgang 1957 und hatte mit sechzehn Jahren seine Lehre begonnen. Karin war damals erst drei Jahre alt gewesen und konnte sich natürlich nicht an ihn erinnern.

Da war sie also, die Verbindung von Hausegger zum Mordopfer Erna Klingenschmied; kein Beweis zwar, aber immerhin ein guter Ansatz für die weiteren Erhebungen.

Selbst in dem so erfahrenen und abgebrühten Kriminalisten Steinlechner hatte diese Nachricht so etwas wie einen „Jagdtrieb" ausgelöst und er nahm sich gerade noch die Zeit, seinen Kuchen hinunterzuschlingen, ehe er zum Aufbruch drängte.

Wieder auf der Dienststelle erfuhr Steinlechner von Kofler, dass es nach wie vor nicht möglich gewesen war, den geschiedenen Mann von Lara oder einen anderen Angehörigen ausfindig zu machen und dass die deutschen Kollegen sich in dieser Hinsicht nicht mehr viele Hoffnungen machten.

Von Dr. Burger war noch keine Nachricht eingetroffen. Ganz gegen seine sonstige Gewohnheit wollte Steinlechner auf das Mittagessen verzichten und in seinem Büro auf dessen Anruf warten. Er versammelte Kofler, Brauer und Gapp in seinem Büro und überbrückte die Wartezeit mit einer ausführlichen Schilderung der neuesten Erkenntnisse, die sich aus der Befragung von Kurz und dem Anruf von Karin Klingenschmied ergaben.

Zu ihnen stieß dann noch Doris Klammer, die Steinlechner an diesem Tag in jedem Fall noch brauchen würde.

Als dann endlich sein Telefon klingelte, hatte er den Hörer schneller am Ohr als üblich.

Die Nachricht von Dr. Burger war kurz und unmissverständlich: Die unter den Fingernägeln des Mordopfers Lara Pommert gesicherten Gewebespuren stammten mit der bei DNA-Vergleichen üblichen extrem hohen Wahrscheinlichkeit von Rudolf Hausegger.

Ein Vergleich mit den in der DNA-Datenbank gespeicherten Daten hatte in allen drei Fällen ein negatives Ergebnis gebracht.

Doris Klammer hatte schon am Vormittag einen Anruf von Hausegger erhalten und angekündigt, dass sie sich bei ihm melden würde. Als sie ihm jetzt mitteilte, dass sie am Abend Zeit habe, mit ihm essen zu gehen, war er sofort einverstanden und kündigte an, dass er diesmal sein Kühlfach in Betrieb und mit einer Flasche Sekt bestückt haben werde.

Doris verabredete sich mit ihrem Verehrer für achtzehn Uhr in einem Café in der Innsbrucker Altstadt, das er kannte.

Roman Steinlechner war sehr zufrieden, als er hörte, dass Hausegger mit Sekt im Kühlfach anreisen wollte. Er kam also nach Tirol und er nahm den Touareg, wie sie es sich gewünscht hatten.

Im Café in Innsbruck würde allerdings niemand auf ihn warten. Das war auch nicht notwendig, denn er würde dort nicht ankommen.

Steinlechner informierte noch schnell den Abteilungskommandanten, der wie immer auf dem Laufenden gehalten werden wollte, und traf dann die längst besprochenen Vorkehrungen. Er wollte gemeinsam mit Brauer und zwei uniformierten Beamten der Verkehrsabteilung am Fuß des Zirler Berges auf Hausegger warten und ihn dort anhalten lassen und festnehmen. Für den Fall, dass er die Route über Telfs nehmen sollte, würden im Ortsgebiet von Sagl Kofler und Gapp mit zwei Uniformierten auf ihn warten. Probleme beim Erkennen des Fahrzeuges waren nicht zu befürchten. Es handelte sich schließlich um ein auffälliges Auto, Farbe und Typ waren bekannt und das Kennzeichen hatte Doris Klammer von ihrem „konspirativen Einsatz" in Garmisch auch mitgebracht.

Weil nicht auszuschließen war, dass er aus nicht vorhersehbaren Gründen eine andere Route wählte und unbehelligt bis Innsbruck kam, sollte Doris Klammer auf der Dienststelle warten und, wenn er sich über Telefon bei ihr meldete, eine Autopanne vortäuschen und ihn ersuchen, sie im Ortsgebiet von Kematen abzuholen.

Er kam dann aber planmäßig, allerdings schon kurz nach sechzehn Uhr und glaubte an eine Verkehrskontrolle, als er in der Nähe von Zirl von zwei uniformierten Beamten angehalten und nach dem Führerschein gefragt wurde.

„War ich zu schnell?", fragte er und übergab Führerschein und Fahrzeugpapiere. Auch der Aufforderung, aus dem Auto auszusteigen, kam er anstandslos nach.

Als aber dann Steinlechner und Brauer dazukamen, ihm die Dienstmarke zeigten und ihm eröffneten, dass er zu einer Befragung auf die Dienststelle der Kriminalabteilung mitkommen müsse, war es mit seiner Ruhe vorbei.

„Was soll das, was wollen Sie von mir? Ich habe einen sehr wichtigen Termin in Innsbruck", stieß er hervor.

„Den werden Sie verschieben müssen, denn wir haben einige Fragen an Sie", sagte Steinlechner. „Außerdem brauchen wir auch Ihr Auto für eine kriminaltechnische Untersuchung."

Nach dieser Mitteilung schien Hausegger zu begreifen, dass er in eine Falle gegangen war und dass es nicht nur um ein Verkehrsdelikt ging, und man konnte ihm ansehen, wie sehr er sich bemühen musste, ruhig zu bleiben, und wie intensiv er sich in Gedanken damit befasste, was nun alles auf ihn zukommen würde.

Einen Entschluss hatte er offensichtlich gefasst. Er würde ab jetzt keine Fragen mehr stellen und sich jede seiner Antworten genauestens überlegen. Wortlos übergab er seine Autoschlüssel an Brauer und ebenso wortlos stieg er auf Anweisung von Steinlechner zu den beiden Uniformierten in den Dienstwagen.

Auch die Fahrt nach Innsbruck verbrachte er schweigend.

Als Brauer die Tür des weißen VW-Geländewagens öffnete und einstieg, war noch der CD-Player in Betrieb und die Stimme einer bekannten österreichischen Sängerin war zu hören: „Und dann möcht' ich davonfliegen, ganz weit weg, wo mich keiner kennt …"

„In den nächsten fünfundzwanzig Jahren wirst du nirgend-
wo hinfliegen", murmelte Brauer und suchte nach dem Knopf,
um das Gerät abzustellen.

Vor der Abfahrt nach Zirl hatte Steinlechner nochmals mit
Dozent Dr. Burger telefoniert und ihm angekündigt, dass nach
der Untersuchung des Pkw des Verdächtigen eventuell noch
weitere DNA-Vergleiche erforderlich sein würden. Dr. Burger
hatte den Vorschlag gemacht, sich an der Untersuchung des Pkw
zu beteiligen. In diesem Fall ging es um Tötungsdelikte durch
Erwürgen und dabei kam es zu sogenannten „Blutverblasungen",
die mikroskopisch feine Blutspuren am Tatort und an der Kleidung
des Täters hinterlassen konnten, nach denen der Gerichtsmediziner
selbst suchen wollte. Gerade solche Spuren waren auch durch
noch so intensive Reinigung eines Tatortes oder eines Fahrzeuges
nicht leicht vollständig zu beseitigen, weil sie mit bloßem Auge
kaum zu sehen waren.

Steinlechner war sehr froh über die Mitwirkung von Dr. Burger,
den er als überaus gewissenhaft kannte und auch Kofler erhob
keine Einwände.

Als Brauer in den Hof des Landesgendarmeriekommandos
fuhr und den weißen Geländewagen abstellte, wurde er schon
von Dr. Burger und einem seiner Mitarbeiter erwartet.

Auch Kofler und Gapp trafen wenig später ein und die Untersuchung des Fahrzeuges konnte beginnen.

21

Hätten Steinlechner und Brauer es nicht besser gewusst, auf die Idee, dass der Mann, der ihnen gegenübersaß, ein gefährlicher und brutaler Gewaltverbrecher sein sollte, wären sie sicher nicht gekommen.

Er war mittelgroß und schlank, seine dunklen Haare waren schon mit grauen Strähnen durchsetzt und an einigen Stellen ziemlich schütter. Seine Frisur hatte er in den letzten zwanzig Jahren vermutlich nicht geändert und seit seinem letzten Friseurtermin war wohl auch schon einige Zeit vergangen. Bekleidet war er mit einer dunklen Hose und einem dünnen, karierten Sakko über einem hellen Hemd, alles andere als modisch und nicht unbedingt das, was man von einem Mann erwartet, der auf dem Weg zu seinem ersten Date mit einer weit jüngeren, attraktiven Frau ist.

Wie der wohlhabende Eigentümer einer Fremdenpension mit eigenem Café und mehreren Angestellten, der mit einem 60.000-Euro-Auto durch die Gegend fuhr, sah er jedenfalls nicht aus. Eher wie ein Vertreter, der älteren Damen Staubsauger oder heizbare Leintücher andrehte.

Wie ein Gewalttäter sah er schon gar nicht aus, sondern wie einer, der sich nicht in die Angelegenheiten anderer einmischte und froh war, wenn man ihn in Ruhe ließ.

Obwohl er bemüht war, seine große Nervosität zu verbergen, konnte man sie ihm ansehen. Er schluckte immer wieder, rutschte auf seinem Sessel hin und her wie ein zappeliges Kind und wusste nicht, was er mit seinen Händen anfangen sollte, die er abwechselnd in die Sakkotaschen steckte, vor dem Bauch faltete oder seitlich herabhängen ließ.

Steinlechner wollte bei der Vernehmung nur Brauer dabeihaben und hatte sich mit ihm vorher kurz abgesprochen. Er wollte zunächst nur auf den Vorfall mit der Prostituierten in Haiming eingehen und sein weiteres Vorgehen erst dann überlegen, wenn er sein Gegenüber besser einschätzen konnte.

Nach einer ausführlichen Befragung „zur Person" seines Verdächtigen, bei der dieser keinerlei Schwierigkeiten machte und alle Fragen anstandslos beantwortete, kam Steinlechner dann zur Sache mit den Worten: „Was glauben Sie, warum Sie hier sind?"

„Weil Sie mich mit jemandem verwechseln", war die knappe Antwort.

Steinlechner sprach ihn dann unvermittelt auf das Treffen mit der Prostituierten an und erwähnte schon jetzt, dass er in deren Auto etwas verloren hatte. Er sagte aber nicht, um welchen Gegenstand es sich handelte. Hausegger wollte das nicht glauben oder tat zumindest so.

„Das ist gar nicht möglich, ich habe mich nie mit einer Prostituierten in Tirol getroffen, weder in Haiming noch an irgendeinem anderen Ort."

Eine halbe Stunde später waren sie immer noch auf demselben Stand.

Steinlechner gab seinem Verdächtigen zu verstehen, dass er über einen eindeutigen Beweis verfügte, und Hausegger wollte immer noch nie Kontakt zu einer Prostituierten in Tirol gehabt haben.

„Das haben Sie im Wohnmobil der Frau verloren, das gehört zu Ihrem Autoschlüssel und das hat uns zu Ihnen geführt."

Mit diesen Worten legte Steinlechner den schwarzen Plastikanhänger mit der aufgedruckten Zahl vor Hausegger hin und der nahm ihn in die Hand und betrachtete ihn von allen Seiten. Dabei nahm er sich viel Zeit, wohl um zu überlegen, wie er darauf reagieren sollte.

„Ich habe dieses Ding nie gesehen, es kann schon sein, dass es von meinem Autoschlüssel stammt. Vielleicht hat es der Vorbesitzer verloren. Sie kennen ihn ja sicher schon, fragen Sie ihn doch, ob er in Haiming war und sich mit einer Prostituierten getroffen hat."

„Der Vorfall im Haiming war im April, das Auto haben Sie aber schon im Herbst davor gekauft. Sollen wir wirklich glauben, dass der Vorbesitzer den Anhänger ein halbes Jahr bei sich gehabt hat, um ihn dann am 17. April im Auto einer Prostituierten zu verlieren?"

„Was Sie glauben, ist Ihre Sache, ich habe dieses Ding jedenfalls nie gesehen."

Steinlechner merkte, dass er so nicht weiterkam. Er kündigte daher eine Gegenüberstellung mit der Prostituierten an, wobei er erwähnte, dass sie sein Gesicht sehr gut gesehen habe, bevor er sie aufgefordert hatte, das Licht auszuschalten. Das entsprach zwar nicht der Wahrheit, es brachte Hausegger aber aus dem Konzept und Steinlechner sah, dass es mit seiner Sicherheit wieder vorbei war. Er konnte sich vermutlich doch nicht mehr so genau an die Vorgänge in Haiming erinnern.

Steinlechner setzte sofort nach: „Wenn die Frau Sie eindeutig wiedererkennt, reicht das für einen Haftbefehl und wir werden Sie wegen versuchten Mordes anzeigen. Alles Weitere wird dann bei Gericht entschieden."

Als erfahrener Ermittler, der schon viele Stunden und oft auch ganze Tage mit Verhören zugebracht hatte, erkannte Steinlechner sofort, dass er mit diesen Ankündigungen die Verteidigungsstrategie seines Verdächtigen ins Wanken gebracht hatte und dass er bald eine andere Version zu hören bekommen würde. Es war auch nicht zu übersehen, dass der mit der Polizei bisher noch nicht viel zu tun gehabt hatte. Ein erfahrener Krimineller hätte längst einen Anwalt verlangt und selbst kein Wort mehr gesagt.

Hausegger tat weder das eine noch das andere; er wollte reden, er wollte sich selbst verteidigen. Der Vorwurf eines Mordversuchs brachte ihn aber aus dem Konzept.

Während Steinlechner auf ihn einredete und ihn aufforderte, endlich die Wahrheit zu sagen, starrte er einige Minuten wortlos auf die grüne Schreibunterlage, die vor ihm auf dem Tisch drapiert war, bevor er sagte: „Es stimmt schon, ich habe mich mit der Frau in Haiming getroffen, aber ich habe ihr nichts getan."

Diese Wendung hatte sich für die Ermittler zwar abgezeichnet, sie waren aber doch erleichtert.

Ein erster Schritt war getan.

Steinlechner ließ sich dann in allen Einzelheiten erzählen, wie es zu dem Treffen in Haiming gekommen war und was sich dabei abgespielt hatte. Die Angaben stimmten mit denen von Hildegard Brunner in fast allen Punkten überein. In einem sehr wesentlichen Punkt allerdings nicht. Hausegger beteuerte immer wieder, dass er ihren Hals rein zufällig berührt und sie bestimmt nicht gewürgt habe. Von einem Mordversuch könne daher keine Rede sein. Dieser Vorwurf sei absurd und an den Haaren herbeigezogen, betonte er mehrmals.

Seiner Meinung nach war sie durch die unabsichtliche Berührung am Hals erschrocken und hatte sich den Kopf angeschlagen, als sie sich von dem vermeintlichen Angriff befreien hatte wollen.

Steinlechner stellte noch einige Fragen und machte sich dazu Notizen. Dann unterbrach er das Verhör.

„Wie geht es jetzt weiter?", wollte Hausegger wissen.

„Wir machen jetzt eine kurze Pause, dann reden wir weiter, wir haben noch einige Fragen an Sie."

Als Brauer ihn fragte, ob er Hunger habe, verneinte er und ersuchte um einen Kaffee und ein Glas Wasser. Gapp brachte ihm beides und beaufsichtigte ihn.

Die beiden Ermittler sprachen in der Zwischenzeit bei einem Kaffee über das, was sie bisher erreicht hatten. Sie waren nicht unzufrieden, mussten aber auch zur Kenntnis nehmen, dass Hausegger zuletzt geschickt argumentiert hatte und es daher nicht leicht sein würde, ihn dazu zu bringen, dass er einen oder gar zwei Morde gestand.

Als Nächstes wollte Steinlechner auf Lara Pommert zu sprechen kommen, weil es in diesem Fall einen Sachbeweis gab, während sie im Fall der ermordeten Erna Klingenschmied noch sehr wenig in der Hand hatten.

Es war kurz nach einundzwanzig Uhr, als sie die Vernehmung fortsetzten.

„Es gibt da noch eine andere Sache, über die wir mit Ihnen reden müssen. Sagt Ihnen der Name Lara Pommert etwas?"

Wenn Steinlechner und Brauer erwartet hatten, dass er bei der Nennung dieses Namens erschrocken reagieren würde, so wurden sie enttäuscht.

Vermutlich hatte er genau diese Frage erwartet und sich in der Pause entsprechend darauf vorbereitet.

„Wer soll das sein?"

„Lara Pommert wurde vor einigen Tagen tot aufgefunden und wir wissen, dass sie mit Ihnen Kontakt hatte."

„Das wird ja immer besser. Wollen Sie mir jetzt auch noch einen Mord anhängen? Reicht nicht schon der absurde Mordversuch?"

„Wir wollen Ihnen gar nichts anhängen, beantworten Sie einfach unsere Fragen und sagen Sie uns, was Sie über die Frau wissen, woher Sie sie kennen und was Sie mit ihr zu tun gehabt haben."

„Ich kenne sie nicht und ich weiß gar nichts über sie."

„Warum wissen Sie eigentlich, dass Lara Pommert ermordet worden ist?"

„Es stand ja in allen Zeitungen, auch in Deutschland. Ich weiß auch, dass sie in Wirklichkeit gar nicht so heißt und dass es noch einen weiteren Mord in Tirol gegeben hat. Haben Sie mich dafür auch in Verdacht?"

Steinlechner ging auf diese Frage nicht ein. Er wollte zu diesem Zeitpunkt über den Fall Klingenschmied noch nicht sprechen und sich vorerst nur auf den Mord an Lara Pommert konzentrieren.

Wie schon mehrmals in den letzten Tagen und Wochen bei der Befragung von anderen Personen kam er auch diesmal wieder schnell und für den Verdächtigen unerwartet zur Sache.

Im Unterschied zu manchen seiner Berufskollegen, die meist bestrebt waren, ihr „Pulver nicht vorzeitig zu verschießen" und oft Stunden um den heißen Brei herumredeten, bevor sie mit ihren Fakten oder Beweisen herausrückten, bevorzugte Steinlechner ein direkteres Vorgehen. Er knallte den Tatverdächtigen oft schon sehr früh seinen stärksten Trumpf auf den Tisch und es gelang ihm auf diese Weise meist, sie zu überrumpeln.

Für beide Verfahren gab es gute Gründe und es war natürlich auch von der Person des Befragten abhängig, welche Vorgehensweise die jeweils bessere war.

„Lara Pommert hat sich gegen ihren Mörder zur Wehr gesetzt und ihn so stark gekratzt, dass unter ihren Fingernägeln Hautreste zurückgeblieben sind. Vor mir liegt ein schriftliches Gutachten, aus dem hervorgeht, dass diese Hautreste von Ihnen stammen."

Mit diesen Worten schob Steinlechner ihm das Schriftstück hin und Hausegger las Zeile für Zeile durch.

Die Wirkung war so, wie Steinlechner sich das gewünscht hatte. Der eben noch selbstsichere Mann wurde grau im Gesicht und schien regelrecht auf seinem Sessel zu schrumpfen. Er wischte sich die Schweißperlen von der Stirn und stieß hervor: „Das gibt es nicht, das kann nicht sein, Sie wollen mir einen Mord anhängen, weil ich eine Prostituierte am Hals berührt habe."

In den folgenden beiden Stunden blieb er bei seiner Behauptung, eine Lara Pommert nicht zu kennen und mit ihrem Tod nichts zu tun zu haben. Er wollte wissen, wie es zu dem Gutachten kommen konnte, und erfuhr, dass Haare und Zigarettenstummel, die von ihm stammten, mit den Hautresten unter den Fingernägeln der Ermordeten verglichen worden waren. Auf welche Weise er zu dem Vergleichsmaterial gekommen war, das sagte ihm Steinlechner nicht.

Hausegger fragte auch gar nicht danach. Er brachte dann von sich aus die Sprache auf die „nette Kollegin", die ihn zweimal in Garmisch besucht und ganze Arbeit geleistet hatte.

Dass er das so schnell durchschaut hatte, war für die beiden Ermittler doch überraschend.

Immer wieder beteuerte er, dass hier eine Verwechslung vorliegen musste und er nichts mit der Sache zu tun habe. Er wiederholte diese Aussagen stereotyp und ging auf Argumente von Steinlechner nicht mehr ein. Sein körperlicher Zustand war immer noch erbärmlich und er machte sich kaum noch die Mühe, den Schweiß aus dem Gesicht zu wischen. Kurz vor Mitternacht bat er um einen weiteren Kaffee und ein großes Glas Wasser. Beides wurde ihm von Gapp gebracht, der ihn in der folgenden etwa halbstündigen Pause wieder beaufsichtigte.

Gapp hatte vorher Steinlechner noch mitgeteilt, dass Kofler und die Gerichtsmediziner die Untersuchung des Autos abgeschlossen hatten und Dr. Burger vermutlich Blutspuren gefunden hatte. Er wollte sie auf schnellstem Weg auswerten.

Steinlechner und Brauer waren überzeugt, dass es nicht mehr lange dauern würde, bis Hausegger zugab, dass er Lara Pommert gekannt und zu ihr Kontakt gehabt hatte. Sie waren schon neugierig auf die Geschichte, die er ihnen auftischen würde. Dass er jetzt schon den Mord gestehen würde, erwarteten sie nicht.

Wenig später stellte sich dann heraus, dass sie mit ihrer Vermutung richtig gelegen waren.

Noch bevor ihm eine Frage gestellt wurde, begann Hausegger zu sprechen, und das, was er zu sagen hatte, klang so, als hätte er es in der Zwischenzeit auswendig gelernt.

Steinlechner hörte sich die Geschichte an, ohne ihn ein einziges Mal zu unterbrechen: „Ich habe Lara Pommert gekannt und das bisher nicht zugegeben, weil ich weiß, dass sie ermordet worden ist und ich nicht in Verdacht geraten wollte. Ich habe sie irgendwann Mitte Jänner in einem Lokal in Imst zum ersten Mal gesehen und bin mit ihr ins Gespräch gekommen. Sie hat mir erzählt, dass sie in einem Hotel in Sölden arbeitet und sich dort nicht wohlfühlt. Weil ich damals gerade eine Kellnerin für mein Café in Garmisch gesucht habe und weil die Frau auf mich einen sehr guten Eindruck gemacht hat, habe ich ihr angeboten, in meinem Café zu arbeiten. Über Bezahlung und Arbeitsbedingungen sind wir uns schnell einig gewesen.

Wir haben dann vereinbart, dass ich sie am 25. Jänner um halb fünf Uhr morgens vor ihrem Hotel abhole, weil sie am frühen Morgen das Haus unbemerkt würde verlassen können. Warum es ausgerechnet dieser Tag sein musste und warum sie das Hotel unbedingt heimlich hat verlassen wollen, weiß ich nicht.

Sie ist dann am 25. Jänner kurz nach der vereinbarten Zeit in mein Auto eingestiegen. Ich habe an diesem Tag nicht den VW, sondern meinen alten BMW gefahren, weil der VW in Reparatur war.

Auf der Fahrt durch das Ötztal ist ihr Rock weit nach oben gerutscht und unsere Schenkel haben sich berührt.

Das ist sicher nicht zufällig passiert, ich habe es als Aufforderung verstanden und meine Hand auf ihren Oberschenkel gelegt. Sie hat nichts dagegen gehabt und sogar ihre Beine etwas geöffnet. Ich bin dann in der Nähe der Ortschaft Umhausen in einen Feldweg neben dem Fluss eingebogen, habe den Motor abgestellt und versucht, Lara den Rock auszuziehen. Ich wollte einen Geschlechtsverkehr mit ihr und es hat für mich keinen Zweifel gegeben, dass sie nicht nur einverstanden gewesen ist, sondern das auch gewollt hat.

Plötzlich hat sie mich dann aber mit den Worten ‚Ich will das nicht‘ abgewehrt und heftig am Unterarm gekratzt, weil ich nicht sofort reagiert und meine Bemühungen eingestellt habe. Aus Ärger über ihr blödes Verhalten und die Kratzer an meinem Arm habe ich ihr dann gesagt, dass sie den Arbeitsplatz in meinem Lokal vergessen kann. Sie hat kein Wort mehr gesprochen und nach wenigen Minuten Fahrt habe ich dann an einer Bushaltestelle in der Nähe der Ortschaft Ötz angehalten und sie zum Aussteigen aufgefordert. Sie ist dann wortlos ausgestiegen und hat ihr Gepäck vom Rücksitz genommen. Ich bin sofort weggefahren und habe von ihr seither nichts mehr gehört oder gesehen.“

„Und dann ist der böse Wolf mit dem Auto gekommen und hat das Rotkäppchen erwürgt. Eine wunderschöne Geschichte haben Sie sich da ausgedacht, aber es glaubt sie niemand“, sagte Steinlechner.

„Ich habe auch gar nicht erwartet, dass Sie mir das glauben“, stieß Hausegger trotzig hervor und es war ihm anzusehen, dass er sich in der Pause wieder etwas erholt hatte, wohl auch deshalb, weil er mit seiner Geschichte einen Ausweg gefunden zu haben glaubte.

Nach einer halben Stunde, in der Steinlechner immer wieder darauf hinwies, wie unglaubwürdig diese Geschichte war und wie wenig ihr auch vor Gericht Glauben geschenkt werden würde, sagte Hausegger: „Wenn Sie mir sowieso nichts glauben, dann sage ich jetzt gar nichts mehr“, und antwortete nicht mehr auf weitere Fragen.

Steinlechner hätte gerne weitergemacht, obwohl er nach diesem sehr langen und aufregenden Tag schon ziemlich müde war. Wenn der Verdächtige nicht mehr mit ihm reden wollte, machte das aber keinen Sinn.

Eine Nacht in der Zelle, wahrscheinlich mit sehr wenig Schlaf, würde Hausegger vielleicht wieder gesprächiger machen.

Zudem gab es noch die Blutspuren, die am nächsten Tag hoffentlich neue Erkenntnisse lieferten.

Bevor Steinlechner seinen mutmaßlichen Mörder in die Zelle bringen ließ, wollte er ihm aber noch etwas mitgeben, damit er sich über Nacht nicht zu gut erholte, und er sagte: „Sie haben jetzt einige Stunden Zeit und sollten in Ruhe über alles nachdenken, zum Beispiel auch darüber, wie das Blut, das wir heute in Ihrem Auto gefunden haben, dorthin gekommen sein könnte und von wem es stammt. Falls Sie sich auch dazu wieder eine schöne Geschichte ausdenken, so sollte sie besser sein als Ihre letzte."

Wenn diese Äußerung bei Hausegger Wirkung zeigte, so gelang es ihm diesmal sehr gut, das zu verbergen. Es konnte aber auch sein, dass er den Worten Steinlechners keinen Glauben schenkte und das Ganze für einen Trick hielt, weil er sein Auto so gründlich gereinigt hatte, dass seiner Meinung nach dort keine Blutspuren mehr zu finden waren. Einen Augenblick lang sah es so aus, als wollte er noch etwas dazu sagen, dann ließ er es aber doch bleiben und Gapp begleitete ihn auf dem Weg zu seiner ersten Nacht in einer Arrestzelle.

Steinlechner und Brauer unterhielten sich dann trotz der späten Stunde noch über den Verlauf des Verhörs und die Person des Verdächtigen. Sie waren davon überzeugt, dass Hausegger Lara Pommert und wahrscheinlich auch Erna Klingenschmied umgebracht hatte.

Sie erörterten sein Verhalten während des Verhörs. Er hatte, abgesehen von der letzten Phase der Befragung, bereitwillig auf alle Fragen geantwortet und er schien immer noch das Bedürfnis zu haben, sich ohne Hilfe eines Anwalts den Fragen der Ermittler zu stellen. Allerdings hatte er sich bisher auch recht geschickt verhalten.

Im Fall Brunner hatte er wohl erkannt, dass weiteres Leugnen sinnlos gewesen wäre, und er hatte das Treffen mit der Prostituierten dann zugegeben. Einen Angriff auf die Frau hatte er aber energisch bestritten. Es würde also Aussage gegen Aussage stehen, wobei nicht vorherzusehen war, wie sich die Prostituierte verhalten würde, wenn sie entgegen der Zusage von Brauer vor Gericht aussagen musste.

Im Fall Pommert hatte er zunächst bestritten, sie zu kennen, und ihnen später eine Geschichte aufgetischt, die zwar nicht wirklich glaubwürdig, aber immerhin geeignet war, seine Hautreste unter ihren Fingernägeln zu erklären, ohne dass er zwangsläufig der Mörder sein musste.

Steinlechner und Brauer waren sich darüber einig, dass sie selbst auch keine bessere Geschichte hätten erfinden können, wenn sie in der Lage ihres Verdächtigen gewesen wären. Mit dem, was sie bisher beweisen konnten, war seine Darstellung nicht eindeutig zu widerlegen, und ob es für eine Anklage oder gar Verurteilung reichen würde, war mehr als fraglich.

Die Untersuchung des VW Touareg würde ihnen in diesem Fall auch nicht weiterhelfen, wenn es stimmte, dass er Lara mit dem alten BMW abgeholt hatte. Dass dieses Auto noch in seiner Garage in Garmisch stand, machte die Sache nicht einfacher.

Der Optimismus, mit dem die beiden Ermittler vor einigen Stunden das Verhör begonnen hatten, war inzwischen wieder kleiner geworden.

Auch wenn er sich nicht wie ein „gestandener Krimineller" verhielt, so hatten sie es doch mit einem intelligenten Verdächtigen zu tun, der inzwischen den Ernst der Lage erkannt hatte und sich jedes Wort und jeden Schritt genau überlegte.

Wenn das Blut in seinem Touareg nicht von Erna Klingenschmied stammte, blieben ihnen in diesem Fall als Indizien nur noch der Hinweis auf einen hellen Geländewagen, der Bezug Hauseggers zum ersten Mordopfer und der Umstand, dass die Prostituierte und die beiden Ermordeten eine ähnliche Figur gehabt hatten und gewürgt worden waren.

Nach dieser ernüchternden Einschätzung fuhren die beiden Ermittler nach Hause.

Nach einer kurzen und unruhigen Nacht, in der Steinlechner immer wieder die Ereignisse des Vortags durch den Kopf gegangen waren, saß er schon vor acht Uhr am nächsten Tag wieder im Büro des Abteilungsleiters und informierte ihn über den neuesten Stand der Ermittlungen.

Als er nachher in sein Büro kam, saßen dort schon Brauer, Gapp und Kofler bei einem Kaffee und warteten auf ihn.

Kofler sollte um neun Uhr mit Dozent Burger Kontakt aufnehmen. Dazu kam es dann aber nicht mehr, weil sich Dr. Burger selbst meldete und das Ergebnis seiner Untersuchungen bekanntgab.

Die sehr feinen und mit bloßem Auge kaum feststellbaren Blutspritzer, die er an der Innenverkleidung der Beifahrertür gefunden und ausgewertet hatte, stammten von Erna Klingenschmied. Das weitere Spurenmaterial, einige Stofffasern und Haare, konnten nicht zugeordnet werden oder mussten noch ausgewertet werden.

Damit hatte sich die Lage entscheidend verändert. Nach diesem Ergebnis wurde es für Hausegger sehr eng. Selbst wenn ihm nochmals eine Geschichte einfallen sollte, mit der das Blut der Erna Klingenschmied in seinem Auto erklärt werden konnte, ohne dass er selbst der Mörder sein musste, so würde ihm das niemand mehr abnehmen.

Rudolf Hausegger hatte in den vergangenen fünf Stunden vermutlich nicht viel geschlafen. Er wirkte überaus nervös und fahrig, hatte dunkle Ringe unter den Augen und schien um Jahre gealtert zu sein.

Kofler und Gapp gingen aus dem Büro und Steinlechner begann mit dem Verhör.

In den nächsten beiden Stunden drehten sich seine Fragen immer noch um Lara Pommert und Hausegger verwickelte sich in Widersprüche, weil er offenbar in der Aufregung nicht mehr wusste, was er sechs Stunden zuvor gesagt hatte. Jetzt behauptete er, dass Lara vor einem Lebensmittelgeschäft in Ötz ausgestiegen sei. Auf diesen Widerspruch angesprochen, reagierte er wütend mit den Worten: „Es soll ja auch Bushaltestellen in der Nähe eines Lebensmittelgeschäftes geben, oder sind Sie da anderer Meinung?" Danach sagte er einige Minuten lang nichts mehr und Steinlechner befürchtete schon, dass er wieder für längere Zeit schweigen würde.

Deshalb kam er jetzt auf Erna Klingenschmied zu sprechen. Reflexartig bestritt Hausegger, jemals eine Frau mit diesem Namen gekannt zu haben. Steinlechner erinnerte ihn daran, dass er am Vortag schon zweimal behauptet hatte, jemanden nicht zu kennen, und nachher zugeben hatte müssen, dass es anders war.

Später erinnerte er sich dann doch an seine ehemalige Chefin, die er seit seiner Lehre im Hotel angeblich nicht mehr gesehen hatte. Steinlechner, der im Laufe seiner Dienstzeit schon sehr vielen Verdächtigen gegenübergesessen war, erkannte an der Körpersprache Hauseggers, dass dieser inzwischen jegliche Selbstsicherheit verloren hatte und nahe daran war, sein Leugnen aufzugeben und seine Taten zu gestehen. Deshalb spielte er jetzt seinen besten Trumpf aus: „Herr Hausegger, in der Nacht habe ich Ihnen gesagt, dass die Gerichtsmediziner in Ihrem Auto Blutspuren gefunden haben. Inzwischen wissen wir mehr. Das Blut stammt eindeutig von Erna Klingenschmied."

Nach diesen Worten war es einige Minuten lang still in Steinlechners Büro. So still, dass man die Geräusche hören konnte, die das ständige Schlucken Hauseggers und sein Herumrutschen auf dem Sessel verursachten. Steinlechner unterbrach diese Stille nicht, sondern starrte gebannt auf den Adamsapfel seines Verdächtigen, der sich bei jedem Schlucken auf und nieder bewegte.

Jetzt musste er nur noch warten.

Es dauerte aber nicht mehr lange und Hausegger begann von sich aus zu reden. Steinlechner unterbrach ihn nur dann, wenn er auf Details eingehen wollte, die nur der Täter wissen konnte. Auf diese Weise war das Geständnis, das Hausegger jetzt ablegte, abgesichert und konnte später nicht mehr glaubwürdig widerrufen werden.

Nach einer Stunde hatte er in Anwesenheit der beiden Ermittler ein umfassendes Geständnis zu beiden Morden abgelegt.

Auch diesmal lag es an Brauer, die Aussagen des Täters zu Papier zu bringen. Steinlechner hatte in dieser Hinsicht volles Vertrauen zu seinem Kollegen. Brauer war bekannt für seine ausgezeichneten Niederschriften und hatte dafür auch schon Lob von Richtern und Staatsanwälten geerntet.

In den folgenden vier Stunden entstanden dann in Brauers Büro achtzehn Seiten Niederschrift, auf denen nicht nur der jeweilige Tatablauf bis ins kleinste Detail abgehandelt, sondern auch der Werdegang des Rudolf Hausegger vom jungen, schüchternen Kochlehrling zum brutalen Doppelmörder mit allen Erlebnissen und Beweggründen dargestellt wurde.

Das Gesprächsklima zwischen Brauer und Hausegger entspannte sich im Laufe der Vernehmung deutlich. Hausegger antwortete auf alle Fragen, ohne zu zögern. Er wirkte erleichtert und sah auch nicht mehr so armselig aus.

Steinlechner nutzte die folgenden Stunden für die organisatorischen Tätigkeiten, Meldungen und Berichte, die in so einem Fall anfielen. Zuerst informierte er aber Oberst Baumann, der sehr froh über die Klärung der beiden Morde war und freudig gratulierte.

Die Pressekonferenz wurde für siebzehn Uhr angesetzt.

Nach einem längeren Gespräch mit dem zuständigen Referenten im bayrischen Landeskriminalamt telefonierte Steinlechner dann noch mit der weiblichen Angestellten im Betrieb Hauseggers, der er schon am Vortag kurz mitgeteilt hatte, dass sie vorerst ohne ihren Chef auskommen mussten. Sie hatte inzwischen die nötigen Vorkehrungen getroffen.

Weil Steinlechner nicht wollte, dass Karin Klingenschmied die Nachricht von der Festnahme des Mörders ihrer Mutter aus den Medien erfuhr, informierte er sie am Telefon und kündigte ihr ein ausführliches Gespräch für die nächsten Tage an.

Dann führte er noch ein längeres Gespräch mit Elvira, mit der er den Abend in Innsbruck verbringen hatte wollen. Weil er in der vergangenen Nacht kaum geschlafen hatte und auch an diesem Tag nicht vor zwanzig Uhr und dann vermutlich sehr müde aus seinem Büro kommen würde, verschoben sie das Treffen in

Innsbruck und Steinlechner wollte am nächsten Tag zu ihr nach Zirl kommen. Auch Elvira war sehr froh darüber, dass der Täter gefasst worden war. Eines der beiden Mordopfer war ihre beste Freundin gewesen. Zudem hoffte sie natürlich, dass ihr neuer Partner in nächster Zeit etwas weniger gestresst sein und etwas mehr Zeit für sie erübrigen würde.

Er freute sich sehr, als sie ihm das sagte, und versprach hoch und heilig, in Zukunft viel mehr Zeit mit ihr zu verbringen – zumindest bis zum nächsten Mord.

Bei der Pressekonferenz waren diesmal auch die Justiz und die Sicherheitsdirektion vertreten.

Oberst Baumann war in seinem Element und lobte Steinlechner und sein Team so überschwänglich, dass es fast schon peinlich war. Natürlich wollten auch alle anderen zu Wort kommen und Fragen beantworten, sodass es nach neunzehn Uhr war, als endlich die letzte Frage beantwortet, das letzte Interview gegeben und der allerletzte Reporter gegangen war.

Steinlechner, Brauer und Gapp sowie Kofler und zwei von seinen Mitarbeitern saßen dann noch in der Nähe der Dienststelle bei einem Bier beisammen und der Leiter des Ermittlungsbereiches Leib, Leben und Gesundheit bedankte sich bei denen, die ihn in den vergangenen achtzehn Tagen unermüdlich unterstützt hatten. Seine Dankesrede fiel allerdings sehr kurz aus, er war nun einmal kein Freund langer Monologe und auch schon sehr müde.

An Brauer schienen die vergangenen Tage und die kurze letzte Nacht fast spurlos vorübergegangen zu sein. Er stand bald wieder an der Theke bei der vollbusigen Kellnerin und lobte mit zweideutigen Worten ihren liebevollen Umgang mit dem Bierzapfhahn, was sie zu der Äußerung ermunterte: „An deinem Hahn tät ich auch gerne zapfen."

Brauer hörte das mit Freude und wollte in nächster Zeit intensive Ermittlungen darüber anstellen, ob ihre Aussage ernst gemeint war.

Wenig später kam die Kellnerin dann an ihren Tisch. Steinlechner wollte zahlen und stellte klar, dass die Getränke auf seine Rechnung gingen.

Dass die Kellnerin beim Kassieren mit ihrem Hintern die Schulter des ganz zufällig neben ihr sitzenden Brauer berührte und die Berührung während der Dauer ihrer Anwesenheit beibehielt, wertete dieser als Hinweis darauf, dass sie es vorhin ernst gemeint hatte. Frohen Mutes machte er sich auf den Heimweg. Zwei Morde waren geklärt, die vollbusige Kellnerin hatte ihm ein Angebot gemacht und im Ötztal wartete die Überlebende der beiden feschen Bardamen vom Panoramahotel Kurz auf seinen Anruf.

Auch seine Frau wartete trotz der späten Stunde im Wohnzimmer auf ihn, als er wenig später heimkam. Sie hatte im Fernsehen den Bericht von der Pressekonferenz gesehen. Normalerweise interessierte sie sich nicht sehr für die Arbeit ihres Mannes. Diesmal hatte sie aber viele Fragen.

Der Fall Klingenschmied schien sie ganz besonders zu interessieren. Brauer beantwortete ihre Fragen geduldig, er war bester Laune und freute sich über ihre ungewöhnliche Anteilnahme. Diese Freude wäre allerdings schlagartig verflogen, wenn er gewusst hätte, dass ihr Interesse nicht seiner Arbeit galt, sondern dem Opfer Erna Klingenschmied. Seine Frau war es nämlich gewesen, die nach einem Schäferstündchen mit ihrem damaligen Liebhaber die Leiche der armen Erna im Wald entdeckt und später anonym die Gendarmerie verständigt hatte.

Sie hatte seit damals ein schlechtes Gewissen gehabt und befürchtet, dass man sie irgendwann doch noch als Anruferin ausfindig machen würde. Jetzt war sie sehr erleichtert. Der Fall war geklärt und der Mörder in Haft. Niemand interessierte sich mehr für die Frau, die damals bei der Gendarmerie in Hall angerufen hatte.

Der erfolgreiche Ermittler Werner Brauer würde von dieser Sache nie erfahren und von einigen anderen auch nicht.

22

In all der Hektik nach dem Geständnis war Steinlechner nicht mehr dazu gekommen, die Niederschrift durchzulesen, die ihm Brauer nach mehr als vierstündiger, sehr intensiver Arbeit auf seinen Schreibtisch gelegt hatte.

Deshalb ging er noch einmal in sein Büro und holte sie, weil er sie zu Hause in aller Ruhe anschauen wollte.

Er machte es sich auf seinem Lieblingsplatz mit einem Bier gemütlich und begann zu lesen. Brauer war es, wie schon in zahlreichen Fällen zuvor, wieder einmal bestens gelungen, auf achtzehn Seiten – jede einzeln vom Verdächtigen unterschrieben – die Straftaten, die diesem zur Last gelegt wurden, lückenlos und verständlich darzustellen. Dabei war er auch auf die Hintergründe, Motive und den Lebenslauf des Täters ausführlich eingegangen.

Obwohl Steinlechner das Verhör selbst durchgeführt hatte, bekam er erst jetzt einen Gesamteindruck und das ganze Leben des Rudolf Hausegger bis hin zu seinen furchtbaren Verbrechen lief wie ein Film vor ihm ab.

Ein schüchternes Bürschchen, in bescheidenen Verhältnissen in dem kleinen Dorf Dormitz als Einzelkind aufgewachsen, kommt nach der Pflichtschule im Jahr 1973 in das Hotel Frankfurt in Seefeld, wo es eine Lehre als Koch absolvieren soll.

Das Hotel wird vom Besitzer Ernst Klingenschmied und seiner viel jüngeren Frau Erna geführt, die beiden haben eine dreijährige Tochter.

Unter den Angestellten ist es ein offenes Geheimnis, dass die Ehe der Chefleute alles andere als gut ist.

Ernst Klingenschmied bandelt bei jeder Gelegenheit mit weiblichen Angestellten an und verschwindet auch manchmal mit einer in den Privaträumen, wenn seine Frau nicht zu Hause ist. Er geht bei seinen Eroberungen nicht besonders vorsichtig vor und scheint kein Problem damit zu haben, wenn seine Frau ihm auf die Schliche kommt oder zumindest Verdacht schöpft.

Sie selbst wirkt frustriert und unglücklich und ist mit ihren noch nicht einmal dreißig Jahren schon sehr korpulent, was auch niemanden wundert, weil sie sich mehrmals am Tag an der Kuchentheke bedient und auch in der Küche ausgiebig verkostet.

Nach einigen Monaten verliebt sich der schüchterne Lehrling Rudolf Hausegger in eine ältere Kellnerin, die aber nie erfährt, dass sie einen jungen Verehrer hat.

Weil er ihr imponieren will, kauft er sich teure Kleidung und anderes und kommt bald in finanzielle Nöte, die er ab und zu durch einen Griff in die gemeinsame Trinkgeldkasse aller Angestellten lindert. Dabei wird er dann eines Tages von der Chefin erwischt.

Nach einem langen Gespräch unter vier Augen verspricht sie ihm, dass sein Vergehen geheim bleibt. Als Gegenleistung erwartet sich die Chefin von ihm, dass er Augen und Ohren offen hält und ihr berichtet, was sich zwischen dem Chef und seinen weiblichen Angestellten abspielt, wenn sie selbst nicht anwesend ist.

Monatelang spielt er dann brav den Zuträger und es entwickelt sich ein Vertrauensverhältnis zwischen ihm und der Chefin, die ihrem jungen Angestellten immer öfter ihr Leid klagt.

Das geht dann ungefähr ein Jahr lang so und Rudolf wird immer mehr zu ihrem Vertrauten.

Im Hotel merkt niemand etwas davon.

Wenn ihr Mann nicht im Hotel ist, lässt sie sich oft von Rudolf am Vormittag Kaffee und Kuchen in die Privatwohnung bringen und er berichtet, wenn er etwas zu berichten hat.

Bei einem dieser Treffen legt sie dann für ihn überraschend die Arme um seine Schultern, zieht ihn an sich und küsst ihn leidenschaftlich auf den Mund. Rudolf ist das keineswegs unangenehm, in seinen Fantasien hat er sich in den letzten Monaten immer wieder solche und auch noch ganz andere Dinge vorgestellt. Sie hat ihn diesmal im Bademantel empfangen, öffnet diesen schnell und lässt ihn auf den Boden gleiten.

Zum ersten Mal in seinem Leben sieht Rudolf eine nackte Frau. Er hat zwar mit Arbeitskollegen in einschlägigen Heften geblättert und auch einige Pornofilme gesehen.

Das hier ist aber doch etwas anderes.

Weil er verdattert vor ihr steht und nicht so recht weiß, was er mit seinen Händen anfangen soll, ergreift Erna die Initiative.

Bald liegen beide nackt in ihrem breiten Bett, das sie schon seit Jahren nicht mehr mit ihrem Mann teilt, und der schüchterne junge Koch, der sich bisher immer nur „eigenhändig" Erleichterung verschafft hat, erlebt zum ersten Mal die Freuden der Liebe zwischen den massigen Schenkeln einer vernachlässigten und frustrierten Frau.

Es bleibt nicht bei dem einen Mal und Rudolf wird der Liebhaber seiner Chefin. Gelegenheiten für ihre Schäferstündchen gibt es laufend, weil Ernst Klingenschmied auch während der Hauptsaison immer öfter zu Jagdausflügen aufbricht oder aus anderen Gründen nicht im Hotel ist. Die kleine Tochter verbringt die Vormittage im Kindergarten und wird nachmittags von einem Kindermädchen betreut.

Im Bett erweist sich Erna als ausdauernde und fordernde Lehrerin, Rudolf ist ein gelehriger Schüler mit viel Freude am Lernen.

Immer öfter zieht sie seinen Kopf zwischen ihre mächtigen Schenkel und lässt sich von ihm so verwöhnen, wie sie es am liebsten hat.

Das geht dann längere Zeit so.

Aus dem schüchternen Burschen wird ein junger Mann, dem das Verhältnis mit seiner Chefin einiges an Selbstvertrauen verschafft. Sie selbst sieht diese Veränderung aber mit Unbehagen und beginnt, ihn zu kontrollieren und in so mancher weiblichen Angestellten eine Konkurrentin zu wittern.

Als sich eine Kellnerin und Rudolf dann tatsächlich näherkommen, macht sie ihm erbitterte Vorwürfe und droht ihm, seine Diebstähle, die inzwischen schon eineinhalb Jahre zurückliegen, auffliegen zu lassen.

Rudolf lässt sich einschüchtern und hält seine Kontakte mit der jungen Frau, mit der er inzwischen auch ins Bett geht, von da an geheim. Er will ohne Aufstand seine Lehre abschließen und erfüllt daher auch weiterhin die Wünsche seiner Chefin, allerdings nicht mehr mit Freude und Leidenschaft, sondern aus Angst vor Schwierigkeiten.

Je enger seine Beziehung mit der Kellnerin wird, die inzwischen den Arbeitsplatz gewechselt hat, umso widerwilliger lässt er sich in das breite Bett der Erna Klingenschmied locken. Ihr vollschlanker Körper mit den so kräftigen Schenkeln und dem imposanten, dunklen Schamdreieck erregt ihn aber immer noch weit mehr, als er selbst wahrhaben will, sehr viel mehr auch als der glatte, schlanke Körper seiner hübschen, jungen Freundin. Er verliert jedes Mal die Kontrolle, wenn Erna splitternackt vor ihm steht und ihn lächelnd an sich zieht.

Wenn er sich dann aber nach „getaner Arbeit" hastig anzieht, während sie gerne mit weit gespreizten Schenkeln auf dem Bett sitzt und ihn beobachtet, ekelt es ihn geradezu und er hat das Bedürfnis, ihr den nächstbesten Gegenstand an den Kopf oder sonst wohin zu werfen.

So vergehen die letzten Monate seiner Lehre im Hotel. Ihr Körper übt immer noch eine sehr starke Anziehungskraft auf den jungen Koch aus.

Auch wenn er sich noch so fest vornimmt, nicht mehr mit ihr ins Bett zu gehen, wird er doch immer wieder schwach, wenn sie ihren kurzen Bademantel öffnet und ihm zeigt, wo er gebraucht wird.

Seine Gefühle nach solchen Begegnungen haben aber nichts mehr mit der anfänglichen Zuneigung zu dieser leidenschaftlichen Frau zu tun. Sie schlagen um in Abneigung und schließlich in Hass; Hass auf sich selbst, weil er wieder schwach geworden ist, und Hass auf diese dicke, geile Person, die wieder einmal diese seltsame Macht, die sie über ihn hat, voll ausgenützt hat.

Obwohl Erna und auch ihr Mann ihn gerne weiter beschäftigt hätten, verlässt der junge Koch nach Abschluss der Lehre das Hotel und sucht sich anderswo gemeinsam mit seiner Freundin Arbeit. Vorher lässt er sich von Erna zu einem Abschiedstreffen in ihrer Wohnung überreden.

Bei dieser Gelegenheit will er ihr sagen, dass es vorbei ist, und auf keinen Fall noch einmal mit ihr intim werden.

Es kommt aber auch diesmal anders.

Beim Anblick ihres üppigen, nackten Körpers sind Ablehnung und Vorsätze auch bei dieser letzten Begegnung schnell vergessen und sie bekommt zum Abschied noch einmal all das, was sie ihm beigebracht hat; all das, womit er in den vergangenen zwei Jahren den Frust über ihr so unbefriedigendes Eheleben gemildert hat.

Rudolf bekommt ein großzügiges Geldgeschenk, mit dem er seine Freundin auf einen gemeinsamen Urlaub nach Italien einladen kann.

Die Beziehung mit ihr dauert aber nicht lange.

Die nächsten fünfzehn Jahre verbringt Rudolf Hausegger als Koch in verschiedenen Hotels und Gasthäusern in Tirol, Salzburg und Wien.

Obwohl ein eher unscheinbarer Typ, hat er keine Probleme, Frauen kennenzulernen und für sich zu gewinnen. Erna Klingenschmied hat aber Spuren in ihm hinterlassen. Es zieht ihn immer wieder zu molligen, oft auch vollschlanken oder geradezu dicken Frauen hin. Das wird ihm auch bewusst und er versucht, dagegen anzukämpfen, und geht mehrmals Beziehungen mit schlanken Frauen ein, die aber nie von langer Dauer sind.

Im Jahr 1990 stirbt eine Schwester seiner Mutter und ein Notar aus Garmisch-Partenkirchen teilt ihm mit, dass er eine Fremdenpension geerbt hat.

Er arbeitet viel, renoviert, eröffnet später in seinem Haus auch ein Café und wird zum erfolgreichen und vermögenden Gastwirt.

Jetzt kann er sich vieles leisten.

Er unternimmt Urlaubsreisen in alle möglichen Länder und gönnt sich auch sonst so manches. Obwohl es ihm immer noch nicht schwerfällt, Frauen kennenzulernen, vergnügt er sich meistens mit Prostituierten. Dabei sucht er jetzt ausnahmslos korpulente Frauen. Bei schlanken hat er seit einiger Zeit schon Potenzprobleme.

Bei einer Münchner Prostituierten, die einen „speziellen Service" anbietet, wird er zum Stammkunden und bei ihr erfährt er erstmals durch Zufall, wie sehr es ihn erregt, wenn er einer Frau seine Hände um den Hals legt und dabei die wildesten Fantasien durch seinen Kopf geistern.

Von da an befriedigt er seine sexuellen Bedürfnisse überhaupt nur noch mit Prostituierten, weil er diese neue Spielart nur bei ihnen und nur gegen einen kräftigen Aufpreis ausleben kann und weil er nach einiger Zeit nur noch dann voll und ganz auf seine Kosten kommt, wenn er seine Hände um den Hals der Frau legen oder diesen zumindest berühren kann.

Im Jahr 1999 begegnet ihm während eines Thailandurlaubs eine Prostituierte, die ihm mehr bedeutet als alle anderen zuvor. Sie hat genau die richtige Figur und gewöhnt sich sehr schnell daran, dass er ihr gerne die Hände um den Hals legt, wenn sie sich im Bett vergnügen.

Sie gewöhnt sich auch daran, dass er nach solchen Nächten immer besonders großzügig ist und nach jedem Urlaub ihre Wohnung für ein Jahr im Voraus bezahlt, damit er sie wieder antrifft, wenn er im nächsten Jahr nach Thailand kommt.

Weil er sie nicht mit nach Deutschland nehmen will, droht sie ihm nach vier Jahren mit Trennung.

Beim letzten gemeinsamen Treffen am 5. Dezember 2003 in seinem Hotelzimmer verliert er zum ersten Mal die Kontrolle über seine Fantasien und begnügt sich nicht mehr damit, seine Hände sanft um ihren Hals zu legen, sondern drückt mit aller Macht zu. Seine Partnerin kann sich mit letzter Kraft befreien und verlässt das Hotel.

Seine Befürchtungen, dass sie zur Polizei gehen und ihn anzeigen könnte, bewahrheiten sich aber nicht und er kann ohne Probleme die Heimreise antreten.

Dieser Vorfall schockiert ihn so sehr, dass er wochenlang keinen Kontakt zu Frauen sucht und auch die bayrische Hauptstadt, wo er bei mehreren Prostituierten Stammkunde ist, meidet.

Wenn in seiner Konditorei nicht allzu viel los ist und er eine Vertretung für Küche und Pensionsbetrieb hat, macht er gerne einen Ausflug in seine alte Heimat Tirol.

So auch an einem Tag Mitte Jänner.

Um die Mittagszeit sieht er in einem Lokal in Imst am Nebentisch eine Frau sitzen, die genau seinen Wunschvorstellungen entspricht. Ihr kurzer Rock beschert ihm einen Blick auf üppige Schenkel und auch die anderen Maße kommen dem, was er an einer Frau schätzt, sehr nahe.

Sie nennt sich Lara Pommert und macht es ihm nicht schwer, mit ihr ins Gespräch zu kommen.

In nächster Zeit trifft er sie dann noch einmal in Imst und besucht sie mehrmals spät in der Nacht in der Bar des Panoramahotels Kurz in Sölden.

Dort ist sie allerdings sehr zurückhaltend und erzählt ihm, dass ihr der Chef ständig nachstellt und dass sie sich demnächst einen anderen Arbeitsplatz suchen will.

Weil er ohnehin eine Serviererin für seine Konditorei sucht und sie gerne in seiner Nähe hätte, macht er ihr ein finanziell sehr lukratives Angebot und es wird vereinbart, dass er sie in der Nacht zum 25. Jänner nach der Sperrstunde abholt. Sie will sich nicht den Vorwürfen des Chefs aussetzen und das Hotel heimlich in der Nacht verlassen.

Als sie gegen vier Uhr dreißig mit zwei Gepäckstücken zu ihm ins Auto steigt, wirkt sie müde und leicht betrunken.

Er ist diesmal mit seinem Zweitauto, einem alten BMW, unterwegs, weil der VW-Geländewagen zur Reparatur in einer Werkstatt steht.

Während der Fahrt durch das Ötztal rutscht ihr Rock nach oben und Hausegger, der seit dem Vorfall in Thailand mit keiner Frau mehr intim gewesen ist, legt seine Hand auf ihre Schenkel. Sie lässt ihn gewähren und erhebt auch keinen Einwand, als er nahe der Ortschaft Umhausen auf einen Feldweg abbiegt und neben einem leeren Stallgebäude stehen bleibt. Es kommt zu weiteren Berührungen, die sie geschehen lässt. Dann sagt sie ihm aber, dass sie zu müde ist, um mit ihm zu schlafen. Sie will aber auf andere Weise „lieb" zu ihm sein. Ihm ist das auch recht.

Nach einiger Zeit fragt sie ihn, wie lang „es noch dauert", und der Ärger über ihr Drängen und sein Versagen lässt ihn alle Vorsätze, die er seit dem Vorfall in Thailand hat, vergessen.

Er legt ihr die Hände um den Hals, in der Hoffnung, dass er auf diese Weise schneller zu seinem Höhepunkt kommt. Als sie erschrickt und ihn abwehren will, verliert er dann endgültig die Kontrolle und drückt zu. Sie versucht noch, seine Hände von ihrem Hals zu bekommen, und kratzt ihn dabei auch am Unterarm, aber sie ist müde und betrunken und ihre Kräfte erlahmen bald.

Erst als sich die Frau nicht mehr rührt, kann Hausegger wieder klar denken, und es erfasst ihn Panik. Zunächst hofft er noch, dass sie nur bewusstlos ist und wieder zu sich kommen wird, als er aber die Innenbeleuchtung einschaltet und ihr Gesicht sieht, weiß er, dass er diesmal eine Frau getötet hat.

Er fährt mit der Toten auf die Bundesstraße zurück und dann weiter in Richtung Inntal. Vor der Ortschaft Ötz biegt er in Richtung Kühtai ab. Er hat beschlossen, die Leiche an einer abgelegenen Stelle im Schnee zu vergraben. Das macht er dann auch und er entwickelt ungewöhnliche Kräfte, als er die Tote etwa hundert Meter durch das eiskalte Weiß trägt. Dort lässt er sie fallen, wirft ihre Handtasche daneben hin und bedeckt alles sorgfältig mit Schnee.

Dann kehrt er auf schnellstem Weg nach Garmisch zurück. Die beiden Gepäckstücke seines Opfers verbrennt er samt Inhalt in der alten Heizanlage seines Hauses, die für Notfälle immer noch intakt ist, sonst aber nicht mehr benutzt wird.

In den Wochen danach ist Hausegger kaum in der Lage, seinen Aufgaben im Betrieb nachzukommen.

Er hat zum zweiten Mal die Kontrolle über sich verloren und diesmal eine Frau umgebracht.

Tagelang denkt er an Selbstmord, dann will er sich der Polizei stellen. Er tut aber weder das eine noch das andere und findet nach einiger Zeit in sein normales Leben zurück, weil er sich einredet, dass er für diese Tat nicht verantwortlich ist. In Zukunft will er sich, wenn überhaupt, nur noch mit Prostituierten vergnügen, die seine Bedürfnisse kennen.

Es vergehen dann fast drei Monate, ehe er wieder Kontakt zu einer Frau sucht. Diesmal ist es eine Prostituierte, die er in Tirol, in der Nähe der Ortschaft Haiming trifft.

Und wieder kann er sein Bedürfnis, die Hände um ihren Hals zu legen, nicht unterdrücken. Obwohl er glaubt, nicht fest zugedrückt zu haben, wehrt sich die Frau heftig, stößt mit dem Kopf gegen das Dach ihres Wohnmobils und wird bewusstlos. Er lässt sie sofort los, geht zu seinem Auto und fährt nach Hause.

Diesmal ist er überzeugt, dass er die Frau nur erschreckt und nicht fest zugedrückt hat, und er zieht aus diesem Vorfall sogar den positiven Schluss, dass es ihm doch möglich ist, seinen Drang zu kontrollieren.

Am 7. Mai, um die Mittagszeit, trifft er dann in der Innenstadt von Innsbruck zufällig Erna Klingenschmied, die er seit seinem Abgang vom Hotel Frankfurt nicht mehr gesehen hat.

Obwohl inzwischen fast drei Jahrzehnte vergangen sind und sie noch um einiges üppiger geworden ist, erkennt er sie sofort. Ihr muss er ein wenig weiterhelfen, ehe sie in dem seriösen, aber recht unscheinbaren Mann ihren ehemaligen Lover Rudolf erkennt.

Nach einem längeren Gespräch in einem Café verabreden sie sich für den kommenden Abend.

Erna geht auf die Sechzig zu. Trotzdem geht von dieser Frau immer noch eine unglaubliche sexuelle Ausstrahlung aus, der sich Rudolf Hausegger nicht entziehen kann und jetzt auch gar nicht mehr entziehen will.

Schon im Café hat er immer wieder auf ihre Schenkel sehen müssen, und wenn sie einen günstigeren Tisch gehabt hätten und nicht so viele Gäste im Lokal gewesen wären, hätte er seine Hand unter ihren Rock und ihr Höschen wandern und im Gestrüpp zwischen ihren Schenkeln wühlen lassen.

Sie treffen sich auf dem Parkplatz vor einen Supermarkt um zwanzig Uhr und verbringen dann etwa zwei Stunden in einem Lokal in der Nähe und erzählen sich, wie es ihnen in den vergangenen Jahrzehnten ergangen ist. Dabei kommt es bald zu ersten intimen Berührungen unter dem Tisch und gegen halb zehn steigen beide in das Auto Haseggers und er fährt nach Hall in Tirol und von dort weiter in Richtung Gnadenwald, wo er einen geeigneten Platz für ein nächtliches Stelldichein suchen will.

Erna hat darauf bestanden und ihn nicht in ihr Haus mitnehmen oder mit ihm in ein Hotel gehen wollen. Er fährt einen Waldweg entlang in den Wald hinein und stellt den Motor ab.

Mit einer Geschwindigkeit, die man ihr bei ihrer Körperfülle nicht zugetraut hätte, zieht sich Erna Klingenschmied auf dem Beifahrersitz aus. Nur BH und Strümpfe behält sie an, wie sie es schon drei Jahrzehnte zuvor manchmal getan hat. Sie lässt sich in den Sitz zurücksinken, spreizt ihre Schenkel, legt ihre Hände um die Schultern von Hausegger und zieht ihn zu sich heran, bis sein Gesicht ihren mächtigen Busen berührt. Er streift ihren BH nach oben und ihre Brüste quellen ihm entgegen wie zwei überdimensionale Birnen.

Was dann geschieht, daran erinnert sich Rudolf Hausegger nachher so, wie sich ein stark Betrunkener an einen Vorfall erinnert, und es vergehen Tage, bis ihm alle Einzelheiten seiner Tat bewusst werden. Während er mit ihren Brustwarzen beschäftigt ist, versucht Erna, seinen Kopf nach unten zu drücken.

Damit weckt sie Erinnerungen an damals.

Hausegger, der noch vollständig angezogen ist, richtet sich auf, legt ihr beide Hände um den Hals und drückt mit aller Kraft zu. Erna macht eine ruckartige Abwehrbewegung und kommt so mit dem Gesicht an der Beifahrertür zu liegen. In dieser Lage kann sie sich kaum noch gegen die Umklammerung wehren und ihre Versuche, sich zu befreien, werden bald schwächer, bis sie nach einem letzten, krampfartigen Ausatmen schließlich ganz aufhören.

Hausegger öffnet die Beifahrertür von innen, stößt die Tote aus dem Auto und wirft ihre Handtasche nach. Ohne auszusteigen, fährt er im Rückwärtsgang aus dem Wald auf die Straße hinaus. Dabei muss er mehrmals wieder einige Meter vor fahren, weil er sonst an den Bäumen neben dem Weg entlanggeschrammt wäre.

Er fährt ohne Unterbrechung nach Garmisch und stellt sein Auto in die Garage. Erst dort sammelt er die Kleidungsstücke der Frau ein und bemerkt in einer Tasche ihrer Jacke ihr Handy. Kleidung und Wäsche verbrennt er noch in derselben Nacht in seiner Heizungsanlage. Mit einem Vorschlaghammer zertrümmert er das Mobiltelefon und entsorgt die Reste am nächsten Tag zwanzig Kilometer von Garmisch entfernt in einem Abfallkorb. Dasselbe hat er schon einige Monate früher mit dem Handy von Lara Pommert gemacht.

Ganz anders als nach dem Mord an Lara bedauert Hausegger den Tod der Erna Klingenschmied nicht. Im Laufe der Jahre ist ihm bewusst geworden, dass seine frühen und bald nicht mehr freiwilligen sexuellen Erlebnisse mit seiner damaligen Chefin ihn für sein Leben geprägt haben. Immer wieder hat es ihn zu ähnlichen Frauen hingezogen und bald hat er nur noch bei ihnen sexuelle Erfüllung gefunden.

Dass es ihm seit Jahren besonderes sexuelles Vergnügen bereitet hat, wenn er seinen Sexualpartnerinnen die Hände um den Hals gelegt hat, hat er bisher nicht mit Erna Klingenschmied in Verbindung gebracht. Seit der Nacht, in der er Erna getötet hat, weiß er, dass es immer sie gewesen ist, der er die Hände um den Hals gelegt hat. Bei den Nutten in München, später bei seiner Gespielin in Thailand, bei der Geheimprostituierten in Tirol und schließlich bei Lara Pommert, die auf so sinnlose Weise ihr Leben verloren hat, immer hat er den feisten Hals von Erna Klingenschmied zwischen seinen Händen gehabt.

Hunderte Male hat er sie gewürgt oder erwürgt, ohne dass es ihm bewusst geworden wäre.

Sie hat damals den Samen gelegt.

Drei Jahrzehnte später hat sie die tödliche Ernte eingefahren.

Die Rechnung ist beglichen und er muss keiner Frau mehr die Hände um den Hals legen.

Das glaubt jedenfalls er.

Es wird lange dauern, bis er erfährt, ob seine so verhängnisvollen Bedürfnisse mit dem Tod der Erna Klingenschmied tatsächlich aus seinem Leben verschwunden sind.

Steinlechner legte die Niederschrift beiseite und holte sich noch ein Bier aus dem Kühlschrank.

Der Eindruck, den er von Rudolf Hausegger nach den Ermittlungen, dem Verhör und dem Studium der Niederschrift gewonnen hatte, war zwiespältig.

Dieser unscheinbare Mann hatte immerhin zwei Frauen auf brutale Weise getötet. Zwei weitere waren mit knapper Not davongekommen. Er war aber als Jugendlicher selbst zum Opfer geworden; zum Opfer einer frustrierten, von ihrem Mann vernachlässigten Frau, die ihre Stellung als Chefin und ihr Wissen über seine Verfehlung ausgenützt hatte, um ihn von sich abhängig zu machen.

Als sie ihn zu ihrem Liebhaber und später, wenn er ihre Wünsche nicht mehr erfüllen wollte, mit Drohungen gefügig gemacht hatte, war sie selbst mit dem Gesetz in Konflikt gekommen.

Sie hatte, wenn auch unbewusst und ohne Absicht, Einfluss auf sein weiteres Leben genommen und den Grundstein für eine Entwicklung gelegt, die ihr drei Jahrzehnte später selbst zum Verhängnis werden sollte.

Auch wenn es Steinlechner schwerfiel, Rudolf Hausegger als brutalen und eiskalten Mörder anzusehen, würde er eine Strafanzeige wegen Verdacht des Mordes und versuchten Mordes erstatten.

Dass Hausegger tatsächlich eine Verurteilung wegen zweifachen Mordes zu erwarten hatte, hielt der erfahrene Kriminalist zwar für sehr wahrscheinlich, die Entscheidung würde aber letztlich bei den Geschworenen liegen.

Die Verteidigung würde jedenfalls argumentieren, dass ihr Mandant nicht in Tötungsabsicht gehandelt habe und vielleicht auch seine Zurechnungsfähigkeit zum Tatzeitpunkt infrage stellen.

Der Staatsanwalt würde wahrscheinlich davon ausgehen, dass der Täter den Tod seiner Opfer zumindest in Kauf genommen hatte.

Diese Themen beschäftigten Steinlechner noch, als er schon längst in seinem Bett lag, und er war froh, dass er sie nicht zu entscheiden hatte.

23

Die nächsten Tage waren ausgefüllt mit den üblichen Tätigkeiten, die nach Klärung eines Verbrechens notwendig waren. Hausegger wartete in der Justizanstalt Ziegelstadel auf seinen Prozess.

Steinlechner hatte eine Strafanzeige abzuliefern, es waren zahlreiche Pressetermine zu absolvieren, Meldungen zu erstatten und Berichte zu schreiben. Die deutschen Behörden mussten informiert werden.

Eine Hausdurchsuchung in der Pension in Garmisch, an der Brauer und Kofler wie erwartet nur unter dem Kommando der Kollegen vom bayrischen Landeskriminalamt teilnehmen durften, brachte außer einer Unmenge an Videokassetten, DVDs und Pornoheften, durchwegs mit vollschlanken oder ausgesprochen dicken weiblichen Darstellern, keine neuen Erkenntnisse.

Auch der zweite Pkw, in dem Lara Pommert gestorben war, wurde genauestens untersucht und auch diesmal wurden winzige Blutspuren an der Innenseite der Beifahrertür gefunden. Die Auswertung sollte in München erfolgen. Es würde also noch ein wenig dauern, bis es ein Ergebnis gab. Steinlechner war sich aber fast sicher, dass das Blut von der Bardame stammte, die sich Lara Pommert genannt hatte.

Es war den deutschen Behörden nicht gelungen, Angehörige der Frau zu finden. Nur über ihren geschiedenen Mann gab es Erkenntnisse. Er hatte sich vor zwei Jahren nach mehreren Straftaten in Deutschland in die Ukraine abgesetzt und war dort wenig später bei einem Überfall auf eine Bank von einem Bankangestellten erschossen worden.

Einer Frage, die zwar nach dem mit Sachbeweisen untermauerten Geständnis nicht mehr bedeutsam war, hatte Steinlechner dennoch beschäftigt.

Am Hals der beiden ermordeten Frauen waren keine für eine DNA-Auswertung geeigneten Spuren vom Täter gefunden worden. Laut Dr. Burger war das im Fall der Lara Pommert mit der langen Liegezeit im abtauenden Schnee zu erklären.

Bei Erna Klingenschmied hatte es möglicherweise daran gelegen, dass ihr Mörder beim Autofahren immer noch die vor Jahrzehnten in Mode gekommenen Handschuhe trug und Erna ihm in jener verhängnisvollen Nacht nicht mehr die Zeit gelassen hatte, sie auszuziehen. Er hatte sie jedenfalls nach der Tat verbrannt. Allerdings hatten auch die Handschuhe keine Spuren an Ernas Hals hinterlassen. Darüber wollte Steinlechner noch ein Gespräch mit Kofler führen.

Brauer hatte noch mit einigen Personen, die bisher nur mündlich befragt worden waren, Niederschriften aufzunehmen. So auch mit dem Hotelier Erwin Kurz aus Sölden. Als dieser erfuhr, dass es keine Angehörigen seiner ehemaligen Bardame und Geliebten gab, erklärte er sich spontan bereit, die Kosten für ihr Begräbnis zu übernehmen.

Sie sollte auf dem Friedhof von Sölden in geweihter Erde ihre letzte Ruhe finden.

Mit Karin Klingenschmied führte Steinlechner ein langes Gespräch und er erzählte ihr auf ihren ausdrücklichen Wunsch hin alles, was über den Tod ihrer Mutter und die Vorgeschichte bekannt geworden war.

Oberst Baumann lud alle an den Ermittlungen Beteiligten zu einer kleinen Feier im Aufenthaltsraum ein. Den Wein dafür hatte sein „Zwilling" sehr günstig im Supermarkt am Brenner besorgt. Andere Getränke gab es nicht.

Wer mit dem Wein nicht zufrieden war oder lieber Bier trank, der musste selbst für sein Getränk sorgen. Natürlich war der „Zwilling" auch bei der Feier dabei und er durfte bei dieser Gelegenheit verkünden, dass Doris Klammer ab 1. Juni in Steinlechners Ermittlungsbereich versetzt wurde.

Sie war hellauf begeistert und auch ihr neuer Chef war zufrieden. Er hatte sich sehr für sie eingesetzt und war überzeugt, mit ihr eine tüchtige und intelligente Mitarbeiterin zu bekommen.

Brauer beeilte sich, ihr zu sagen, wie sehr auch er für sie interveniert hatte und wie sehr er sich auf die Zusammenarbeit mit ihr freute.

Ferdinand Grumser hatte sich mit Karl Steiner, den er vor vielen Jahren unter Mithilfe von Erna Klingenschmied um einen Großteil seines Erbes betrogen hatte, inzwischen außergerichtlich geeinigt.

Ob er mit einer Anklage wegen Betrugs rechnen musste, war noch nicht entschieden, möglicherweise war die Sache verjährt. Als Grumser in dieser Angelegenheit mit einem Mitarbeiter des zuständigen Ermittlungsbereichs eine Unterredung hatte, begegnete er zufällig Steinlechner. Er gratulierte ihm zur Aufklärung der beiden Morde, nicht ohne den Hinweis, dass er selbst nun wohl nicht mehr verdächtig sei.

„Für die Morde nicht, Herr Grumser, aber es gibt da schon noch eine Frage, die ich Ihnen bisher nicht gestellt habe. Eine Zeugin hat Sie mit der später ermordeten Bardame in Ihrem Auto in Imst gesehen. Sie hat Sie und auch Ihr Auto genau beschrieben und die Frau, die neben Ihnen im Auto gesessen ist, hat sie persönlich gekannt."

„Da muss sie sich getäuscht haben, ich habe die Frau nie außerhalb des Hotels getroffen."

Die Art, wie Grumser das sagte, und sein spöttisches Grinsen waren für Steinlechner ein Hinweis darauf, dass er wieder einmal angelogen wurde. Die Sache war aber nicht mehr wichtig und er konnte sie auf sich beruhen lassen.

Grumser lud Steinlechner dann sogar noch ein, bei ihm auf ein gutes Glas Wein vorbeizukommen, wenn er wieder einmal zufällig auf den Haiminger Berg kommen sollte. Steinlechner bedankte sich für die Einladung und wusste sehr gut, dass er nicht darauf zurückkommen würde.

Elvira kam in dieser arbeitsreichen Zeit etwas zu kurz, sie hatte dafür aber Verständnis.

Sie kannte ihren neuen Partner inzwischen gut genug, um zu wissen, dass für ihn die Arbeit vor dem Privatleben kam, ganz besonders dann, wenn es galt, ein Kapitalverbrechen aufzuklären.

Steinlechner hatte ihr fest versprochen, sich Anfang Juni eine Woche Urlaub zu nehmen und mit ihr in den Süden zu fahren.

Elvira freute sich sehr auf diesen Urlaub.

Früher hatte sie ihre Stammgäste immer schon Wochen vorher informiert, wenn sie ihr Café wegen eines Urlaubs geschlossen hatte.

Diesmal wartete sie bis zum letzten Tag.

Man konnte ja nie wissen, ob nicht ein neuer Mordfall dazwischenkam und der Urlaub ins Wasser fiel.

24

Es kam nichts mehr dazwischen. Die Nacht vor ihrer Abreise verbrachten Steinlechner und Elvira in seiner Wohnung in Innsbruck. Als Elvira am nächsten Morgen nackt aus der Dusche kam, wartete ihr Partner schon am nicht gerade üppig gedeckten Tisch auf sie. Immerhin hatte er Kaffee gemacht und der war sogar noch warm. Sie setzte sich aber nicht ihm gegenüber auf den Sessel, sondern seitlich auf seine Oberschenkel. Dann nahm sie ihm die Kaffeetasse aus der Hand und legte seine Hände um ihren Hals.

„Wie fühlt sich das an?", fragte sie lächelnd.

„Absolut geil", antwortete er und drückte ein wenig fester zu.

„Viel merkt man davon aber noch nicht", sagte sie mit einem kurzen Blick nach unten.

„Du müsstest halt noch gut zwanzig Kilo zunehmen."

Mit diesen Worten ließ er ihren Hals los, trug sie in sein Schlafzimmer und legte sie auf das breite Doppelbett.

„Dann wirst du mich aber nicht mehr tragen können", sagte sie, als er sich über sie beugte und sie in die Arme nehmen wollte.

Sie schob ihn etwas von sich weg und sagte mit einem schelmischen Lächeln: „War da nicht noch etwas?"

Gleichzeitig drehte sie sich zur Seite und lag jetzt so, dass sein Gesicht auf ihrem Nabel zu liegen kam.

„Das hat man davon, wenn man zu Hause zu viel über dienstliche Angelegenheiten quatscht", dachte Steinlechner.

Es war erst kurz vor neun Uhr.

Das Meer war um diese Jahreszeit sowieso noch saukalt und die Pizza „con frutti di mare" gab es am Abend auch noch.

Eine zufriedene und entspannte Beifahrerin auf der langen Fahrt ans Meer war auch nicht zu verachten.

Ihr Urlaubsort Caorle konnte also warten.

Der Autor

Reinhold Dullnig wurde 1946 in Kärnten geboren.
Nach Matura und Bundesheer absolvierte er die
Grundausbildung und die Offiziersausbildung
bei der österreichischen Bundesgendarmerie und
wurde 1973 zum stellvertretenden Leiter der
Gendarmerie-Kriminalabteilung Tirol bestellt. Nach
12 Jahren in dieser Funktion war er dann bis 1995
Leiter der Gendarmerie-Verkehrsabteilung Tirol
und in weiterer Folge bis zum Pensionsantritt in
verschiedenen Bereichen im LGK Niederösterreich
und Salzburg tätig.

In seiner Freizeit widmet sich der Autor des Tirol-
Krimis „Ernas Geheimnisse" gerne seinem Garten,
geht auf Reisen, wandern und bergsteigen.

Der Verlag

*Wer aufhört
besser zu werden,
hat aufgehört
gut zu sein!*

Basierend auf diesem Motto ist es dem novum Verlag
ein Anliegen neue Manuskripte aufzuspüren, zu ver-
öffentlichen und deren Autoren langfristig zu fördern.
Mittlerweile gilt der 1997 gegründete und mehrfach
prämierte Verlag als Spezialist für Neuautoren in
Deutschland, Österreich und der Schweiz.

**Für jedes neue Manuskript wird innerhalb
weniger Wochen eine kostenfreie, unverbind-
liche Lektorats-Prüfung erstellt.**

Weitere Informationen zum Verlag und
seinen Büchern finden Sie im Internet unter:

www.novumverlag.com